The Hitchhiker's Guide to the Galaxy

은하수를 여행하는 히치하이커를 위한 안내서 5
대체로 무해함 Mostly Harmless

초판 1쇄 발행 2005년 1월 15일
초판 14쇄 발행 2025년 6월 2일

지은이 더글러스 애덤스
옮긴이 김선형 권진아

펴낸이 김준성
펴낸곳 책세상
등록 1975년 5월 21일 제2017-000226호
주소 서울시 마포구 월드컵로23길 38 2층 (04011)
전화 02-704-1251
팩스 02-719-1258
이메일 editor@chaeksesang.com
광고·제휴 문의 creator@chaeksesang.com
홈페이지 chaeksesang.com
페이스북 /chaeksesang **트위터** @chaeksesang
인스타그램 @chaeksesang **네이버포스트** bkworldpub

ISBN 978-89-7013-492-5 04840
　　　978-89-7013-343-0 (세트)

Copyright ⓒ 1992 by Douglas Adams
이 책의 한국어판 저작권은 에릭양 에이전시Eric Yang Agency를 통해 저작권자와 독점계약하여 책세상이 가지고 있습니다.

· 잘못되거나 파손된 책은 구입하신 서점에서 교환해드립니다.
· 책값은 뒤표지에 있습니다.

은하수를 여행하는 히치하이커를 위한 안내서

5

대체로 무해함 *Mostly Harmless*

더글러스 애덤스 지음 | 김선형 · 권진아 옮김

책세상

옮긴이 **김선형**은 영문학 박사 과정을 수료한 뒤 강의와 번역을 하고 있다. 스스로가 책을 읽고 글을 쓰는 일 외에는 별로 쓸모가 없는 사람이라는 걸 어느 날 깨달은 뒤로 그나마 최대한 잘해보려고 꽤나 노력한 덕분에 그간 토니 모리슨의 《파라다이스》, 《재즈》, 《빌러비드》, 그리고 실비아 플라스의 《실비아 플라스의 일기》 등 엄청나게 훌륭한 책들을 번역하는 행운을 누렸다. 특히 그중에서도 《은하수를 여행하는 히치하이커를 위한 안내서》를 만나게 된 건 제발 무지무지하게 재미있는 책을 번역하게 해달라는 간절한 기도가 응답을 받은 거라 믿어 의심치 않는다. 더글러스 애덤스는 지극히 우주적이면서도 지극히 영국적인 작가인지라, 영국 땅에 체류하는 인생의 짧은 시간 동안 이 책을 작업하게 된 것 또한 잊지 못할 추억이다. 이젠 안녕히, 아서 덴트, 삶과 우주, 그리고 모든 것, 정말 고마웠어요.

옮긴이 **권진아**는 영문학 박사 과정을 수료한 뒤 강의와 번역을 하고 있다. 소위 말하는 사이언스 픽션 마니아라고는 감히 말할 수 없지만 이 장르에 대한 애정을 적잖이 가진 그는, 과거와 현재, 미래가 정신없이 뒤섞인 은하계를 종횡무진하며 우주와 인류의 창조, 진화, 종말 전체를 거대한 농담으로 만들고 마는 '히치하이커' 시리즈야말로 코미디와 사이언스 픽션의 최고의 결합이라고 생각한다. 이 황당무계한 시리즈의 우주적 인기를 뒷받침하는 것은, 과학적 근거는 고사하고 이야기의 개연성과 일관성까지 가차없이 무시하며 모든 거대한 것들을 무심한 듯 신랄하게 희화화하는 더글러스 애덤스의 발군의 유머 감각이다. 하지만 독서란 무릇 진지한 것이라고 고집하는 분들이라도 염려할 것 없다. 정신없이 웃다 보면, 은하계에는 발도 디뎌보지 못하고 국지적 삶을 시들시들 살아가는 원숭이의 후손에게도 어느새 삶과 우주, 그리고 모든 것에 대한 나름대로의 해답이 어렴풋이 떠오르게 될 테니까.

| 차례 |

대체로 무해함 13
Mostly Harmless

옮기고 나서 344

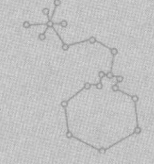

론을 위해
수 프리스톤과 마이클 바이워터의 격려와 도움,
건설적인 잔소리에 감사하며

일어나는 일은 일어나기 마련이다.

일어나면서 다른 일을 일어나게 만드는 일은, 그게 어떤 일이든지 간에 또 다른 어떤 일을 일어나게 만든다.

일어나면서 다시 반복되어 일어나는 일은, 어떤 일이 일어나든지 간에 또 다시 반복되어 일어난다.

하지만 반드시 시간 순서대로 일어나지는 않는다.

1

은하계의 역사는 다소 갈피 잡기가 힘들다. 이유는 많다. 부분적으로는 그 역사의 궤적을 기록하는 사람들이 다소 갈피를 잡지 못해서이지만, 도무지 갈피를 잡을 수 없는 일들이 늘 일어났기 때문이기도 하다.

그 문제들 중 하나는 빛의 속도와 그 속도를 넘어서려는 시도가 어렵다는 사실과 상관있다. 사실 빛의 속도를 넘어설 수는 없다. 빛의 속도보다 더 빨리 여행하는 것은 없다. 나쁜 소식 정도라면 예외가 될 수 있을까. 나쁜 소식은 자신만의 특별한 법칙을 따르는 법이다. 알킨투플 마이너 행성의 힌지프릴인들은 나쁜 소식을 동력으로 쓰는 우주선을 만들려고 노력했지만, 그 우주선은 소기의 목적을 거두지 못했다. 게다가 가는 곳마다 어찌나 냉대를 받았는지, 가는 것 자체가 아무런 의미가 없었다.

그래서 대체로 은하계의 사람들은 국지적인 혼란의 역사 속에서 시들시들하게 살아갔으며, 은하계 그 자체의 역사는 오랫동안 대략 우주적인 영역에 속했다.

그렇다고 해서 사람들이 노력하지 않았다는 말은 아니다. 전쟁이나 사업상 우주선 함대들이 머나먼 곳으로 파견되었지만, 이런 여행으로 어딘가에 도착하는 데는 대개 수천 년이 걸렸다. 그래서 우주선들이 마침내 목적지에 도착할 때가 되었을 때는, 초공간을 이용해 빛의 속도를 앞지르는 다른 형태의 여행 방법이 이미 발견된 이후가 되어버렸다. 따라서 빛보다 느린 속도로 여행하는 우주선 함대가 무슨 전쟁을 하러 파견되었건 간에, 그들이 실제로 도착했을 무렵에는 이미 그 전쟁은 몇 세기 전에 상황이 종료되어버린 판국이었다.

물론 그렇다고 해서 이 상황이 승무원들의 전쟁 욕구를 막지는 못했다. 그들은 훈련받았고, 준비가 되었으며, 수천 년 동안이나 잠을 잤고, 험한 일을 해보겠다고 멀고 먼 길을 왔던 것이다. 그러니 자쿠온께 맹세코, 그들은 전쟁을 할 참이었다.

이것이 은하계 역사상 첫 번째 대혼란이 일어난 때였다. 전쟁의 이유가 된 분쟁이 다 해결된 걸로 모두 알고 있는데 수 세기가 지난 뒤에 다시 전쟁이 끊임없이 재발하는 것이다. 하지만 이런 혼란들은 시간 여행이 발견되고 나서 역사학자들이 풀어야 했던 문제들에 비하면 새 발의 피에 불과했다. 이제 전쟁은 심지어 분쟁이 일어나기 수백 년 전에 먼저 발발하기 시작했다. 무한 불가능 확률 추진기가 등장하고 모든 행성들이 돌연 바나나 케이크로 변해버리기 시작하자 맥시메갈론 대학의 역사학 교수단은 마침내 두 손을 들고 학과를 폐쇄해버렸다. 역사학 건물은 급속히 세를 팽창하고 있는 신학과 수구(水球) 연합과에 넘어갔다. 이들은 몇 해 동안 역사학 건물을 노려왔었다.

물론 다 좋은 일이다. 하지만 이 일이 거의 확실하게 의미하는 바는, 예를 들어 그레불론인들이 어디서 왔는지, 그들이 원하는 게 정확하게 뭔지는 누구도 알지 못하리라는 것이다. 참 안타까운 일이다. 왜냐하면 그 사람들에 대해 뭔가 알았다면 정말 끔찍한 파국을 막을 수도 있었을 테니까 말이다. 아니면 적어도 다른 식으로 일어나게 할 수도 있었을 텐데.

짤깍, 흐음.

거대한 회색의 그레불론 정찰선이 칠흑 같은 허공을 가로질러 조용히 움직였다. 그 우주선은 굉장히 놀라운 속도로 날고 있었지만, 희미하게 빛나는 수십 억 개의 별들을 배경으로 보면 전혀 움직이지 않는 것처럼 보였다. 그것은 반짝거리는 밤하늘의 무한한 입자들 사이에서 하나의 움직이지 않는 검은 점에 지나지 않았다.

우주선 안에서는 모든 것이 백만 년 동안의 상황 그대로였다. 어둡고 고요했다.

짤깍, 흠.

적어도 거의 모든 것이 그랬다.

짤깍, 짤깍, 흠.

짤각, 흠, 짤각, 흠, 짤각, 흠.

짤각, 짤각, 짤각, 짤각, 짤각, 흠.

흐으음.

하위 감독 프로그램이 우주선의 반수면 상태 사이버브레인 안 깊숙이에 자리한 약간 더 위의 상위 감독 프로그램을 깨워서 자신이 짤깍할 때마다 흠이라는 소리밖에 나지 않는다고 보고했다.

상위 감독 프로그램은 그럼 무슨 대답을 들어야 하는 거냐고 물었다. 하위 감독 프로그램은 어떤 대답을 들어야 하는지 정확하게 기억할 수는 없지만 만족스러운 한숨 소리 비슷한 게 아니겠느냐고 대답했다. 이 흠 소리는 도대체 뭔지 알 수가 없었다. 짤깍, 짤깍, 흠. 그 소리뿐이었다.

상위 감독 프로그램은 이 문제를 잠깐 생각해봤다. 마음에 들지 않았다. 그래서 하위 감독 프로그램에게 자네가 감독하고 있는 게 정확하게 뭐냐고 물었다. 하위 감독 프로그램은 그것도 기억이 안 난다고 대답했다. 그냥 십 년 정도마다 짤깍하면 후우하고 한숨 소리를 들어야 하는 일 정도에 불과한데, 보통은 문제없이 그렇게 되었다는 것이다. 하위 감독 프로그램은 문제 해결사 표를 찾아봤지만 그런 항목을 발견할 수가 없었다. 그래서 상위 감독 프로그램에게 그 문제를 알린 것이었다.

상위 감독 프로그램은 자기의 해결사 표를 검색해 하위 감독 프로그램이 뭘 감독해야 하는지 알아봤다.

해결사 표를 찾을 수가 없었다.

이상하다.

다시 찾아봤다. 나오는 것이라곤 에러 메시지밖에 없었다. 에러 메시지 해결사 표에서 에러 메시지를 찾아봤지만 그것도 없었다. 몇 나노 초(나노는 십억분의 일을 뜻한다—옮긴이주)에 걸쳐 이 모든 과정을 다 되풀이해봤다. 그러고는 구역 기능 감독을 깨웠다.

구역 기능 감독도 즉각 문제에 부딪혔다. 그것은 자기의 감독 에이전트를 불렀고, 그 역시 문제에 부닥쳤다. 백만분의 몇 초도 안 되는 사이에 일부는 수년간, 일부는 수세기 동안 동면 상태에 있던 가상 회로들이 전 우주선에 걸쳐 확 되살아났다. 어딘가에서 무엇인가가 크게 잘못됐지만 어떤 감독 프로그램도 뭐가 문제인지 알지 못했다. 모든 레벨에서 중요한 지시 사항들이 사라졌고, 주요 지시사항들이 사라진 것을 발견했을 경우 무엇을 해야 하는지에 대한 지시 사항 역시 사라졌다.

소프트웨어——에이전트——의 작은 모듈들이 논리 회로를 통해 몰려 들어와 이합집산하며 서로 정보를 구했다. 그들은 우주선의 메모리가 중앙 임무 모듈에 이르기까지 모두 누더기 꼴이 됐다는 사실을 재빨리 확인했다. 아무리 질문을 해봐도 무슨 일이 일어났는지 알아낼 수가 없었다. 심지어 중앙 임무 모듈조차 손상을 입은 듯했다.

사실 상황이 이렇다 보니 오히려 문제 처리는 매우 간단했다. 중앙 임무 모듈을 교체하는 것이다. 원본과 완전히 똑같은 백업본이 하나 더 있었다. 그건 물리적으로 교체할 수밖에 없었는데, 안전상의 이유로 원본과 백업본 사이에 아무런 연결도 되어 있지 않았기 때문이었다. 일단 중앙 임무 모듈이 교체되면, 교체된 모듈이 나머지 시스템을 세부 사항까지 다 감독하며 재건할 것이고, 그러면 모든 것이 정상이 될 것이다.

차폐막이 쳐진 금고실에서 백업본을 지키고 있던 로봇들에게 중앙 임무 모듈 백업본을 우주선의 논리실로 가져오라는 지시가 내려졌다. 설치하기 위해서였다.

백업본을 가져오기 위해서는 로봇들이 에이전트들에게 지시 사항의 출처가 분명한지를 물어보면서 비상 코드와 규약을 교환하는 오랜 과정이 필요했다. 마침내 로봇들은 모든 절차가 맞는다는 사실에 만족했다. 그들은 중앙 임무 모듈 백업본의 포장을 풀고 적재실에서 가지고 나왔다. 그러고는 우주선 밖으로 떨어져 아득한 허공 속으로 휘휘 돌며 사라졌다.

이 일은 무엇이 잘못되었는지에 대해 처음으로 중요한 실마리를 제공했다.

좀더 조사를 해본 결과 무슨 일이 일어났는지 곧 밝혀졌다. 유성이 우주선에 부딪혀 커다란 구멍이 난 것이었다. 우주선이 이를 먼저 알아차리지 못한 것은, 유성이 부딪혔을 경우 이를 감지하게 되어 있는 프로세서 장비 부분이 충돌하면서 깔끔하게 끝장나버렸기 때문이었다.

우선 해야 할 일은 구멍을 막는 것이었다. 그런데 이 일은 불가능했다. 왜냐하면 우주선의 센서가 구멍이 있다는 것을 감지하지 못했기 때문이다. 게다가 센서들이 제대로 작동하지 않고 있다고 말해줘야 하는 감독자들도 제대로 작동하지 않으면서 센서들은 괜찮다는 소리나 계속 해대고 있었다. 정찰선은 로봇들이——그 구멍을 볼 수 있게 해줬을—— 여분의 두뇌를 가지고 그 구멍 밖으로 떨어져나가버렸다는 사실에서 구멍의 존재를 연역할 수 있을 뿐이었다.

우주선은 이 사실을 지적으로 생각해보려고 노력했지만 실패하고 잠시 동안 완전히 정신이 나가버렸다. 물론 자신이 먹통이 되었다는 사실조차도 깨닫지 못했다. 완전히 먹통이 되어버렸으니까. 우주선은 그저 별들이 점프하는 것을 보고 놀랐을 뿐이었다. 별들이 세 번째로 점프한 뒤에야, 마침내 자신의 정신이 깜박깜박하고 있으며 심각한 결정을 내려야 할 때라는 것을 깨달았다.

우주선은 마음의 긴장을 풀었다.

그러고는 자신이 아직 심각한 결정을 내리지 않았다는 사실을 깨닫고 공포에 질렸다. 우주선은 잠시 동안 다시 먹통이 되어버렸다. 다시 정신이 들었을 때, 우주선은 보이지 않는 그 구멍이 분명히 있을 것 같은 벽이란 벽을 모두 봉해버렸다.

분명 아직 목적지에 도달하지 않은 것 같았다. 우주선은 발작적으로 생각했다. 하지만 이제 그 목적지가 어딘지, 거기에 어떻게 도달해야 할지 아무 생각도 없는 마당에 계속 가는 것은 의미가 없어 보였다. 배는 누더기 꼴이 된 중앙 임무 모듈에서 그나마 건질 수 있는 얼마 안 되는 지시 사항들을 참조해봤다.

"당신의!!!!! !!!!! !!!!! 연간 임무는!!!!! !!!!! !!!!!, !!!!!, !!!!! !!!!! !!!!! !!!!!, 착륙!!!!! !!!!! !!!!! 안전한 거리에!!!!! !!!!! 그것을 모니터하라!!!!! !!!!! !!!!!……."

나머지는 완전히 말도 안 되는 쓰레기였다.

비록 그 모양의 지시 사항들이라도 완전히 먹통이 돼버리기 전에 더 원시적인 보조 시스템에 전달해야만 할 것이었다.

또한 승무원들을 모두 소생시켜야 한다.

문제가 하나 더 있었다. 승무원들이 동면에 들어가 있는 동안, 그들의 모든 정신과 기억, 정체성, 자신이 뭘 하러 왔는지에 대한 이해는 안전하게 보관하기 위해 모두 배의 중앙 임무 모듈에 전송되어 있었다. 승무원들은 자신들이 누구인지, 거기서 무엇을 하고 있는지 아무것도 알지 못할 것이다. 맙소사.

마지막으로 먹통이 되기 직전, 우주선은 엔진도 나가기 시작한다는 것을 깨달았다.

동면에서 깨어나서 어리둥절한 승무원들과 우주선은 보조 자동 시스템의 통제 하에 순항했다. 그 시스템은 그저 아무 곳이나 착륙할 장소를 찾고 모니터할 수 있는 것이면 아무 거나 모니터했다.

착륙할 장소를 찾는 문제에 대해 말하자면, 일은 제대로 진행되지 않았다. 그들이 발견한 행성은 황량하게 차갑고 고적한 곳이었다. 그 행성을 덥혀야 할 태양으로부터는 마음이 아플 정도로 먼 곳에 있는 행성이었다. 그래서 그 행성──혹은 적어도 그 일부를──을 살 만하게 만들기 위해서는 그들이 가져온 환경-오-형태 기계와 생명-유지-오-시스템을 몽땅 사용해야만 했다. 가까운 곳에 더 살 만한 행성들도 있었지만, 그 우주선의 전략-오-매트는 분명 잠복 모드로 고정되어 있어서 가장 멀고도 가장 눈에 띄지 않는 행성을 선택했다. 게다가 그것은 우주선의 일등 전략 장교 외에는 누구의 반박도 듣지 않으려 했다. 우주선 안의 모든 이들은 정신이 나간 상태였기 때문에, 아무도 일등 전략 장교가 누군지, 혹여 그 사람을 찾아낸다 하더라도 그가 어떻게 배의 전략-오-매트를 반박할 수 있을지는 알 수가 없었다.

하지만 모니터할 만한 대상을 찾는 문제에 관해서라면, 그들은 금광을 찾은 셈이었다.

2

생명의 놀라운 점 중 하나는 그것이 온갖 종류의 장소에서 삶을 견디며 살아갈 준비가 되어 있다는 사실이다. 약간의 통제력만 가질 수 있는 곳이라면 생명은 어느 곳에서나 어딘가에 들러붙어 살아갈 방법을 발견한다. 물고기들이 방향 따위는 상관없다는 듯이 종잡을 수 없이 헤엄치는 산트라기누스 5호 행성의 알딸딸한 바다든지, 생명이 사만 도에서 시작된다고 하는 프라스트라 행성의 불꽃 폭풍이든지, 완전히 지옥 같은 시궁쥐의 막창 안에서 그저 웅크리고 살아가든지 말이다.

이유를 알기란 정말 힘들지만, 심지어 생명은 뉴욕에서도 살 수 있다. 겨울이면 뉴욕의 온도는 법정 최저치보다 훨씬 더 내려간다. 누군가가 법정 최저 온도를 정할 정도의 상식이 있다면 말이다. 지난번에 누군가가 뉴요커들의 특징 백 가지 리스트를 만들었을 때, 상식은 겨우 칠십구 위에 머물렀다.

여름은 정말 젠장 맞게 더웠다. 열기 속에서도 잘 살아가는 생명체라면 사만에서 사만 사 도 사이의 온도를 온화한 기후라고 생각할 수도 있다. 프라스트라인들처럼 말이다. 하지만 행성의 궤도상 한 지점에서는 갖가지 동물 가죽으로 둘둘 싸고 있어야 하다가 궤도를 반만 더 돌면 살가죽이 끓어오르는 상태가 되어버리는 동물로 살아간다는 것은 확실히 다른 일이다.

봄은 너무나 과장되게 부풀려졌다. 많은 뉴요커들은 봄의 기쁨 운운하며 엄청나게 떠들어댄다. 하지만 그들이 실제로 봄의 기쁨이라는 것을 조금이라도 안다면, 뉴욕보다 더 즐겁게 봄을 보낼 수 있는 장소가 적어도 오천구백팔십세 개는 된다는 것을 알게 될 것이다. 그것도 같은 위도상에 말이다.

하지만 최악의 계절은 가을이다. 뉴욕의 가을보다 더 지독한 것은 거의 없다. 시궁쥐의 막창 안에서 사는 생물들은 이에 동의하지 않을 수도 있다. 하지만 시궁쥐의 막창 안에서 사는 것들은 대부분 어쨌거나 굉장히 역겨운 놈들이니, 그 녀석들의 의견 따위는 무시해도 되고, 또 무시해야 한다. 뉴욕에 가을이 오면, 대기 중에는 마치 누군가가 염소를 튀겨대기라도 하는 것 같은 냄새가 난다. 그러니 숨을 쉬고 싶다면 창문을 열고 머리를 건물 안으로 들이미는 게 최고다.

트리시아 맥밀런은 뉴욕을 사랑했다. 그녀는 혼자서 이 말을 하고, 하고, 또 했다. 어퍼 웨스트사이드. 좋지. 미드타운. 이야, 멋진 가게들이지. 소호, 이스트 빌리지, 옷, 책, 스시, 이탈리아 음식, 델리 들(간단한 식사를 파는 식당 -- 옮긴이주). 좋아.

영화. 그것도 좋지. 트리시아는 우디 앨런의 새 영화를 막 보고 나오는 길이었다. 뉴욕에서 신경과민증 환자로 살아가는 고뇌를 다룬 영화였다. 같은 주제를 다룬 영화가 전에도 한두 편 더 있었기 때문에 트리시아는 그가 이사할 생각을 해봤는지가 궁금했다. 하지만 듣자 하니 그는 절대로 그러지 않을 거라고 했다. 그러니, 이런 영화가 더 나오겠군 하고 그녀는 생각했다.

직장 이동에 좋았기 때문에 트리시아는 뉴욕을 사랑했다. 가게 이동도 좋았고, 음식 이동도 좋은 곳이었다. 택시로 이동하거나 보도에서 이동하는 것은 그다지 상태가 좋지 않았지만. 하지만 그중 단연 최고는 직장 이동이었다. 트리시아는 텔레비전 앵커였다. 그리고 뉴욕은 많은 텔레비전 방송국이 자리 잡고 있는 곳이었다. 트리시아의 앵커 일은 지금까지는 영국에서만 이루어졌었다. 지역 뉴스를 하고 난 후에 아침 뉴스, 그 다음에는 초저녁 뉴스를 방송하는 것이다. 이런 말을 써도 된다면, 그녀는 급속히 떠오르는 앵커라고 불릴 수도 있었을 것이다. 하지만……이봐, 이건 텔레비전이라고, 뭐가 문제야? 그녀는 급속히 떠오르는 앵커였다. 그녀는 필요한 것을 다 갖추고 있었다. 멋진 헤어스타일, 전략적 립글로스에 대한 심오한 이해, 세상을 이해하는 지성, 그리고 아무도 모르게 죽어 있는 마음 한구석. 이것은 그녀가 신경 쓰지 않는다는 것을 의미했다. 모든 사람들은 살아가면서 큰 기회를 만난다. 만일 당신이 정말 갖고 싶었던 기회를 놓쳐버리면, 인생의 나머지 모든 것들은 기괴

할 정도로 쉬워져버린다.

트리시아는 단 한 번의 기회를 놓쳤을 뿐이었다. 요즘에는 그 일을 생각해도 예전처럼 그렇게 떨리지도 않았다. 그게 바로 자기 마음속에서 죽어버린 부분이라고 그녀는 생각했다.

NBS에서 새 앵커를 뽑고 있었다. 모 미네티가 아기를 갖기 위해 아침 프로그램인 '유에스/에이엠U.S./A.M.'을 그만두기 때문이었다. 그녀를 잡기 위해 회사에서는 깜짝 놀랄 만한 돈을 제안했지만, 예상치 못하게도 그녀는 사생활과 취향이라는 이유를 들어 거절했다. NBS의 변호사 팀은 이게 법적으로 하자가 없는지를 알아보려고 계약서를 이 잡듯이 뒤졌다. 하지만 결국 내키지는 않았지만 그들은 그녀를 놔줄 수밖에 없었다. 그들의 입장에서 이 일은 특히나 쓰라린 일이었다. 왜냐하면 보통 '내키지는 않지만 놔준다'라는 표현은 상황이 정반대일 때 쓰는 표현이었기 때문이었다.

혹시나, 정말 혹시나 영국식 악센트가 괜찮을지도 모른다는 말이 어디선가 흘러나왔다. 헤어스타일이나 피부 톤, 가공 의치는 미국 방송국의 기준에 맞아야만 할 것이다. 하지만 여기저기서 영국식 악센트를 쓰는 사람이 많았다. 오스카 상 시상식에서는 수많은 배우들이 영국식 악센트로 어머니께 감사드렸고, 브로드웨이에서는 영국식 악센트로 노래를 불렀으며, 엄청나게 많은 시청자들이 '명화 극장'에 채널을 맞추고 가발을 쓰고 영국식 악센트로 말하는 배우들을 지켜봤고, 데이비드 레터먼이나 제이 리노 쇼에서는 영국식 악센트로 농담을 했다. 아무도 그 농담을 이해하지 못했지만, 악센트는 모두들 진짜 좋아했다. 그러니 혹시나, 정말 혹시나 때가 됐을 수도 있다. 유에스/에이엠 쇼를 영국식 악센트로. 음, 젠장.

그래서 트리시아 맥밀런이 지금 여기 와 있는 거였다. 그렇기 때문에 뉴욕을 사랑하는 것이 직장 이동에 좋은 거였다.

물론 이런 이유를 떡하니 내세운 것은 아니었다. 영국에 있는 그녀의 텔레비전 방송국이 맨해튼에 직장을 구하러 가라고 항공료와 호텔비를 내줬을 리 만무하다. 그녀는 현재 연봉의 열 배 정도는 받을 작정이었다. 이런 것을 알았다면 그 사람들은 그녀가 자기 여행 비용은 스스로 댈 수 있을 거라고 생각했을지도 모른다. 하지만 그녀는 그럴듯한 이야기, 핑계거리를 찾아냈고, 그 뒤의 숨은 동기에 대해서는 입을 꾹 다물었다. 그래서 그들은 마지못해 여행 비용을 댔다. 물론 비즈니스 클래스였지만, 그녀는 얼굴이 알려진 사람이었기 때문에 미소로 한 단계 승급을 받을 수 있었다. 현명한 행동으로 그녀는 브렌트우드 호텔의 멋진 방을 차지했고, 이제 뭘 해야 할까 궁리하며 앉아 있었다.

세상에 나도는 소문을 듣는 것과 직접 연락을 취하는 것은 전혀 다른 문제였다. 그녀는 이름 몇 개, 전화번호 몇 개를 알고 있었지만, 몇 번이나 막연하게 대기하는 수밖에 없었고, 출발점에 되돌아가 있었다. 타진도 해보고 메시지도 남겨봤지만, 지금까지는 아무런 대답도 없었다. 실제로 그녀가 하러 온 일은 아침에 해치웠지만, 그녀가 좇고 있는 상상 속의 일은 손 닿지 않는 지평선 위에서 감질나게 어른거릴 뿐이었다.

제기랄.

그녀는 영화관에서 택시를 타고 브렌트우드 호텔로 돌아왔다. 택시는 길가를 온통 다 차지하고 있는 기다란 리무진 때문에 보도 가까이에 정차할 수 없었고, 그녀는 그 사이로 빠져나와야만 했다. 염소를 튀겨대는 듯 악취를 풍기는 공기를 피해 그녀는 축복받은 시원한 로비 안으로 들어왔다. 얇은 면 블라우스가 때처럼 피부에 들러붙었다. 머리카락은 마치 장터에서 막대 위에 올려놓고 파는 가발이라도 사서 쓴 것 같았다. 프런트 데스크에 가서 그녀는 자기에게 온 메시지가 있는지 물었다. 그녀는 냉정하게 아무런 메시지도 기대하지 않았다. 그런데 하나가 있었다.

아…….

좋아.

일이 된 거구나. 그녀가 영화관에 간 진짜 이유는 전화가 오게 하기 위해서였다. 호텔 방에 앉아서 전화를 기다리고 있는 것은 참을 수가 없었다.

생각해봤다. 여기서 메시지를 열어볼까? 옷이 간질간질해서 몽땅 다 벗어버리고 침대에 눕고만 싶었다. 그녀는 방의 에어컨은 최저 온도까지 내리고 선풍기 설정은 제일 강하게 올려놓았었다. 지금 이 순간 그녀가 이 세상에서 가장 원하는 것은 소름이었다. 뜨거운 물로 샤워를 한 다음에 찬물로 샤워를 하고, 타월을 감고 침대에 누워 에어컨 바람에 몸을 말리는 것이다. 그러고 나서 메시지를 읽는 거다. 그럼 소름이 더 돋겠지. 아마 온갖 일들이 일어날지도 몰라.

 아니다. 그녀가 이 세상에서 가장 원하는 것은 지금 연봉의 열 배를 받고 미국 텔레비전 방송국에서 일하는 것이다. 이 세상 그 어느 것보다도. 이 세상에서 말이다. 그녀가 진짜로 다른 무엇보다도 더 원하는 것은 이제는 물 건너간 일이었다.

 그녀는 로비에서 야자나무 아래 있는 의자에 앉아 투명창이 있는 작은 봉투를 열었다.

 "전화 주세요." 거기에는 이렇게 적혀 있었다. "행복하지 않아요." 그리고는 전화번호가 있었다. 보낸 이의 이름은 게일 앤드루스였다.

 게일 앤드루스.

 이건 그녀가 기대하고 있던 이름이 아니었다. 이 이름은 기습과도 같이 그녀를 덮쳤다. 이름이 낯익긴 한데, 그 이유는 금방 생각나지 않았다. 앤디 마틴의 비서였던가? 힐러리 바스의 조수인가? 마틴과 바스는 그녀가 NBS와 접촉하기 위해 전화했던, 혹은 전화하려고 노력했던 두 명의 주요 인사였다. 게다가 "행복하지 않아요"는 무슨 소린가?

 '행복하지 않다'고?

 그녀는 완전히 어안이 벙벙했다. 우디 앨런이 가명을 쓰면서 그녀와 접촉하려고 하는 걸까? 지역 번호는 이백십이였다. 그러니까 뉴욕에 있는 사람이었다. 기분이 좋지 않은 어떤 사람. 음, 그러면 범위가 약간 좁혀지기는 한 건가?

그녀는 데스크의 접수계원에게 돌아갔다.

"방금 주신 메시지가 좀 이상한데요." 그녀가 말했다. "제가 모르는 사람이 저한테 전화를 해서 행복하지 않다고 하네요."

접수계원은 눈살을 찌푸리며 메모를 들여다봤다.

"이 사람 아세요?" 그가 물었다.

"아뇨." 트리시아가 말했다. "흐음." 접수계원이 말했다. "뭔가 행복하지 않은 것 같군요."

"그래요." 트리시아가 말했다.

"여기 이름이 있는 것 같은데요, 게일 앤드루스. 이런 사람 아세요?"

"아뇨." 트리시아가 말했다.

"그녀가 왜 행복하지 않은지 혹시 아시겠어요?"

"아뇨."

"여기로 전화해보셨어요? 여기 전화번호가 있군요."

"아뇨." 트리시아가 말했다. "전 방금 메모를 받았어요. 전화를 걸어보기 전에 정보를 좀더 알고 싶어서 그래요. 전화 받으신 분이랑 얘기할 수 있을까요?"

"흐음." 메모를 꼼꼼하게 들여다보며 접수계원이 말했다. "여기엔 게일 앤드루스라는 사람이 없는 걸로 아는데요."

"아뇨, 제 말은." 트리시아가 말했다. "전 그저……."

"제가 게일 앤드루스예요."

트리시아의 뒤에서 목소리가 들려왔다. 그녀는 돌아봤다.

"뭐라고요?"

"제가 게일 앤드루스라고요. 오늘 아침에 저를 인터뷰하셨잖아요."

"아. 아, 맙소사, 맞아요." 트리시아는 약간 당황하며 말했다.

"몇 시간 전에 당신에게 메시지를 남겼는데, 답이 없어서 직접 들른 거예요. 엇갈리고 싶지 않았거든요."

"아. 예, 물론이에요." 트리시아는 정신을 차리고 일을 진행시키려고 애쓰면서 말했다.

"전 잘 모르겠군요." 일의 진행 같은 건 상관없는 접수계원이 말했다. "지금 이 번호로 전화를 한번 걸어볼까요?"

"아니에요, 괜찮아요. 고맙습니다." 트리시아가 말했다. "이젠 제가 처리할 수 있어요."

"도움이 된다면 여기 있는 이 방 번호로 전화해 드릴 수도 있는데요." 접수계원은 다시 한번 메모를 뚫어져라 쳐다보며 말했다.

"아뇨, 그러실 필요 없어요. 고맙습니다." 트리시아가 말했다. "그건 제 방 번호예요. 제가 메시지를 받은 사람이에요. 제 생각엔 상황이 정리된 것 같은데요."

"좋은 하루 보내십시오." 접수계원이 말했다.

트리시아는 특별히 좋은 하루를 보내고 싶지는 않았다. 그녀는 바빴다.

그녀는 또한 게일 앤드루스와 이야기하고 싶지도 않았다. 기독교인들과 친하게 지내는 문제에 관한 한, 그녀는 매우 엄격하게 선을 그었다. 그녀의 동료들은 그녀가 인터뷰하는 대상을 기독교인들이라고 불렀는데, 아무것도 모르는 순진한 얼굴로 트리시아를 만나러 스튜디오로 들어서는 사람을 보면 그들은 종종 성호를 긋곤 했다. 특히나 트리시아가 이를 드러낸 채 따뜻한 미소를 짓고 있을 때면 더.

그녀는 무엇을 해야 할까 생각하며 돌아서서 쓸쓸한 미소를 지었다.

게일 앤드루스는 차림새가 단정한 사십 대 중반의 여성이었다. 그녀의 옷은 값비싼 고급 취향의 영역에 있긴 했지만, 분명 그 영역의 가장자리 끝에 쑤셔 박혀 있었다. 그녀는 점성가였다. 유명한 데다, 소문이 사실이라면, 영향력 있는 점성가였다. 소문에 의하면, 무슨 요일에 어떤 맛의 쿨 휩(크래프트 사에서 나온 토핑용 휘핑크림— 옮긴이주)을 먹어야 하는가에서부터 시작해 다마스쿠스를 폭격할 것인지 말 것인지에 이르기까지, 허드슨 전 대통령이 내린 많은 결정들에 그녀가 영향을 미쳤다고 했다.

트리시아는 보통 때보다 더 잔인하게 그녀를 짓밟았다. 대통령에 대한 소문들이 사실인지 아닌지를 가지고 그런 것이 아니었다. 그런 건 이제 낡은 수법이다. 당시 앤드루스 씨는 개인적이고 정신적인 문제와 식사 문제 외에는 대통령에게 자문하지 않았다고 강력하게 부인했었다. 분명 거기에는 다마스쿠스 폭격은 포함되지 않았다. ('개인적 유감은 없어요, 다마스쿠스!' 당시 타블로이드 신문들은 이렇게 야유했었다.)

아니, 트리시아가 준비해서 간 것은 점성술이라는 문제 자체에 대해 깔끔하게 주제적으로 접근하는 것이었다. 앤드루스 씨는 이런 식의 접근에는 별로 준비가 되어 있지 않았다. 반면, 트리시아는 호텔 로비에서 다시 승부를 겨룰 준비는 별로 되어 있지 않았다. 무엇을 해야 할까?

"바에서 기다릴게요, 시간이 좀 필요하시다면요." 게일 앤드루스가 말했다. "하지만 당신과 이야기를 좀 하고 싶어요. 전 오늘밤 이 도시를 떠나거든요."

그녀는 감정이 상했다거나 분노했다기보다는 뭔가 약간 걱정하고 있는 것 같았다.

"좋아요." 트리시아가 말했다. "십 분만 주세요."

그녀는 방으로 올라갔다. 다른 모든 것은 차치하고서라도, 그녀는 접수계의 메시지 데스크의 사내가 메시지 받는 일처럼 복잡한 일을 처리할 능력이 과연 있는지 믿음이 가지 않았다. 그래서 그녀는 문 아래에 메모가 없는지 샅샅이 살펴봤다. 데스크의 메시지와 문 아래의 메시지가 서로 완전히 다른 게 아마 이번이 처음은 아닐 것이다.

메모는 없었다.

하지만 전화기의 메시지 등이 반짝이고 있었다.

그녀는 메시지 버튼을 눌러서 호텔 교환수에게 연결했다.

"게리 앤드리스 씨에게서 메시지가 와 있습니다." 교환수가 말했다.

"네?" 트리시아가 말했다. 낯선 이름이었다. "내용이 뭐죠?"

"항복하지 않아요." 교환수가 말했다. "뭐가 아니라고요?" 트리시아가 물었다.

"항복. 그게 내용이에요. 어떤 남자가 항복하지 않는다는군요. 당신이 그걸 아셨으면 하는 것 같은데요. 번호를 불러드릴까요?"

그녀가 번호를 부르기 시작하자 트리시아는 이것이 자신이 이미 받은 메시지를 잘못 적은 버전에 불과하다는 것을 깨달았다.

"좋아요, 됐어요." 그녀가 말했다. "다른 메시지는 없나요?"

"방 번호는요?"

트리시아는 대화가 이 정도로 진행된 시점에서 교환수가 왜 갑자기 방 번호를 불러달라고 하는지 이해할 수가 없었지만, 어쨌거나 불러줬다.

"성함은요?"

"맥밀런, 트리시아 맥밀런이에요." 트리시아는 참을성 있게 철자를 불러줬다.

"맥마누스 씨가 아니고요?"

"아니에요."

"더 이상 메시지가 없습니다." 찰칵.

트리시아는 한숨을 쉬고 다시 전화를 걸었다. 이번에는 미리 이름과 방 번호를 다시 불러줬다. 교환수는 십 초 전에 자신들이 대화를 했다는 걸 알아차리는 듯한 기미를 전혀 보이지 않았다.

"전 바에 있을 거예요." 트리시아가 설명했다. "바에요. 만약 저한테 전화가 오면, 바로 연결해주시겠어요?"

"성함은요?"

이런 짓을 몇 번 더 하고서야 트리시아는 명확하게 전달될 수 있는 사항은 최대한 명확하게 전달되었다는 것을 확신했다.

그녀는 샤워를 하고 새 옷을 입고 전문가 같은 신속한 솜씨로 화장을 고쳤다. 그리고는 침대를 바라보고 한숨을 쉬고는 다시 방을 나섰다.

그냥 살금살금 빠져나가 숨어버리고 싶은 마음도 들었다.

아니, 정말 그런 건 아니다.

그녀는 엘리베이터를 기다리면서 거울에 비친 자신의 모습을 바라봤다. 멋지고 자신감 있어 보였다. 스스로를 속일 수 있다면 누구라도 속일 수 있을 것이다.

그녀는 게일 앤드루스를 참고 견뎌야만 할 것이다. 좋다. 그녀가 게일 앤드루스에게 심한 짓을 했으니까. 미안하지만, 그건 우리 모두가 하는 게임일 뿐이다. 그런 것 말이다. 앤드루스 씨는 새 책이 나왔기 때문에 인터뷰를 하겠다고 동의했었다. 텔레비전에 나오면 공짜로 선전이 되니까. 하지만 공짜 점심이란 없는 법이다. 아니, 그녀는 그 문장을 다시 삭제했다.

상황은 다음과 같다.

지난 주 천문학자들이 명왕성 궤도 바깥에 있는 열 번째 행성을 마침내 발견했다고 발표했다. 그들은 바깥 행성들의 궤도에 어떤 편차가 있다는 사실에 기반을 두어 이 행성을 몇 년 동안이나 찾아왔다. 이제 그들은 행성을 발견했고 모두 뛸 듯이 기뻐했으며, 모든 사람들이 그들을 축하해줬다. 그 행성에는 페르세포네라는 이름이 붙여졌지만, 곧 어떤 천문학자의 앵무새 이름을 따서 루퍼트라는 별명으로 불렸다. 여기에는 지루하게 감동적인 뒷이야기가 있다. 모두 멋지고 사랑스러운 일이었다.

트리시아는 여러 가지 이유로 그 이야기를 매우 흥미롭게 읽었다.

그러고 나서, 회사 경비로 뉴욕에 갈 좋은 구실을 찾던 와중에 우연히 게일 앤드루스와 그녀의 신간《당신과 당신의 행성들》에 관한 보도기사가 눈에 들어왔다.

게일 앤드루스란 이름은 딱히 귀에 익은 이름은 아니었다. 하지만 허드슨 대통령과 쿨 휩, 다마스쿠스 절단(세상은 외과적 공격의 충격에서 벗어나 앞으로 나아가고 있었다. 사실 공식 용어는 '다마스섹토미 Damascectomy'로 이는 다마스쿠스 '파괴'를 뜻했다)을 언급하기만 하면, 사람들은 모두 누구 얘기인지 기억했다.

트리시아는 이게 이야기가 될 수 있겠다고 생각했고 재빨리 프로듀서에게 팔아넘겼다.

우주에서 빙빙 돌고 있는 커다란 바위 덩어리가 당신도 모르는 당신의 하루에 대해 무엇인가 알고 있다는 의견은, 전에는 아무도 몰랐던 새로운 바위 덩어리가 갑자기 저 밖에 있다는 사실에서 약간의 타격을 받을 게 분명 틀림없다.

그러면 폐기해야 하는 주장들도 분명 있을 것이다, 그렇지 않은

가?

이 모든 성단도와 행성의 움직임 등은 또 어떤가? 우리 모두는 (분명) 해왕성이 처녀자리에 있을 때 어떤 일이 일어나는지 등을 알았다. 하지만 루퍼트가 떠오를 때는 무슨 일이 벌어지는가? 점성술 전체가 재고되어야만 하지 않겠는가? 지금이 아무래도 그게 다 엉터리 같은 소리에 불과했다는 것을 고백하고 대신 돼지치기나 시작하기에 좋은 때가 아니겠는가? 적어도 돼지치기의 원리는 합리적 기초에 바탕하고 있으니까. 루퍼트의 존재를 삼 년 전에 알았다면, 허드슨 대통령이 금요일 대신 목요일에 초콜릿 맛을 먹을 수도 있었지 않을까? 다마스쿠스가 아직도 존재할 수도 있지 않을까? 그런 것들 말이다.

게일 앤드루스는 이 모두를 합리적으로 잘 받아들였다. 하지만 처음의 맹공에서 막 회복되기 시작하면서, 그녀는 다소 심각한 실수를 했다. 일주호(日週弧 : 지구의 자전에 의해 천체가 천구상에 그리는 호—옮긴이주)니, 적경(赤經 : 천체가 지평선상에 오르는 것—옮긴이주), 삼차원 삼각법 따위의 난해한 분야를 거론해서 트리시아의 자신감을 흔들어보려는 시도를 한 것이다.

놀랍게도, 자기가 트리시아에게 날린 모든 공들은 곧바로 자신에게 되돌아왔다. 게다가 도저히 받아칠 수 없는 변화구까지 넣어서. 트리시아에게 있어 텔레비전의 예쁘장한 앵무새 역할은 인생에서 두 번째로 시도하는 역할에 불과하다는 사실을 아무도 게일에게 경고해주지 않았다. 그녀의 샤넬 립글로스와 와일드한 헤어컷, 파란색 콘택트렌즈 뒤에는, 과거 자포자기했던 시절 최고 성적으로 수학 학위와 천체 물리학 박사 학위를 딴 비상한 두뇌가 있었던 것이다.

　엘리베이터에 타는 순간, 트리시아는 정신을 팔다가 가방을 방에 두고 왔다는 사실을 깨달았다. 나가서 가방을 가져올까 하고 생각해봤다. 아니. 가방은 방에 있는 게 아마 더 안전할 테고 그 안에는 특별히 필요한 것도 없었다. 그녀는 문이 닫히도록 내버려뒀다.
　게다가, 그녀는 심호흡을 하면서 자기 자신에게 말했다. 인생이 그녀에게 가르쳐준 게 있다면 그건 바로 이것이었다. 절대로 가방을 가지러 가지 마라.
　엘리베이터를 타고 내려가면서 그녀는 천장을 심각하게 뚫어져라 쳐다봤다. 트리시아 맥밀런을 잘 모르는 사람이 봤다면, 눈물을 흘리지 않으려고 애쓸 때 사람들이 위를 쳐다보는 바로 그 자세라고 말했을 것이다. 하지만 그녀는 분명히 구석에 매달려 있는 작은 보안 카메라를 보고 있었다. 일 분 뒤 그녀는 엘리베이터에서 기운차게 걸어 나와 다시 안내 데스크로 갔다.
　"자, 이걸 써드릴게요." 그녀가 말했다. "일이 잘못되는 게 싫으니까요."
　그녀는 종이에다가 자신의 이름을 커다랗게 적고, 방 번호도 적었다. 그러고 나서 '바에 있음'이라고 쓰고 접수계원에게 메모를 줬다. 그는 메모를 쳐다봤다.

"저한테 메시지가 올 경우에 말이에요. 아시겠죠?"

접수계원은 계속 메모를 들여다보고 있었다.

"이 여자 분이 방에 계신지 알아봐 드릴까요?" 그가 말했다.

이 분 뒤, 트리시아는 백포도주 한 잔을 앞에 놓고 바에 앉아 있는 게일 앤드루스의 옆자리에 앉았다.

"제가 보기에 당신은 점잔을 빼면서 테이블에 앉기보다는 바에 앉는 걸 좋아하는 타입인 것 같아서요."

이것은 사실이었고, 트리시아는 약간 허를 찔린 느낌이었다.

"보드카?" 게일이 말했다.

"네." 트리시아가 수상쩍다는 듯이 대답했다. 그녀는 '어떻게 아셨어요?'하고 물어보려다가 그만뒀는데, 게일은 어쨌거나 대답을 했다.

"바텐더에게 물어봤어요." 그녀는 친절한 미소를 띠며 말했다.

바텐더가 보드카를 준비해 매력적인 동작으로 윤기 나는 마호가니를 가로질러 잔을 밀어 보냈다.

"고마워요." 트리시아는 보드카를 세게 휘저으며 말했다.

그녀는 이런 갑작스러운 친절을 어떻게 해석해야 할지 도무지 알 수가 없었고, 친절에 홀려서 실수하지 말아야겠다고 단단히 결심했다. 뉴욕 사람들이 친절하게 굴 때는 다 이유가 있는 법이다.

"앤드루스 씨." 그녀가 단호하게 말했다. "행복하지 않으시다니 안됐군요. 오늘 아침 제 행동이 좀 심했다고 생각하실지도 모른다는 거 알아요. 하지만 점성술이란 결국 대중들의 여흥에 불과하잖아요. 그건 괜찮아요. 쇼 비즈니스의 일부고, 당신이 이제까지 잘 해오신 일이죠. 당신께는 행운을 빌어요. 재밌는 일이죠. 하지만 그건 과학은 아니에요. 그리고 과학으로 오인되어서도 안 되고요. 우리가 오늘 아침 그 점을 아주 성공적으로 증명했다고 생각해요. 동시에 대중적인 오락거리도 좀 만들어내면서요. 그게 우리 둘의 직업이잖아요. 그 점이 마음에 안 드신다면 죄송해요."

"전 전적으로 행복해요." 게일 앤드루스가 말했다.

"아." 트리시아는 이 말을 도대체 어떻게 받아들여야 할지 모르겠다고 생각하며 대답했다. "당신이 보낸 메시지에는 당신이 행복하지 않다고 적혀 있던데요."

"아니에요." 게일 앤드루스가 말했다. "제 메시지는, 제가 보기에 당신이 행복하지 않다는 거였어요. 왜 그럴까 궁금했었죠."

트리시아는 뒤통수를 맞은 느낌이었다. 그녀는 눈을 껌벅였다.

"뭐라고요?" 그녀는 재빨리 말했다.

"별들과 상관있어요. 우리가 함께 토론할 때 당신은 별과 행성 들과 관련된 무엇인가 때문에 굉장히 화가 나고 불행해 보였어요. 그 생각이 계속 제 머리를 떠나지 않아서 당신이 괜찮은지 보러 온 거예요."

트리시아는 그녀를 뚫어져라 쳐다봤다. "앤드루스 씨……." 그녀는 말을 시작했지만, 다음 순간 자신의 말투야말로 딱 화나고 불행한 사람 말투여서 자기가 하려던 항의가 도리어 먹히지 않으리라는 사실을 깨달았다.

"괜찮다면, 그냥 게일이라고 불러주세요."

트리시아는 그저 황당한 표정을 하고 있었다.

"저도 점성술이 과학이 아니라는 걸 알아요." 게일이 말했다. "물론 아니죠. 그건 그저 임의의 규칙들을 모은 것뿐인걸요. 체스나 테니스처럼, 아니면 당신네 영국인들이 하는 그 이상한 게 뭐죠?"

"어, 크리켓? 자기혐오?"

"의회 민주주의요. 규칙들은 나름대로 납득이 가요. 자기들끼리만 통하는 규칙이죠. 하지만 그 규칙들을 실행하려고 하면, 온갖 종류의 절차들이 생기기 시작하고, 결국은 사람들에 대해 많은 것들을 알게 되죠. 점성술의 규칙들은 어쩌다 보니 별과 행성들에 관한 것이지만, 암컷과 수컷 오리가 더 좋다면 그것들에 관한 규칙이라고 해도 상관없어요. 문제의 형태는 그 문제에 대해서 어떻게 생각하는가에 따라 만들어지죠. 규칙은 많을수록 더 작아지고, 더 임의적일수록 더 좋은 법이에요. 부드러운 흑연 가루 한 줌을 종이 위에 뿌려서 눈에 보이지 않는 자국을 찾는 것과 같죠. 그러면 이제는 지워버려서 보이지 않는, 그 위의 종이에 쓴 글자들이 나타나는 식으로 말이에요. 흑연 가루가 중요한 게 아니에요. 그건 그 자국들을 드러내는 수단일 뿐이죠. 그러니 점성술은 천문학과는 아무 상관이 없어요. 다만 사람들의 사람들에 대한 생각과 상관있을 뿐이죠.

그러니 잘은 모르겠지만, 당신이 오늘 아침에 별과 행성들에 대해 굉장히, 굉장히 감정적으로 골몰하고 있는 것을 보고 전 생각했어요. 이 사람은 점성술에 대해 화가 난 게 아니구나. 이 사람은 진짜 별과 행성들 때문에 화가 나고 불행한 거구나. 사람들이 그 정도로 불행하고 화가 날 때는 흔히 뭔가를 잃어버렸을 때죠. 이게 제가 생각한 거 다예요. 그 이상은 저도 이해할 수가 없었죠. 그래서 당신이 괜찮나 하고 보러 온 거예요."

트리시아는 충격을 받았다.

그녀의 머리 한 부분에서는 이미 온갖 종류의 이야기들을 준비하기 시작했다. 신문의 별점난이 얼마나 말도 안 되는지, 그 별점이 얼마나 다채로운 통계학적 속임수로 사람들을 속여대는지, 이런 온갖 반박을 만들어내느라 머리 속이 부산했다. 하지만 머리의 나머지 부분들은 그 소리를 귀담아듣고 있지 않았다. 이를 깨닫자, 그 생각들은 점차 사라져버렸다. 그녀는 엄청난 충격을 받았다.

그녀는 지금 막 십칠 년 동안 아무에게도 말하지 않고 꽁꽁 숨겨왔던 비밀을 전혀 모르는 사람에게서 들은 참이었다.

그녀는 고개를 돌려 게일을 바라봤다.

"전……."

그녀는 말을 멈췄다.

바의 뒤편, 저 위에 달린 조그마한 보안 카메라가 그녀의 움직임을 따라 고개를 돌렸다. 그녀는 엄청나게 당황했다. 대부분의 사람들은 눈치 채지 못했을 것이다. 보안 카메라라는 것은 사람들이 눈치 챌 수 있게 만들어진 것이 아니었다. 그것은 뉴욕에 있는 비싸고 우아한 호텔조차 자기 고객들이 넥타이를 매지 않거나 갑자기 총을 빼서 들이대지 않을 것을 장담하지 못한다는 것을 암시하도록 디자인되지 않았다. 하지만 아무리 보드카 뒤에 잘 숨겨져 있어도 카메라는 섬세하게 연마된 텔레비전 앵커의 본능을 속일 수는 없었다. 앵커는 언제 카메라가 자기를 향하는지를 정확하게 아는 법이다.

"무슨 문제가 있나요?" 게일이 물었다.

"아뇨, 저……, 당신이 절 좀 놀라게 해서요." 트리시아가 말했다. 그녀는 보안 카메라를 무시하기로 결정했다. 오늘 텔레비전 생각을 너무 많이 했기 때문에 상상력이 조화를 부린 것일 뿐이다. 이런 일이 일어난 게 처음도 아니었다. 확신하건데, 그녀가 교통 모니터 카메라 앞을 지나갔을 때는 카메라가 고개를 돌려 그녀를 따라왔고, 블루밍대일(뉴욕에 있는 백화점— 옮긴이주)의 보안 카메라는 그녀가 모자를 써보고 있을 때 특별히 주시하는 듯했다. 분명히 그녀는 미쳐가고 있었다. 심지어 센트럴파크의 새조차 그녀를 굉장히 뚫어지게 쳐다보았던 것 같았다.

그녀는 이런 생각들을 떨쳐버리기로 하고 보드카를 한 모금 마셨다. 어떤 사람이 바를 돌아다니며 사람들에게 맥마누스 씨가 아니냐고 물어보고 있었다.

"좋아요." 그녀는 갑자기 불쑥 말했다. "어떻게 알아내셨는지 모르겠지만……."

"당신이 말한 것처럼, 알아낸 게 아니에요. 전 그냥 당신이 하는 말을 들었을 뿐이죠."

"제 생각에, 제가 잃어버린 건 완전히 다른 인생이에요."

"누구나 그런 짓을 하죠. 매일 매순간마다요. 우리가 내리는 결정 하나하나, 숨쉬는 호흡 하나하나가 어떤 문들은 열고 다른 많은 문들은 닫아버리죠. 대부분은 알아채지도 못해요. 어떤 것들은 알아차리고요. 당신은 하나를 알아챈 것 같군요."

"아, 그래요. 전 알았어요." 트리시아가 말했다. "좋아요. 말씀드리죠. 굉장히 간단한 이야기예요. 오래 전 어떤 파티에서 어떤 남자를 만났어요. 그는 자기가 다른 행성에서 왔다고 하면서 저보고 같이 갈 의향이 있냐고 묻더군요. 전 '네, 좋아요' 하고 말했죠. 그런 식의 파티였어요. 전 그 사람에게 제 가방을 가져올 때까지 기다리라고 말했어요. 그럼 기꺼이 그와 함께 다른 행성으로 가겠노라고. 그는 가방은 필요 없을 거라고 하더군요. 전 '당신은 분명 굉장히 후진 행성에서 왔군요' 하고 말했죠. 안 그러면 여자들이 항상 가방을 가지고 다닌다는 것을 알 테니까요. 그는 약간 초조해했어요. 하지만 전 그가 다른 행성에서 왔다고 말했다고 해서 식은 죽 먹기로 넘어가는 여자는 안 될 작정이었어요.

전 위층으로 올라갔어요. 가방을 찾는 데 약간 시간이 걸렸고, 거기다 화장실에 누군가가 있었죠. 내려와 봤더니 그는 가버리고 없더군요."

트리시아는 말을 멈췄다.

"그러고 나서요……." 게일이 말했다.

"정원으로 나가는 문이 열려 있었어요. 바깥으로 나갔죠. 불빛이 있었어요. 뭔가 번쩍거리는 것이었죠. 제가 나갔을 때 그건 막 하늘로 올라가고 있었어요. 조용히 구름을 가로질러 휙 하고 솟구치더니 사라져버리더군요. 그게 다예요. 이야기 끝이에요. 한 인생이 끝나고 다른 인생이 시작된 거죠. 하지만 이 삶의 매순간 전 다른 내가 어떻게 됐을지 못 견디게 궁금해요. 가방을 가지러 가지 않았던 저 말이에요. 마치 그녀가 저 바깥 어딘가에 있고 전 그녀의 그림자 속을 걸어 다니고 있는 것 같아요."

호텔 직원 하나가 바를 돌아다니며 사람들에게 밀러 씨가 아니냐고 물어보고 있었다. 아무도 밀러 씨가 아니었다.

"당신은 정말로 그……사람이 다른 행성에서 왔다고 생각해요?" 게일이 물었다.

"아, 물론이에요. 우주선이 있었다고요. 아, 게다가 그는 머리가 두 개 있었어요."

"두 개요? 다른 사람들은 눈치 못 챘나요?"

"그건 가장 파티였어요."

"그렇군요……."

"물론, 그는 거기다가 새장을 씌워놨죠. 새장 위에 천을 씌워서요. 그는 앵무새를 가져온 척했어요. 새장을 두드리면 그 머리가 '예쁜 폴리' 따위의 멍청한 소리를 지껄이며 꽥꽥거렸죠. 그러더니 천을 잠깐 뒤로 휙 벗기고는 호탕하게 웃더군요. 그 안에는 또 하나의 머리가 있었고, 그 머리도 같이 웃고 있었어요. 말씀드리지만, 참 우려되는 순간이었죠."

"당신은 아마 옳은 일을 했을 거예요. 그렇게 생각하지 않나요?" 게일이 말했다.

"아뇨." 트리시아가 말했다. "아뇨, 아니에요. 전 제가 하던 일도 계속할 수 없었어요. 아시겠지만, 전 천체 물리학자였어요. 앵무새인 척하는 두 번째 머리를 가진 외계인을 실제로 만나게 되면 천체 물리학자 역할을 제대로 할 수 없죠. 그냥 할 수 없는 거예요. 적어도 저는요."

"힘든 일이라는 거 알겠어요. 아마 그것 때문에 당신은 말도 안 되는 것 같은 소리를 하는 사람들에게 좀 심하게 구는 거군요."

"그래요." 트리시아가 말했다. "당신 말이 맞아요. 미안해요."

"괜찮아요."

"그런데, 이 이야기는 당신한테 처음 하는 거예요."

"저도 궁금했었어요. 결혼은 하셨나요?"

"어, 아니요. 요즘은 알아보기가 참 힘들죠, 안 그래요? 하지만 당신은 물어보셔도 돼요. 왜냐하면 그게 바로 이유일 테니까. 저도 몇 번인가는 거의 결혼할 뻔 했었죠. 그건 대개 아기를 갖고 싶었기 때문이었죠. 하지만 모든 남자들이 결국에는 저한테 왜 계속 자기 어깨 너머를 보고 있느냐고 물었어요. 뭐라고 하겠어요? 한때는 심지어 그냥 정자 은행에 가서 운에 맡겨버릴까도 생각했었어요. 그냥 아무나의 아기를 갖는 거예요."

"진짜로 그럴 수는 없죠. 안 그래요?"

트리시아는 웃었다. "아마도요. 진짜로 가서 알아본 적은 없어요.

정말로 그래보진 않았죠. 제 인생이 그래요. 정말로 진짜는 한 적이 없죠. 그래서 제가 텔레비전 일을 하는 거예요. 아무것도 진짜가 아니죠."

"실례합니다만, 숙녀 분, 당신 이름이 트리시아 맥밀런인가요?"

트리시아는 놀라서 주위를 둘러봤다. 운전사 모자를 쓴 남자가 서 있었다.

"네." 그녀는 즉시 자세를 가다듬으며 대답했다.

"당신을 한 시간 정도나 찾아다녔어요. 호텔에서는 그런 이름이 없다고 하더군요. 하지만 마틴 씨의 사무실에 다시 체크를 해보니 여기가 당신이 머물고 있는 곳이 절대로 맞다고 했어요. 그래서 다시 물어보니, 그 사람들은 당신 이름은 들어본 적이 없다고 하고, 그래서 이름을 불러서 좀 찾아달라고 했더니 못 찾겠다고 하더군요. 결국은 사무실에다가 당신 사진을 차에 있는 팩스로 보내달라고 해서 제가 직접 확인을 했죠."

그는 시계를 들여다봤다.

"좀 늦었기는 하지만, 그래도 가실래요?"

트리시아는 깜짝 놀랐다.

"마틴 씨요? NBS의 앤디 마틴 씨 말씀인가요?"

"맞습니다. 유에스/에이엠의 스크린 테스트요."

트리시아는 총알같이 의자에서 일어났다. 맥마누스 씨와 밀러 씨를 찾던 그 모든 메시지들을 생각하니 치가 떨렸다.

"서둘러야 해요." 운전사가 말했다. "듣자하니 마틴 씨는 영국식 악센트를 써보는 게 어떨까 생각하고 있다더군요. 하지만 그분의 상사는 그 생각에 절대적으로 반대하고 있어요. 그게 정글러 씨죠. 우연히 알게 된 건데, 그분은 오늘 저녁에 해변으로 날아갔어요. 제가 바로 그분을 태워서 공항으로 데려다줬으니까요."

"좋아요." 트리시아가 말했다. "전 준비가 됐어요. 가죠."

"좋아요. 호텔 앞에 커다란 리무진이 있어요."

트리시아는 게일을 돌아보며 말했다. "미안해요."

"가세요! 가요!" 게일이 말했다. "그리고 행운을 빌어요. 만나서 즐거웠어요."

트리시아는 돈을 꺼내려고 가방에 손을 뻗었다.

"젠장." 가방을 위층에 두고 왔다.

"술값은 제가 낼게요." 게일이 고집했다. "정말이에요. 오늘 정말 재미있었어요."

트리시아는 한숨을 쉬었다.

"저, 오늘 아침 일은 정말 죄송해요, 그리고……."

"더 이상 말씀 안 하셔도 돼요. 전 괜찮아요. 그저 점성술일 뿐인 걸요. 해될 것도 없고. 세상이 끝난 것도 아니잖아요."

"고마워요." 트리시아는 충동적으로 그녀를 포옹했다.

"다 챙기셨습니까?" 운전사가 말했다. "가방이나 뭐 가져오지 않을래요?"

"인생을 살면서 제가 한 가지 배운 게 있다면." 트리시아가 말했다. "절대로 가방을 가지러 되돌아가지 말라는 거예요."

* * *

약 한 시간 후, 트리시아는 호텔 방의 침대 두 개 중 하나에 앉아 있었다. 몇 분 동안 그녀는 꼼짝도 하지 않았다. 그녀는 그저 가방을 물끄러미 바라보고 있었다. 가방은 다른 쪽 침대 위에 얌전히 놓여 있었다.

손에는 게일 앤드루스의 메시지를 쥐고 있었다. 거기에는 이렇게 쓰여 있었다. "너무 실망하지 말아요. 이야기를 하고 싶으면 전화를 거세요. 제가 당신이라면 내일 밤에는 집에 있을 거예요. 좀 쉬세요. 하지만 저 때문에 꺼림칙해하지는 마세요. 걱정 말아요. 그저 점성술에 불과하니까. 세상이 끝난 게 아니랍니다. 게일."

운전사의 말은 족집게처럼 맞았다. 사실 그 운전사는 그녀가 만나본 어떤 NBS 직원보다도 상황이 어떻게 돌아가고 있는지 잘 알고 있는 것 같았다. 마틴은 예리했고 정글러는 그렇지 않았다. 그녀는 마틴이 옳다는 것을 증명할 기회를 한 차례 가졌지만, 그걸 날려버렸다.

오, 저런. 오, 저런. 오, 저런. 오, 저런.

집에 갈 시간이다. 항공사에 전화해서 오늘 밤 히스로 공항(영국 런던에 있는 국제 공항—옮긴이주)으로 돌아가는 야간 비행기를 탈 수 있는지 알아봐야 한다. 그녀는 커다란 전화번호부에 손을 뻗었다.

아, 순서대로 차근차근 해야지.

그녀는 전화번호부를 다시 내려놓고, 핸드백을 들고 화장실로 갔다. 가방을 내려놓고 콘택트렌즈를 담고 있는 작은 플라스틱 통을 꺼냈다. 그녀는 렌즈 없이는 대본이고 프롬프터고 제대로 읽지 못했다.

조그마한 플라스틱 렌즈를 눈에 살살 집어넣으면서 그녀는 생각했다. 살아가면서 한 가지 배운 게 있다면, 가방을 가지러 되돌아가서는 안 되는 때가 있고 그래야 하는 때가 있다는 것이었다. 그 두 가지 경우를 구분하는 법은 아직 배우지 못했다.

3

우리가 우스갯소리로 과거라고 부르는 시절,《은하수를 여행하는 히치하이커를 위한 안내서》는 평행 우주에 대해 할 말이 많았다. 하지만 신중에서도 상급 신 레벨에 미치지 못하는 사람들에게는 알아들을 수 없는 소리들이다. 게다가 우리가 알고 있는 모든 신들이 자기네들이 주로 주장했듯이 우주 탄생 일주일 전이 아니라 탄생 후 백만분의 삼 초는 족히 지나고 나서야 등장했다는 것이 이제는 완전히 기정사실로 인정되었기 때문에, 이들은 안 그래도 해명해야 할 것들이 무진장 많다. 따라서 이 시점에서 복잡한 물리학 문제를 설명할 여유는 없는 것이다.

평행 우주라는 주제에 대해《안내서》가 해주는 한 가지 고무적인 이야기는, 당신이 평행 우주를 이해할 수 있는 가능성은 아주 없다고 봐야 한다는 것이다. 그러니까 바보같이 보일까 봐 걱정하지 말고 맘대로 "뭐라고?"라든지 "에에?" 따위의 소리를 해도 되고 심지어 사팔뜨기 눈을 하거나 허튼소리를 해도 좋다.

평행 우주에 대해 알아야 할 첫 번째 사실은, 그것이 평행이 아니라는 점이라고 《안내서》는 말하고 있다.

엄밀하게 말하자면, 그것은 우주도 아니라는 사실을 깨닫는 것 역시 중요하다. 하지만 그걸 깨달으려고 애쓰지 말고 좀 기다려보는 게 가장 쉬운 방법이다. 왜냐하면 그 순간까지 당신이 깨달은 모든 것들이 사실이 아니라는 것을 곧 알게 될 테니까.

그것들이 우주가 아닌 이유는, 사실 주어진 모든 우주는 그 자체로 어떤 것이 아니라 기술적으로 말해서 WSOGMM, 즉 온갖 종류의 총체적 혼란Whole Sort of General Mish Mash이라고 알려진 것을 바라보는 한 가지 방식에 지나지 않기 때문이다. 온갖 종류의 총체적 혼란 또한 사실은 존재하지 않는다. 단지 그것을 바라보는 여러 가지 방식들의 총합이 있을 뿐이다. 그런 게 존재한다면 말이다.

우주들이 평행이 아닌 이유는 바다가 평행이 아닌 이유가 마찬가지다. 거기에는 아무런 의미도 없다. 온갖 종류의 총체적 혼란을 얇게 썰어보면 어떻게 썰든지 간에 대체로 누군가가 고향이라고 부르는 것이 나온다.

이제 헛소리를 해도 좋다.

* * *

여기서 우리가 문제 삼고 있는 지구는 온갖 종류의 총체적 혼란

대체로 무해함

속에서 그것이 차지하고 있는 특별한 방위로 인해 다른 지구들과는 달리 중성미자와 충돌했다.

중성미자란 건 충돌할 정도로 큰 물건이 아니다.

사실 자기와 충돌했으면 하고 바랄 수 있는 물건 중에서 중성미자보다 작은 것을 생각하기란 힘들다. 그리고 지구 정도 크기의 무엇인가가 중성미자와 충돌한다는 것은 아주 특별한 일도 아니다. 절대로 아니다. 지구가 지나가는 중성미자 수십억 개와 충돌하지 않는 나노 초가 있다면, 그 순간이 오히려 굉장히 특이한 순간일 것이다.

물론 그것은 '충돌'을 어떤 의미로 사용하는가에 따라 달라진다. 물질이 거의 전적으로 아무것도 아닌 것으로 구성되어 있다는 점을 생각하면 말이다. 중성미자가 이 울부짖는 텅 빈 공간 속을 여행하다가 실제로 무엇인가와 충돌할 수 있는 가능성은, 날아가는 747 여객기에서 무작위로 볼베어링을 던졌는데 그게, 어, 말하자면, 달걀 샌드위치를 맞출 가능성과 대충 비슷하다 할 수 있다.

하여간, 이 중성미자는 무엇인가와 충돌했다. 규모로 볼 때 무지하게 중요할 건 하나도 없군 하고 당신은 말할지도 모른다. 하지만 그런 말의 문제점은 그게 다 개뼈다귀 같은 소리라는 것이다. 우주처럼 정신없이 복잡한 곳에서 무엇인가가 어딘가에 있는 무엇인가에 실제로 일어나게 되면, 그 일의 결과가 어떻게 될지는 케빈만이 안다. 이때 '케빈'은 그냥 어떤 것에 대해서도 아무것도 모르는 아무나를 말한다.

이 중성미자는 한 원자와 부딪쳤다.

그 원자는 어떤 분자의 일부였다. 그 분자는 어떤 핵산의 일부였다. 그 핵산은 어떤 유전자의 일부였다. 그 유전자는 성장 담당 유전 조합의 일부였다……, 기타 등등. 그 결과로 어떤 식물에 원래는 없던 잎사귀 하나가 더 생겼다. 에섹스에서였다. 혹은 지역적인 문제를 둘러싸고 엄청난 교섭과 국지적 어려움을 거친 끝에 후에 에섹스가 될 지역이라고 하는 게 낫겠다.

그 식물은 클로버였다. 그것은 자신의 몸을, 아니 자신의 씨앗을 주변에다 엄청나게 효과적으로 뿌려대어 재빨리 가장 널리 퍼진 종류의 클로버가 됐다. 이 사소한 생물학적 우연과 온갖 종류의 총체적 혼란의 조각 하나에 존재하는 다른 사소한 변화들——예를 들어, 트리시아 맥밀런이 자포드 비블브락스와 함께 떠나지 못한 것, 피칸 맛 아이스크림의 비정상적인 판매량 저조, 이 모든 일이 일어난 지구가 새로운 초공간 우회로에 길을 내주기 위해 보고인들에 의해 파괴되지 않았다는 사실——은 한때 맥시메갈론 대학 역사학과였던 것의 연구 프로젝트 우선순위 4,763,984,132번째에 현재 자리하고 있다. 지금 풀장 옆에서 기도모임을 하고 있는 사람들 중 누구도 그 문제가 대단히 시급하다고 느끼는 사람은 없어 보인다.

4

트리시아는 세상이 자신을 대상으로 음모를 꾸미고 있는 것만 같았다. 동쪽으로 밤새 비행기를 타고 와서 갑자기 전혀 대비하지 못한 기이하고 위협적인 하루를 맞이하게 된 경우, 이런 기분이 드는 건 전적으로 정상적이라는 것을 그녀는 알고 있었다. 하지만 아무리 그렇다 치더라도······.

집 앞 잔디밭에 자국이 나 있었다.

잔디밭의 자국이 굉장히 신경이 쓰이는 것은 아니었다. 잔디밭의 자국이야 제멋대로 돌아다니며 춤을 추건 말건 상관없었다. 토요일 아침이었다. 그녀는 피곤하고 심술궂고 피해망상적인 기분에 차서 막 뉴욕에서 돌아온 참이었다. 그녀는 단지 라디오를 조용하게 틀어놓고 침대에 누워 네드 셰린(Ned Sherrin : BBC 라디오 채널 4에서 코미디 프로를 진행하는 인물 -- 옮긴이주)이 무엇인가에 대해 무지하게 똑똑한 소리를 늘어놓는 것을 들으며 서서히 잠에 빠져

들고 싶을 뿐이었다.

하지만 에릭 바틀릿은 그 자국을 철저하게 조사하지 않고서는 그녀를 들여보내지 않으려 했다. 에릭은 나이 지긋한 정원사로, 정원을 막대기로 들쑤셔보려고 토요일 아침에 마을에서 왔다. 그는 꼭 두새벽에 뉴욕에서 온 사람들을 믿지 않았다. 동의하지도 않았다. 체질에 맞지도 않았다. 하지만 그 외의 것들은 거의 모두 다 믿었다.

"아마 외계인들일지도 모르죠." 그가 말했다. 그는 허리를 굽히고는 움푹 들어간 조그만 자국의 가장자리를 막대기로 쑤시고 있었다. "요즘은 외계인에 대한 이야기들이 많잖아요. 내 생각에는 외계인인 것 같아요."

"그래요?" 트리시아는 슬쩍 손목시계를 들여다보며 대답했다. 십 분, 그녀는 생각했다. 십 분 정도는 서 있을 수 있다. 그러고 나면 그냥 기절해버릴 거다. 침실에 있건, 그때까지도 아직 여기 정원에 있건 간에. 만약 계속 서 있어야만 한다면 말이다. 게다가 때때로 "그래요?"라고 대꾸하며 알아듣는다는 듯이 고개를 끄덕거리고 있어야 한다면, 오 분 정도밖에 못 버틸지도 모른다.

"그렇다니까요." 에릭이 말했다. "그들은 여기 내려와서 당신 잔디밭에 착륙하고는 다시 우웅하고 가버리죠. 때로는 고양이도 데리고 말이에요. 우체국에서 근무하는 윌리엄스 부인의 고양이, 그 붉은 고양이 알죠? 그 녀석이 외계인한테 납치됐잖아요. 물론 다음 날 다시 데려왔지만, 그 녀석 굉장히 이상하게 굴더라고요. 아침 내내 사방을 배회하고 다니더니 오후에 잠이 들잖아요. 전에는 그 반대였거든요. 그게 핵심이죠. 아침에 자고, 오후에 어슬렁거리며 돌아다니고. 시차라고요. 우주여행 시차요."

"그렇군요." 트리시아가 말했다.

"게다가 물을 들여서 얼룩 고양이를 만들어놨다고 윌리엄스 부인이 그러더군요. 이 자국들은 우주선의 착륙선이 만드는 자국들이 분명하다고요."

"잔디깎이가 아닐까요?" 트리시아가 물었다.

"자국이 더 둥글었다면, 그럴 수도 있겠죠. 하지만 이건 좀 삐딱하잖아요. 아무리 봐도 모양새가 외계인 같아요."

"잔디깎이 상태가 나빠져서 고쳐야겠다고 말씀하셨던 거, 그거 아니에요? 안 그러면 잔디밭에 구멍을 내고 다닐 거라 그러셨잖아요."

"제가 그런 말을 했었죠. 트리시아 양, 제가 한 말에 대해서는 책임을 집니다. 이게 확실하게 잔디깎이가 한 짓이 아니라고는 말 안했어요. 전 그저 구멍 모양새로 볼 때 더 그럴 듯한 이야기를 드렸을 뿐이에요. 보세요, 착륙선을 타고 이 나무들 너머로 와서는……."

"에릭……." 트리시아가 꾹꾹 참으며 말했다.

"제 얘기 들어보세요, 트리시아 양." 에릭이 말했다. "제가 잔디깎이를 살펴보죠. 지난주에 말씀드린 것처럼요. 그러고는 당신이 하고 싶은 대로 하도록 내버려두죠."

"고마워요, 에릭." 트리시아가 말했다. "사실, 이젠 자러 가야겠어요. 부엌에 있는 음식은 아무 거나 마음대로 드셔도 돼요."

"고마워요, 트리시아 양. 행운을 빕니다." 에릭이 말했다. 그는 허리를 굽히고 잔디밭에서 뭔가를 집어 들었다.

"여기." 그가 말했다. "세 잎 클로버군요. 행운의 표시죠."

그는 그게 이파리 하나가 떨어진 평범한 네 잎 클로버가 아니라 진짜 세 잎 클로버인지 꼼꼼하게 살펴봤다. "제가 당신이라면, 이 근처에서 외계인들이 무슨 짓을 한 흔적이 없는지 살펴보겠어요." 그는 수평선을 날카롭게 살펴봤다. "특히 저쪽 헨리(영국 옥스퍼드셔의 조그만 마을—옮긴이주) 방향 말이에요."

"고마워요, 에릭." 트리시아가 다시 한번 말했다. "그럴게요."

그녀는 침대로 가서 앵무새와 다른 새들에 대한 꿈을 간간이 꿨다. 그녀는 오후에 잠이 깼고 마음을 진정하지 못하며 왔다갔다했다. 오늘 하루를, 아니, 남은 인생을 어떻게 보내야 할지 알 수가 없었다. 그녀는 시내에 나가 스타브로에서 저녁 시간을 보낼까 말까 거의 한 시간 동안이나 망설였다. 스타브로는 요즘 잘나가는 언론계 사람들이 자주 찾는 장소였다. 거기 가서 친구들을 좀 보면 다시 리듬을 찾는 데 도움이 될지도 모른다. 마침내 그녀는 가기로 결심했다. 거기는 좋은 곳이었다. 재미있는 장소였다. 그녀는 독일인 아버지를 둔 그리스인——꽤 이상한 조합이다——인 스타브로 씨도 좋아했다. 트리시아는 며칠 전 밤에 알파에 갔었다. 그곳은 뉴욕에 있는 스타브로의 클럽 일호점인데, 지금은 스타브로의 동생 칼이 운영하고 있다. 칼은 자신을 그리스인 어머니를 둔 독일인으로 생각하고 있다. 칼이 뉴욕 클럽을 망치고 있다는 것을 스타브로가 들으면 굉장히 기뻐할 것이다. 그녀는 스타브로를 행복하게 해줄 것이다. 스타브로와 칼 물라 사이에는 더 잃어버릴 애정 같은 것도 없었다.

좋아. 그래야지.

그녀는 뭘 입을까 고민하면서 또 한 시간을 보냈다. 마침내 그녀는 뉴욕에서 산 멋진 검정 드레스로 결정했다. 그리고 그날 저녁 클럽의 상황이 어떤가 보려고 친구에게 전화했고, 친구는 오늘 저녁에는 결혼 피로연이 예약되어 있어서 문을 닫는다고 말했다.

그녀는 자신이 실제로 만든 계획에 따라 인생을 살려고 하는 것은 슈퍼마켓에서 요리 재료들을 사는 일과 같다고 생각했다. 카트 하나를 구하면, 그게 미는 방향으로 도무지 움직이지 않는 바람에 결국에는 전혀 다른 재료를 사버리는 것이다. 그걸로 뭘 하겠는가? 조리법은 어떻게 하지? 그녀는 몰랐다.

하여간 그날 저녁 외계인의 우주선이 그녀의 잔디밭에 착륙했다.

5

그녀는 그것이 헨리 방향에서 오는 것을 지켜봤다. 처음에는 그저 저 불빛들이 뭘까 약간 궁금했었다. 히스로 공항에서 백만 마일도 떨어지지 않은 곳에서 살고 있었기 때문에, 하늘에 불빛이 보이는 것은 익숙한 일이었다. 하지만 이렇게 밤늦게, 이렇게 낮게는 아니었다. 그랬기 때문에 그녀는 다소 호기심이 생겼다.

그게 무엇이든지 간에 그 물체가 점점 더 가까이 오기 시작하자, 그녀의 호기심은 황망함으로 바뀌었다.

흠, 그녀는 생각했다. 지금은 이 정도 이상의 생각은 할 수가 없었다. 그녀는 아직도 정신이 멍했고 시차 때문에 얼떨떨했다. 머리의 한쪽에서 다른 쪽에 바쁘게 메시지를 보냈지만, 그것들은 제때, 혹은 제자리에 도착하지 않았다. 그녀는 커피를 타고 있었던 부엌에서 나와 정원으로 나가는 뒷문을 열었다. 그러고는 차가운 저녁 공기를 깊이 들이쉬고 밖으로 나와 위를 쳐다봤다.

잔디밭 위 백 피트쯤 되는 상공에 캠핑용 밴 크기 정도의 무엇인가가 떠 있었다.

정말로 거기 있었다. 공중에 떠서. 거의 아무 소리도 내지 않고.

그녀의 내부 깊숙한 곳에서 무엇인가가 움직였다.

그녀의 팔이 천천히 옆구리 쪽으로 내려왔다. 발에 뜨거운 커피가 쏟아지는 걸 거의 느끼지도 못했다. 그 비행체가 천천히, 일 인치씩, 일 피트씩 내려오기 시작하자, 숨도 쉴 수 없었다. 불빛들은 마치 땅의 상태를 검사하고 느껴보기라도 하는 듯이 땅 위에서 부드럽게 어른거렸다. 그러더니 불빛들이 그녀의 몸 위로 와 움직였다.

그녀가 기회를 한 번 더 얻는다는 것은 거의 가망 없는 일 같았다. 그가 그녀를 찾아낸 것일까? 그가 돌아온 걸까?

비행체가 계속해서 하강하더니 마침내 잔디밭에 조용히 내려앉았다. 그녀는 수 년 전에 떠나는 것을 지켜봤던 우주선이랑 모양이 완전히 똑같아 보이지 않는다고 생각했다. 하지만 밤하늘에 번쩍거리는 불빛은 좀처럼 분명한 모양이 드러나지 않았다.

침묵.

그러고는 짤깍, 흠하는 소리.

또다시 짤깍, 또다시 흠. 짤깍 흠, 짤깍 흠.

문이 스르르 열리더니 빛이 잔디밭을 가로질러 그녀를 향해 쏟아져 나왔다.

그녀는 안절부절못하는 마음으로 설레며 기다렸다.

빛 속에 서 있는 어떤 한 인물의 윤곽이 보였다. 그리고는 또 하나, 그리고 또 하나.

커다란 눈들이 그녀를 보고 깜박거렸다. 손들이 천천히 올라가며 인사했다.

"맥밀런?" 마침내 한 목소리가 말했다. 한 음절, 한 음절을 힘들게 발음하는 이상하고 가느다란 목소리였다. "트리시아 맥밀런. 트리시아 맥밀런 양?"

"네." 트리시아가 대답했다. 모기 소리만한 대답이었다.

"우린 당신을 모니터하고 있었소."

"모……모니터하고 있었다고요? 저를요?"

"그렇소."

그들은 커다란 눈으로 매우 천천히 그녀를 아래위로 훑으면서 잠시 바라봤다.

"실물로 보니 더 작군요." 마침내 하나가 말했다.

"뭐라고요?" 트리시아가 말했다.

"네."

"저……전 무슨 소린지 모르겠어요." 트리시아가 말했다. 물론 그녀는 이런 일을 예상하지 못했다. 하지만 아무리 그녀가 예상하지 못하던 일이라고 해도, 이런 식으로 진행되리라고는 예상도 못했다. 마침내, 그녀가 말했다. "당신들……당신들……자포드한테서 왔나요?"

이 질문은 세 인물을 약간 당황하게 만든 것 같았다. 그들은 경쾌한 소리의 자기네 말로 의논을 하더니 다시 그녀에게 돌아섰다.

"그렇지 않다고 생각합니다. 우리가 아는 한은." 하나가 말했다.

"자포드는 어디죠?" 또 하나가 밤하늘을 올려다보며 말했다.

"전…… 전 몰라요." 트리시아가 속절없이 말했다.

"여기서 멉니까? 어느 방향입니까? 우리는 모릅니다."

트리시아는 그들이 자기가 누구 이야기를 하고 있는지 전혀 모른다는 것을 깨닫고 낙담했다. 아니면 심지어 그녀가 무슨 소리를 하는지 전혀 모를지도 모른다. 그리고 그녀는 그들이 무슨 소리를 하는지 전혀 몰랐다. 그녀는 다시 희망을 단단히 잡아가두고 머리를 재가동시켰다. 실망해봤자 소용없다. 정신 차리고 금세기 최고의 특종이 여기서 벌어지고 있다고 생각해야 한다. 무엇을 할 것인가? 집 안에 다시 들어가 비디오카메라를 가지고 올까? 돌아와 보면 벌써 가버리고 없지 않을까? 그녀는 어떤 전략을 짜야 할지 몰라 아주 당황해버렸다. '계속 떠들게 하자. 방법은 나중에 생각하자' 하고 생각했다.

"저를…… 모니터하고 계셨다고요?"

"당신 모두를요. 당신 행성 위의 모든 것들을. 텔레비전, 라디오, 텔레커뮤니케이션, 컴퓨터, 비디오 회로, 창고들."

"뭐라고요?"

"주차장. 모든 것을요. 우린 모든 것을 모니터합니다."

트리시아는 그들을 뚫어져라 쳐다봤다.

"그거 굉장히 지루한 일이었겠군요. 그렇죠?" 그녀가 불쑥 말했다.

"네."

"그럼 왜……."

"단지……."

"네? 단지 뭐요?"

"게임 쇼만 제외하고요. 우린 게임 쇼를 굉장히 좋아합니다."

트리시아는 외계인들을 쳐다보고 외계인들은 그녀를 쳐다보면서 끔찍하게 오랜 침묵이 흘렀다.

"집 안에서 가져오고 싶은 게 있어요." 트리시아가 매우 신중하게 말했다. "제 말 들어보세요. 여러분, 아니면 여러분 중 한 분이 저와 함께 안에 들어가서 한번 보시겠어요?"

"좋습니다." 그들 모두 열광하며 말했다.

그들 셋은 모두 그녀의 거실에 다소 어색해하며 서 있었다. 그 동안 그녀는 허둥지둥 사방을 뒤져 비디오카메라와 35mm 카메라, 녹음기 등 구할 수 있는 녹음 매체란 녹음 매체는 몽땅 다 가져왔다. 실내조명 아래서 보니, 그들은 모두 매우 말랐고 약간 흐릿한 자줏빛을 띤 녹색 피부를 지니고 있었다.

"일 초도 안 걸릴 거예요, 친구들." 트리시아가 말했다. 그녀는 서랍을 마구 뒤져 빈 테이프들과 필름을 찾아냈다.

외계인들은 시디와 오래된 레코드판들이 들어 있는 책장을 쳐다보고 있었다. 그 중 하나가 다른 하나를 아주 슬쩍 쿡 찔렀다.

"봐." 그가 말했다. "엘비스야."

트리시아는 하던 일을 멈추고, 다시 그들을 물끄러미 쳐다봤다.

"엘비스를 좋아하세요?" 그녀가 말했다.

"네." 그들이 말했다.

"엘비스 프레슬리 말이에요?"

"네."

그녀는 비디오카메라에 새 테이프를 쑤셔 넣으려 애쓰며 황당하게 고개를 흔들었다.

"당신네 인간들 중 어떤 이들은." 방문자들 중 하나가 주저하며 말했다. "엘비스가 외계인들에게 납치되었다고 생각하고 있죠."

"뭐라고요?" 트리시아가 말했다. "그런 건가요?"

"가능합니다."

"당신이 엘비스를 납치했다는 말인가요?" 트리시아가 숨 가쁘게 말했다. 그녀는 장비를 망치지 않도록 냉정을 유지하려고 애썼지만, 그건 너무도 버거운 일이었다.

"아뇨, 우리가 아니에요." 방문자들이 말했다. "외계인들 말입니다. 상당히 재미있는 가능성이죠. 우리는 종종 그 이야기를 합니다."

"이걸 좀 내려놔야겠어요." 트리시아가 중얼거렸다. 그녀는 비디오카메라에 테이프가 제대로 들어갔고 작동이 잘 되는지 체크했다. 그녀는 카메라를 그쪽으로 돌렸다. 하지만 카메라를 눈에 갖다 대지는 않았다. 그들을 놀라게 하고 싶지 않았기 때문이다. 그녀는 카메라를 엉덩이 옆에 들고서도 정확하게 찍을 수 있는 베테랑이었다.

"좋아요." 그녀가 말했다. "이제 당신들이 누군지 천천히, 그리고 자세히 말해봐요." 그녀는 왼쪽에 있는 인물에게 말했다. "이름이 뭐죠?"

"모릅니다."

"모른다고요?"

"네."

"알겠어요." 트리시아가 말했다. "다른 두 사람은요?"

"우리도 모릅니다."

"좋아요. 됐어요. 그럼 어디서 왔는지는 말해줄 수 있겠죠?"

그들은 머리를 흔들었다.

"어디서 왔는지도 모른다고요?"

그들은 다시 머리를 흔들었다.

"그럼." 트리시아가 말했다. "직업은……어……."

그녀는 허둥대며 당황했지만, 그 와중에도 프로답게 카메라는 흔들리지 않게 잘 잡고 있었다.

"우린 임무 수행 중입니다." 외계인 중 하나가 말했다.

"임무요? 무슨 임무요?"

"우리도 모릅니다."

그녀는 여전히 카메라가 흔들리지 않게 잘 잡고 있었다.

"그렇다면, 여기 지구에서는 뭘 하고 있는 거죠?"

"당신을 데리러 왔습니다."

대체로 무해함

진정해, 진정해. 삼각대 위에 놓을 수도 있었을 텐데. 그녀는 사실 삼각대를 써야 하지 않나 생각했다. 그런 생각을 한 것은, 그러는 사이에 일이 분 정도 그들이 한 말을 되새겨볼 수 있었기 때문이다. 아냐, 그녀는 생각했다, 손으로 잡는 게 상황에 더 유연하게 대처하기 좋을 거야. 그녀는 또한 이런 생각도 했다. 도와주세요, 제가 무엇을 해야 하죠?

"왜." 그녀는 침착하게 물었다. "저를 데리러 왔죠?"

"우리가 마음을 잃어버렸기 때문입니다."

"잠깐만요." 트리시아가 말했다. "삼각대를 가져와야겠어요."

그들은 아무것도 안하고 거기 서 있는 게 참으로 만족스러운 듯이 보였다. 그 사이 트리시아는 재빨리 삼각대를 찾아서 카메라를 그 위에 놓았다. 얼굴에는 표정이라곤 전혀 없었지만, 그녀는 도대체 지금 무슨 상황이 벌어지고 있는 건지 무슨 생각을 해야 하는 건지 도대체 알 수가 없었다.

"좋아요." 준비가 되자, 그녀가 말했다. "왜……."

"우리는 점성술사와 당신의 인터뷰가 마음에 들었습니다."

"그걸 봤어요?"

"우린 모든 것을 봅니다. 우리는 점성술에 굉장히 흥미를 가지고 있죠. 그게 마음에 듭니다. 굉장히 흥미롭거든요. 모든 게 다 흥미로운 건 아니잖아요. 점성술은 흥미롭습니다. 별들이 우리에게 말해주는 것들. 별들이 예언하는 것들. 우리는 그런 정보가 좀 필요합니다."

"하지만……."

트리시아는 무슨 말부터 해야 할지 몰랐다.

자백해, 그녀는 생각했다. 이 상황에서 의도를 미리 짐작해보겠다고 애써봤자 소용없어.

그래서 그녀는 말했다. "하지만 전 점성술에 대해선 아무것도 모르는데요."

"우리가 압니다."

"당신들이 안다고요?"

"네. 우리는 별자리 표를 따릅니다. 굉장히 열렬히요. 우린 당신네들 신문과 잡지를 몽땅 다 읽고 그걸 열렬하게 신봉합니다. 하지만 우리 지도자가 우리한테 문제가 있다고 하더군요."

"지도자가 있나요?"

"네."

"그의 이름이 뭐죠"

"모릅니다."

"도대체, 그 사람이 자기 이름이 뭐라고 말하던가요? 미안해요, 이 부분은 편집해야겠군요. 그는 자기 이름이 뭐라고 하죠?"

"그는 모릅니다."

"그렇다면 그가 지도자라는 걸 당신들은 모두 어떻게 아는 거죠?"

"그가 통제권을 갖고 있습니다. 그는 누군가가 여기서 무언가를 해야 한다고 말했어요."

"아!" 트리시아가 힌트를 얻으며 말했다. "'여기'가 어디죠?"

"루퍼트."

"뭐라고요?"

"당신네들은 그곳을 루퍼트라고 부르죠. 당신 태양에서 열 번째 행성. 우린 여러 해 동안 거기 정착해서 살았습니다. 거긴 굉장히 춥고 재미없는 곳이죠. 하지만 모니터하긴 좋습니다."

"왜 우리를 모니터하는 거죠?"

"우리가 할 줄 아는 게 그것뿐이니까요."

"좋아요." 트리시아가 말했다. "좋아요. 당신네들 지도자가 말한 문제라는 게 뭐죠?"

"삼각 측량입니다."

"다시 한번 말씀해주시겠어요?"

"점성술은 매우 정확한 과학입니다. 우린 그걸 알아요."

"음……." 트리시아가 말했다. 그러고는 더 이상 뭐라 말하지 않았다.

"하지만 그건 여기 지구에 사는 당신들에게 정확한 겁니다."

"네……에……." 그녀는 머리 속에서 무엇인가가 희미하게 이해되는 듯한 끔찍한 느낌이 들었다.

"그러니까, 예를 들자면, 금성이 염소자리에 떠오른다고 하면, 그건 지구에서 보는 거죠. 루퍼트에 있다면, 어떻게 되는 겁니까? 지구가 염소자리에 떠오른다면요? 그건 알기 힘들어요. 우리가 잊어 버린 것들, 물론 많고 심오한 것들이겠지만, 그 잊어버린 것들 중에 삼각법이 있는 거죠."

"제가 한번 설명해보죠." 트리시아가 말했다. "제가 당신들이랑 같이……루퍼트……에 가서……."

"네."

"당신네들의 별자리를 다시 계산해달라는 거죠? 당신들이 지구와 루퍼트의 상대적 위치를 고려할 수 있도록?"

"네."

"이걸 제가 독점 취재할 수 있나요?"

"네."

"좋아요." 트리시아 말했다. 적어도 〈내셔널 인콰이어러〉에는 팔 수 있겠지.

그녀를 태양계 가장 끝까지 데려갈 비행체에 올랐을 때, 그녀의 눈에 가장 먼저 들어온 것은 수천 개의 이미지들을 담고 열을 지어 늘어선 비디오 모니터들이었다. 네 번째 외계인이 그 화면들을 보며 앉아 있었는데, 그의 관심은 특히 고정된 이미지를 담은 스크린에 쏠려 있었다. 그것은 방금 트리시아가 그의 동료 세 명과 함께 했던 즉석 인터뷰를 재생한 것이었다. 그는 고개를 들어 그녀가 걱정스러운 표정을 하고 올라오는 것을 바라봤다.

"안녕하세요, 맥밀런 양." 그가 말했다. "촬영 기술이 멋지더군요."

6

포드 프리펙트는 달리다가 바닥에 부딪혔다. 바닥은 그가 기억하는 것보다 통풍구에서 삼 인치 정도 더 떨어진 곳에 있었다. 그래서 그는 바닥에 부딪힐 지점을 잘못 판단하고 너무 빨리 달리기 시작했고 꼴사납게 넘어져 발목을 삐었다. 젠장! 하여간 그는 약간 절뚝대며 복도를 달려 내려갔다.

빌딩 전체에는 경계경보가 평소처럼 미친 듯이 신나게 울려대고 있었다. 그는 평소 사용하는 보관용 캐비닛 뒤로 뛰어들어 몸을 숨기고, 보는 사람이 있었나 살피려고 주위를 둘러봤다. 그러고는 그가 평소 필요로 하는 것들을 찾기 위해 가방 속을 허둥지둥 뒤지기 시작했다.

그의 발목은 평소와는 달리 죽어라고 아팠다.

바닥은 그가 기억하는 것보다 통풍구에서 삼 인치 더 떨어져 있었을 뿐만 아니라, 그가 기억하는 것과는 다른 행성 위에 있었다.

하지만 그를 놀라게 한 것은 그 삼 인치였다. 《은하수를 여행하는 히치하이커를 위한 안내서》의 사무실은 느닷없이 꽤나 자주 다른 행성으로 옮겨졌다. 그 지역의 날씨, 그 지역의 적대감, 전기세나 세금 등의 이유에서였다. 하지만 사무실은 항상 거의 분자 하나하나에 이르기까지 정확하게 똑같은 모양으로 다시 지어졌다. 그 회사에서 근무하는 대다수의 직원들에게는, 사무실들이 배치된 모양만이 이 극도로 뒤틀린 개인적 우주에서 유일하게 변하지 않는 것이었다.

하지만 무언가 기묘했다.

그 자체로야 놀랄 일도 아니지, 포드는 투척용 경량 타월을 꺼집어내며 생각했다. 그의 삶에 일어나는 거의 모든 일들은 그 정도가 크건 작건 간에 모두 기묘했다. 이번 것은 단지 그가 익숙해져 있는 기묘함과는 좀 다른 방식으로 기묘했을 뿐이었다. 그게 바로 이상했다. 그는 이 일을 즉각 분명하게 파악할 수가 없었다.

그는 치수 삼 번 지렛대를 꺼냈다.

경계경보는 그가 잘 알고 있는 익숙한 방식으로 울려대고 있었다. 거기에는 일종의 리듬이 있어서 거의 따라 흥얼거릴 수도 있을 정도였다. 그건 매우 익숙했다. 사무실 바깥세상은 포드에게는 생소한 세상이었다. 그는 사쿠오-필리아 헨샤 행성에 와본 적이 없었지만, 이 행성이 마음에 들었다. 이곳에는 일종의 카니발 같은 분위기가 있었다.

그는 가방에서 장난감 활과 화살을 꺼냈다. 노점에서 산 것이었다.

 그는 사쿠오- 필리아 헨샤 행성의 카니발 분위기가 성 앤트웰름의 가설을 찬양하는 연례 축제 때문이라는 것을 알게 됐다. 성 앤트웰름은 살아생전 대단하고 인기 있는 가설들을 만들어낸 대단하고 인기 있는 왕이었다. 앤트웰름 왕은, 모든 조건이 똑같다고 치면 모든 사람들이 원하는 것은 행복하게 즐기면서 모두 함께 가능한 한 최고의 시간을 보내는 것이라는 가설을 세웠다. 그는 죽으면서 모든 사람들에게 이 사실을 상시시키는 연례 축제를 재정적으로 지원하는 데 자기의 모든 사유재산을 쓰라고 유언을 남겼다. 산더미 같은 맛있는 음식과 춤과 워켓 사냥처럼 바보 같은 게임들이 넘치는 축제였다. 그의 가설이 너무나 눈부시게 훌륭한 나머지 그는 성인으로 추대되었다. 뿐만 아니라, 더할 나위 없이 비참하게 돌에 맞아 죽거나 똥통 속에서 물구나무서기를 하며 사는 등의 일들을 해서 예전에 성인으로 추대되었던 사람들은 즉시 모두 강등되어버렸다. 그들은 이제 오히려 다소 당혹스러운 존재로 여겨지고 있다.

 눈에 익숙한 에이치 모양의 《히치하이커를 위한 안내서》 빌딩이 도시 외곽에 솟아 있었다. 포드 프리펙트는 여기 도착하자마자 익숙한 방식으로 잠입해 들어갔다. 그는 항상 메인 로비를 통하기보다는 통풍 시스템을 통해 들어갔다. 왜냐하면 메인 로비에는 로봇들이 순찰을 돌고 있었고, 그들은 건물에 들어오는 직원들에게 비용 계정에 대한 질문들을 하기 때문이었다. 포드 프리펙트의 비용 계정은 복잡하고 어려운 걸로 악명이 높아서, 로비의 로봇들은 대체로 그가 그 문제와 관련해 내놓고자 하는 논점들을 제대로 이해하지 못했다. 그래서 그는 다른 통로로 들어가는 걸 더 좋아했다.

그렇게 하면 결국 건물 안의 거의 모든 경보장치를 울리게 된다. 경리과에 있는 경보만 제외하고. 그래서 포드는 그쪽으로 가는 걸 좋아했다.

그는 보관 캐비닛 뒤에 쭈그리고 앉아서 흡착식 고무 컵 모양으로 된 장난감 화살촉을 핥아 활에 장착했다.

삼십 초 정도 후 작은 멜론 정도 크기의 보안 로봇이 허리 높이 정도의 고도로 복도를 따라 날아와 좌우를 살피며 뭐 이상한 게 없는지 훑어봤다.

포드는 절묘한 타이밍으로 로봇이 지나가는 길을 가로질러 장난감 화살을 쐈다. 화살은 복도를 가로질러 날아가 반대쪽 벽에 붙어 흔들거렸다. 화살이 날아가자 로봇의 센서들은 즉각 그쪽에 고정되었고, 로봇은 화살을 따라 구십 도로 방향을 틀더니 그게 뭐며 어디로 가는 건지 살폈다.

이렇게 해서 포드는 귀중한 일 초를 얻었고, 그 사이 로봇은 그의 반대 방향을 바라봤다. 그는 날아가는 로봇의 머리 위로 타월을 던져서 녀석을 잡았다.

주렁주렁 매달린 갖가지 센서 돌기들 때문에 로봇은 타월 안에서는 제대로 작동을 할 수가 없었다. 로봇은 몸을 돌려 자기를 잡은 사람을 보지 못하고 단지 앞뒤로 움찔거릴 뿐이었다.

포드는 재빨리 로봇을 잡아당겨 땅바닥에 꼼짝달싹 못하게 고정시켰다. 로봇은 애처롭게 낑낑대기 시작했다. 신속하고 숙련된 동작으로 포드는 치수 삼 번 지렛대를 타월 아래로 집어넣어 로봇 상부에 위치한 작은 플라스틱 패널을 획 열어 젖혔다. 거기엔 논리회로가 들어 있었다.

논리는 멋진 것이지만, 발전 과정에서 밝혀졌듯이 몇 가지 결점이 있다.

논리적으로 사고하는 것들은 모두 적어도 자기만큼 논리적으로 사고하는 것에게 속아 넘어갈 수 있다. 완전히 논리적인 로봇을 속이는 가장 쉬운 방법은 똑같은 자극순차를 계속 줘서 환상 회로에 갇히게 만드는 것이다. 이는 수백만 년 전 MISPWOSO(the Maxi-Megalon Institute of Slowly and Painfully Working Out the Surprisingly Obvious: 깜짝 놀랄 만큼 뻔한 일을 천천히 애써서 해결하는 맥시메갈론 연구소)에서 행한 그 유명한 청어 샌드위치 실험에서 매우 잘 증명된 바 있다.

한 로봇이 자기가 청어 샌드위치를 좋아한다고 믿도록 프로그래밍된다. 이것이 사실 실험 과정 전체에서 가장 어려운 부분이다. 일단 로봇이 청어 샌드위치를 좋아한다고 믿도록 프로그래밍되고 나면, 그 앞에 청어 샌드위치를 갖다 놓는다. 그러면 로봇은 생각한다. 아, 청어 샌드위치! 난 청어 샌드위치를 좋아하지.

그러고는 로봇은 그 위로 몸을 굽혀 청어 샌드위치 전용 삽으로 청어 샌드위치를 퍼 올리고 몸을 다시 바로 편다. 로봇에겐 안 된 일이지만, 로봇이 몸을 바로 펴는 동작을 취하면 청어 샌드위치는 곧바로 청어 샌드위치 전용 삽 뒤쪽으로 흘러 내려와 빠져서 로봇 앞의 바닥에 떨어지도록 만들어져 있다. 그러면 로봇은 홀로 생각한다. 아! 청어 샌드위치……기타 등등. 그러고는 같은 동작을 반복하고 또 반복하는 것이다. 청어 샌드위치가 이 젠장맞을 일에 진절머리를 내며 다른 식으로 시간을 때울 방법을 찾아 기어가 버리지 않는 유일한 이유는 청어 샌드위치란 건 그저 빵 조각 두 개 사이에 낀 죽은 물고기 조각에 불과하기 때문에 로봇보다는 지금 벌어지고 있는 상황에 좀 덜 민감하기 때문이다.

연구소의 과학자들은 그렇게 해서 인생의 모든 변화와 발전, 혁신의 배후에 숨어 있는 동력을 발견해냈다. 그것은 즉, 청어 샌드위치이다. 그들은 이런 취지의 논문을 발표했고, 그 논문은 있을 수 없이 멍청하다고 널리 비판받았다. 그들은 숫자들을 체크해보고는 자신들이 실제로 발견한 것은 '지루함', 혹은 지루함의 실제적인 역할이라는 것을 깨달았다. 흥분의 도가니에 빠진 그들은 계속해서 '민감함', '울적함', '내키지 않음', '불쾌함', 기타 등등의 감정들을 발견했다. 그 다음 획기적인 진전은 그들이 더 이상 청어 샌드위치를 사용하지 않았을 때 나타났다. 그러자 온갖 종류의 뒤엉킨 새로운 감정들이 갑자기 연구 대상으로 가능해졌다. '안도'라든지 '기쁨', '쾌활', '식욕', '만족', 그리고 가장 중요한 것은 '행복'을 향한 열망이었다.

이것이 가장 커다란 비약적 진전이었다.

장래 생길지도 모르는 모든 우발적인 상황에서 로봇의 행동을 통제하는 복잡한 컴퓨터 코드 한 뭉치가 매우 간단하게 대체될 수 있었다. 로봇이 필요로 하는 것은 단지 지루하거나 행복할 능력, 그리고 그런 상태를 가져오기 위해 만족시켜줄 필요가 있는 몇 안 되는 조건들뿐이었다. 그러고 나면 나머지는 스스로 알아서 할 것이었다.

포드가 타월로 낚아챈 로봇은 그 순간 행복하지 않았다. 그 로봇은 돌아다닐 수 있을 때 행복했다. 다른 물건들을 볼 수 있을 때 행복했다. 다른 물건들이 돌아다니는 것을 볼 수 있을 때 특히 행복했다. 특히 다른 물건들이 해서는 안 될 짓들을 하며 돌아다니는 것들을 볼 때 행복했다. 왜냐하면 그러면 굉장히 기쁜 마음으로 그들을 신고할 수 있기 때문이다.

포드가 곧 그 부분을 고칠 것이다.

그는 로봇 위로 쭈그리고 앉아 무릎 사이에 녀석을 단단히 붙들었다. 타월이 여전히 로봇의 모든 감각 장치들을 덮고 있었지만, 이제 녀석의 논리 회로는 노출되어 있었다. 로봇은 골이 나서 까탈을 부리며 윙윙댔지만, 안절부절못할 뿐이지 실제로 움직일 수는 없었다. 포드는 지레를 사용해 소켓에서 작은 칩 하나를 꺼냈다. 칩을 꺼내자마자, 로봇은 갑자기 조용해지더니 혼수상태에 빠져 가만히 앉아 있었다.

포드가 끄집어낸 칩은 로봇이 행복감을 느끼기 위해 행해야 할 모든 조건들에 대한 지시 사항들을 담은 것이었다. 그 로봇은 칩의 바로 왼쪽에 있는 한 지점에서 칩의 바로 오른편에 있는 다른 지점에 아주 미약한 전기가 도달할 때 행복감을 느끼게 되어 있었다. 칩은 전기가 거기 도달하는지 아닌지를 결정했다.

포드는 타월에 꿰어져 있는 짧은 전선 하나를 잡아당겨 꺼냈다. 그는 칩 소켓의 왼쪽 위에 있는 구멍 안에 전선 한쪽 끝을 집어넣고 다른 쪽 끝은 바닥 쪽에 있는 오른쪽 구멍에 넣었다.

그게 다였다. 이제 로봇은 무슨 일이 일어나든지 간에 행복할 것이다.

포드는 재빨리 일어나 타월을 털었다. 로봇은 황홀경에 빠져 공중으로 날아오르더니 꿈틀거리며 비틀비틀 날아갔다.

로봇이 몸을 돌리더니 포드를 봤다.

"프리펙트 씨, 선생님! 당신을 만나서 정말 기뻐요!"

"만나서 반가워, 친구." 포드가 말했다.

로봇은 재빨리 중앙 통제실로 돌아가더니 있을 수 있는 모든 세상들 중 최고의 세상인 이곳에선 지금 모든 일들이 최상의 상태에 있다고 보고했다. 경계경보들은 급속히 알아서 꺼졌고 삶은 정상으로 돌아갔다.

적어도, 거의 정상으로.

이 장소에는 뭔가 기묘한 것이 있었다.

조그마한 로봇은 전기적 즐거움으로 충만해 꼴꼴거리는 소리를 내고 있었다. 포드는 서둘러 복도를 따라 내려갔고, 녀석은 그의 뒤를 따라 까딱거리며 날아오면서 모든 것이 얼마나 즐거우며 이런 말을 그에게 할 수 있어서 자신이 얼마나 행복한지 떠들어댔다. 포드는 그냥 내버려뒀다.

하지만 포드는 행복하지 않았다.

그는 알지 못하는 사람들의 얼굴들을 지나쳐갔다. 그들은 자신과 같은 부류의 사람들이 아닌 것 같았다. 그들은 너무 말쑥하게 단장하고 있었다. 그들의 눈은 너무나 죽어 있었다. 저 멀리 자기가 아는 사람을 본 것 같아서 인사를 하려고 달려가 보면, 항상 뭔가 다른 사람이었다. 자신이 아는 그 누구보다도 훨씬 더 단정한 헤어스타일에 위압적이고 결단력 있는 모습의 사람이었다.

계단은 왼쪽으로 몇 인치 옮겨져 있었다. 천장은 약간 더 낮았다. 로비는 리모델링되어 있었다. 이 모든 일들이 약간 혼란스럽기는 하지만 그 자체로는 우려할 만한 일은 아니었다. 문제는 실내장식이었다. 과거의 실내장식은 눈에 거슬리게 번지르르하고 현란했다. 사치스러웠지만——왜냐하면《안내서》가 문명화된, 그리고 문명화 이후 단계에 도달한 은하계 전역에서 너무나 잘 팔렸기 때문이다——사치스럽고 재미있었다. 멋진 게임 기구들이 복도에 죽 늘어서 있었다. 말도 안 되는 색깔로 칠해진 그랜드 피아노가 천장에 매달려 있었고, 비브 행성에서 온 사악한 바다 생물들이 나무들로 들어찬 화산 분화구의 웅덩이에서 머리를 쳐들었으며, 우스꽝스러운 셔츠를 입은 로봇 집사들은 복도를 돌아다니며 누구 손에다가 거품이 이는 음료수를 눌러 따라줄까 찾아다니고 있었다. 사람들은 개 줄을 맨 거대한 용과 횃대에 앉은 익룡을 애완용으로 기르곤 했다. 사람들은 재미있게 놀 줄 알았다. 혹시 모른다 하더라도 그걸 바로 잡아줄 코스들이 있어서 등록만 하면 됐다.

지금은 그런 게 하나도 없었다.

누군가가 이 건물 전체에다가 뭔가 사악한 취향 수정 작업을 하고 있었다.

포드는 좁다란 구석 안으로 홱 몸을 돌려 들어가 손바닥을 오목하게 모으고는 날아오는 로봇을 구석으로 홱 낚아챘다. 그는 쪼그리고 앉아서 흥분해서 정신없이 지껄여대는 로봇을 물끄러미 바라봤다.

"여기서 무슨 일이 벌어지고 있는 거야?" 그가 물었다.

"아, 그냥 최고로 멋진 일들이에요, 선생님. 가능한 한 최고로 멋진 일들이요. 제가 무릎에 앉아도 될까요?"

"안 돼." 포드가 로봇을 치우며 말했다. 로봇은 이런 식으로 퇴짜맞은 게 어찌나 기뻤던지 까닥거리며 정신없이 지껄여대다 기절 일보 직전까지 갔다. 포드는 다시 로봇을 붙잡고 자기 얼굴에서 일 피트 떨어진 지점의 공중에 단단히 고정시켰다. 로봇은 제자리에 가만히 있으려 노력했지만, 약간은 몸을 떨지 않을 수 없었다.

"뭔가 변했어, 안 그래?" 포드가 소리 낮춰 쉬쉬거렸다.

"아, 그래요." 조그만 로봇이 끽끽거리며 말했다. "믿을 수 없을 정도로 최고로 멋진 방향으로 말이에요. 전 정말 너무 기분이 좋답니다."

"어, 그럼 전에는 어땠는데?"

"몹시 즐거웠죠."

"하지만 넌 바뀐 걸 좋아하잖아." 포드가 대답을 요구했다.

"전 모든 게 다 좋아요." 로봇이 끙끙댔다. "특히 선생님이 저한테 그렇게 소리 지르실 때요. 한 번만 더 해주시겠어요, 제발요."

"아, 됐어, 됐다고!"

포드는 한숨을 내쉬었다.

"좋아요, 좋아." 로봇이 숨을 몰아쉬었다. "《안내서》가 넘어갔어요. 새 경영진이 들어왔다고요. 모두 너무나 멋져서 전 정말 녹아버릴 것 같아요. 옛날 경영진도 물론 멋졌죠. 하지만 그때도 그렇게 생각했는지는 잘 모르겠네요."

"그건 네 머리 속에 전선이 들어가 박히기 전이었지."

"맞아요. 정말 멋들어지게 옳으신 말씀이세요. 정말 멋들어지게, 거품이 일도록, 거품이 부글거리도록, 폭발적으로 옳으신 말씀이세요. 진짜 황홀경에 빠질 정도로 정확한 관찰이세요."

"무슨 일이 있었던 거야?" 포드가 끈덕지게 물었다. "그 새 경영진이 누군데? 언제 그 사람들이 여기를 인수한 거야? 난……아, 신경 끄라고." 조그마한 로봇이 기쁨에 못 이겨 재잘거리면서 그의 무릎에 몸을 비벼대기 시작하자 그는 덧붙였다. "내가 직접 가서 알아보지."

* * *

포드는 책임편집자의 사무실 문에 몸을 던졌다. 문이 산산조각나면서 떨어져 나가자 그는 몸을 공 모양으로 단단히 말고 재빨리 바닥을 가로질러 은하계에서 가장 독하고 비싼 술들을 가득 실은 작은 수레가 늘 놓여 있는 장소로 굴러갔다. 그러고는 수레를 잡고 그걸 방패 삼아 밀어 굴리며 휑하게 노출된 사무실 바닥을 가로질러 값비싸면서도 무지하게 조잡한 레다와 문어의 조상(彫像)이 서 있는 자리로 가서 그 뒤에 숨었다. 그러는 사이, 가슴 높이로 날아 들어오고 있던 조그마한 보안 로봇은 자기 파괴적인 기쁨으로 가득 차서 날아오는 포화를 포드에게서 유인해내고 있었다.

적어도 계획은 그러했다. 그리고 그건 필요한 일이기도 했다. 현재 책임편집자인 스타기아-질-도고는 위험스러우리만치 불안정한 사람으로, 교정을 마친 따끈따끈한 새 원고도 없이 사무실에 들어오는 기고자는 죽여버려야 한다는 견해를 갖고 있었다. 그는 레이저 유도장치가 달린 총들을 죽 배치해놓고 있었는데, 이 총들은 문틀에 설치된 특수 스캔 장치와 연결되어 있어서 자신이 왜 원고를 안 가지고 왔는지 번지르르한 변명만 늘어놓을 사람은 모조리 제지할 수 있었다.

불행하게도 술 수레가 거기 없었다.

포드는 필사적으로 옆으로 몸을 던져 레다와 문어 조상을 향해 공중제비를 넘었지만, 그것 역시 거기 없었다. 그는 뭐라 할 수 없는 공황 상태에 빠져 방 안을 구르고 질주하다 발이 걸려 넘어지고 다시 맹렬히 달리다 창문에 부딪쳤지만 그 창문은 운 좋게도 로켓 공격도 막아낼 정도로 튼튼한 방탄유리라 다시 튕겨 나와 멍이 든 상태로 숨을 헐떡거리면서 말쑥한 회색 가죽 소파 뒤에 떨어졌다. 그 가죽 소파는 전에는 없던 거였다.

몇 초 뒤에 그는 소파 위로 천천히 얼굴을 내밀고 빠끔히 내다봤다. 사무실에는 술 수레도 레다와 문어 조상도 없었을 뿐만 아니라, 놀랍게도 포격도 없었다. 그는 눈살을 찌푸렸다. 이건 뭔가 완전히 잘못됐다.

"프리펙트 씨, 맞죠?" 어떤 목소리가 말했다.

목소리는 도기와 티크나무를 붙여서 만든 커다란 책상 뒤에 앉은 온화한 얼굴의 사내에게서 나온 것이었다. 스타기아-질-도고가 굉장한 사람이긴 했지만, 누구도 어떤 이유에서건 그에게 온화한 얼굴을 가졌다고 말하지는 않을 것이다. 이 사람은 스타기아-질-도고가 아니었다.

"당신이 들어오는 모양새에서 짐작하건데, 당신은 현재 어,《안내서》의 새 자료를 갖고 있지 않은 것 같군요." 온화한 얼굴의 그 사람이 말했다. 그는 팔꿈치를 책상에 괴고 손끝을 맞대고 앉아 있었는데, 그 자세는 어떤 이유에서인지는 알 수 없지만 마치 중죄라고는 한 번도 짓지 않은 사람의 분위기를 풍겼다.

"좀 바빴거든요." 포드가 좀 기어들어가는 목소리로 말했다. 그는 옷을 툭툭 털면서 휘청휘청 일어섰다. 그리고 생각했다. 왜 내가 기어들어가는 목소리로 말해야 하지? 그는 이 상황을 파악해야 했다. 그는 도대체 이 사람이 누군지 알아내야만 했다. 그러다가 갑자기 그는 방법을 생각해냈다.

"당신은 도대체 누구요?" 그가 질문했다.

"저는 새로 온 당신의 책임편집잡니다. 그러니까, 당신이 계속 이 일을 하기로 결정하신다면 말이죠. 제 이름은 밴 할입니다." 그는 손을 내밀지 않았다. 단지 이 말을 덧붙였다. "저 보안 로봇에게 무슨 짓을 하신 겁니까?"

그 조그만 로봇은 천장 둘레를 아주, 아주 천천히 빙빙 돌면서 홀로 나직이 끙끙대고 있었다.

"녀석을 매우 행복하게 만들어줬죠." 포드가 딱딱거리며 말했다. "일종의 제 임무죠. 스타기아는 어디 있습니까? 더 핵심을 말하자면, 그의 술 수레는 어디 있죠?"

"질-도고 씨는 더 이상 이 조직에서 일하지 않습니다. 그의 술 수레는, 제 생각에는, 이 일로 그를 위로하고 있을 것 같군요."

"조직?" 포드가 소리 질렀다. "조직이라고요? 이런 모양새에 그게 무슨 그런 말도 안 되는 소리랍니까!"

"정확하게 동감하는 바입니다. 구조는 미비하고, 자원은 넘치고, 관리는 허술하며, 음주는 지나치죠. 그리고 바로." 할이 말했다. "편집자가 딱 그 표상이었죠."

"농담은 제가 하죠." 포드가 으르렁댔다.

"아뇨." 할이 말했다. "당신은 레스토랑 칼럼을 맡을 겁니다." 그는 앞의 책상 위에 플라스틱 조각 하나를 던졌다. 포드는 가서 그걸 집어 들지 않았다.

"당신은, 뭐라고요?" 포드가 말했다.

"아뇨, 전 할입니다. 당신은 프리펙트고요. 당신은 레스토랑 칼럼을 맡을 겁니다. 전 편집자고요. 전 여기 앉아서 당신에게 레스토랑 칼럼을 하라고 말합니다. 이해됩니까?"

"레스토랑 칼럼이라고요?" 포드가 말했다. 너무나 어리둥절한 나머지 아직 진짜로 화가 나지도 않았다.

"앉으세요, 프리펙트." 할이 말했다. 그는 회전의자에 앉아 한바퀴 휙 돌더니 일어서서 이십삼 층 아래에서 카니발을 즐기고 있는, 작은 점처럼 보이는 인간들을 물끄러미 내다봤다.

"이 사업을 제 궤도에 올릴 때입니다, 프리펙트." 그가 딱딱거리며 말했다. "인피니딤 엔터프라이즈 소속의 우리들은……."

"어디의 우리라고요?"

"인피니딤 엔터프라이즈. 우리가 《안내서》를 인수했죠."

"인피니딤?"

"그 이름을 짓느라 수백만을 썼어요, 프리펙트. 그 이름을 좋아하든지, 아니면 짐을 싸세요."

포드는 어깨를 으쓱했다. 쌀 짐도 없었다.

"은하계는 변하고 있어요." 할이 말했다. "우리도 함께 변해야 합니다. 시장을 따라가야 해요. 시장은 상승세에 있다고요. 새로운 열망, 새로운 기술. 미래는……."

"나한테 미래 이야기는 하지 마십쇼." 포드가 말했다. "미래를 온통 헤집고 다녀봤으니까. 내 인생의 반을 거기서 보냈죠. 거기도 다른 곳과 마찬가지에요. 다른 때와도. 뭐든지 간에요. 차가 더 빠르고 공기가 더 지저분하다 뿐이지 다 똑같다고요."

"그건 하나의 미래죠." 할이 말했다. "당신이 그걸 받아들이면, 그건 당신의 미래에요. 당신은 다차원적으로 사고하는 법을 배워야 해요. 이 순간으로부터 모든 방향으로 헤아릴 수 없이 많은 미래들이 뻗어나가고 있다고요. 또 지금 이 순간에서부터, 그리고 또 지금 이 순간에서부터. 수십억 개의 미래들이, 매 순간마다 두 갈래로 갈라지는 겁니다! 가능한 모든 전자들의 가능한 모든 위치가 급속히 증대하면서 수십억 개의 가능성으로 변하는 거죠! 수십억 개, 그리고 또 수십억 개의 반짝거리며 빛나는 미래들! 그게 무슨 뜻인지 아십니까?"

"당신 턱에 침이 흐르는데."

"수십억 개, 그리고 또 수십억 개의 시장들입니다!"

"그렇군요." 포드가 말했다. "그래서 수십억 개에, 또 수십억 개의 《안내서》를 팔고요."

"아뇨." 할이 말했다. 그는 손수건을 찾아 뒤적였지만 찾지 못했다. "실례합니다만." 그가 말했다. "이런 말을 하니 너무 흥분이 되는군요." 포드가 그에게 타월을 건넸다.

"우리가 수십억 개에, 또 수십억 개의 《안내서》를 팔지 않는 이유는," 할은 입을 닦고 이야기를 계속했다. "비용 때문입니다. 우리가 할 일은 《안내서》 한 권을 수십억 번 팔고 또 파는 겁니다. 제작비를 삭감하기 위해 우주의 다차원적 속성을 이용하는 거죠. 그리고 땡전 한 푼 없는 히치하이커들에게는 안 팔 겁니다. 얼마나 멍청한 생각입니까! 하고 많은 시장 중에 하필이면 돈이라곤 없는 시장 하나를 찾아서 물건을 팔려고 하다니 말입니다. 단어 정의만 봐도 척 짐작이 가잖아요. 아닙니다. 우린 수십억 개의, 또 수십억 개의 미래들로 가서 부유한 사업가들과 휴가를 즐기는 그 아내들에게 책을 팔 겁니다. 이건 시공간 확률의 무한 다차원 전체에서 가장 급진적이고 역동적이며 공격적인 모험적 사업이라고요."

"그리고 당신은 제가 레스토랑 평론가가 되기를 원하는 거고요." 포드가 말했다.

"우리는 당신이 입력한 것들을 높이 평가할 겁니다."

"죽여!" 포드가 소리쳤다. 그는 타월에 대고 소리쳤다.

타월이 할의 손에서 튀쳐나왔다.

그것은 타월에게 무슨 자체적인 동력이 있어서가 아니라, 그럴지도 모른다는 생각 때문에 할이 지레 너무나 놀랐기 때문이었다. 그 다음으로 그를 대경실색케 한 것은 주먹을 내밀고 책상을 가로질러 그에게 질주해오고 있는 포드 프리펙트의 모습이었다. 사실 포드는 그저 신용 카드를 가지러 돌진하고 있었을 뿐이었다. 하지만 할이 자리를 차지하고 있는 조직 같은 곳에서 할이 가진 직책 정도를 가지고 있자면 삶에 대해 건전하게 과대망상적인 견해를 가지지 않을 수 없게 된다. 그는 분별 있는 경계 조치를 취하며 몸을 뒤로 던졌다가 머리를 방탄유리에 심하게 부딪히더니, 걱정스러우면서도 굉장히 개인적인 꿈의 세계로 빠져 들어갔다.

포드는 모든 것들이 너무도 일사천리로 사라져버린 데 대해 깜짝 놀라며 책상에 누워 있었다. 그는 자기가 지금 들고 있는 플라스틱 조각을 재빨리 바라봤다. 그것은 이미 자기 이름이 새겨져 있는 다인-오-차지 신용 카드(회사에 청구하고 마음껏 식사를 할 수 있는 카드— 옮긴이주)였는데, 유효기간은 앞으로 이 년이었고 포드가 이제껏 살아오면서 본 것 중 아마도 가장 흥분되는 물건이었다. 그는 할을 보려고 책상 너머로 기어갔다.

그는 꽤 편안하게 숨을 쉬고 있었다. 지갑의 무게가 가슴을 누르지 않는다면 숨쉬기가 더 편안해질지도 모른다는 생각이 문득 포드에게 들었다. 그래서 그는 할의 안주머니에서 지갑을 살짝 꺼내 슬쩍 속을 뒤져봤다. 꽤 많은 양의 현금, 신용 토큰들, 울트라골프 클럽 회원증, 다른 클럽의 회원증들, 누군가의 아내와 가족사진——아마 할의 가족일지도 모르지만, 요즈음에는 이런 걸 확신하기 힘들다. 바쁜 중역들은 풀타임 아내와 가족에게 바칠 시간이 없을 경우가 많기 때문에 그냥 주말용으로 빌리는 것이다.

하!

그는 자기가 지금 방금 발견한 것을 믿을 수가 없었다.

그는 영수증 꾸러미 사이에 얌전히 들어 있는, 머리가 돌아버릴 정도로 흥미진진한 플라스틱 조각을 지갑에서 천천히 꺼냈다.

그것은 겉보기에는 머리가 돌아버릴 정도로 흥미진진해 보이지 않았다. 사실 모양새는 오히려 따분했다. 그것은 신용 카드와 반투명 카드보다는 약간 더 작고 더 두꺼웠다. 빛에 대고 비춰보면 홀로그램으로 암호화된 정보와 이미지들이 가상 입체감으로 인해 표면 몇 인치 아래 묻혀 있는 게 보였다.

그것은 아이덴트-아이-이즈(신분증— 옮긴이주)였다. 할이 이걸 지갑 속에 뒀다는 건 진짜 말도 안 되고 어리석은 짓이었다. 물론 전적으로 이해할 수는 있다. 요즈음은 자신의 신분을 절대적으로 증명할 것을 요구받는 방식이 어찌나 다양해졌는지, 그 일만으로도 인생은 금방 극도로 피곤해져 버릴 수 있다. 인식론적으로 애매모호한 물리적 우주 속에서 일관성 있는 의식체로 기능하려고 노력하는 것 같은, 더 심오한 존재론적 문제는 차치하고서라도 말이다. 현금 인출기를 한번 예로 들어보자. 사람들은 줄지어 서서 지문을 인식하고, 망막을 스캔하고, 목덜미에서 피부조각을 벗겨내서 즉석(혹은 거의 즉석——지루한 현실에서는 6~7초 정도가 족히 걸리니까) 유전자 분석을 기다린다. 그러고는 그런 사람이 있었는지 기억도 안 나는 가족이나 선호하는 식탁보 색깔에 대한 등록 정보에 관한 교묘한 질문들에 대답해야 한다. 그런 일을 그저 주말에 쓸 현금 좀 빼내자고 해야 하는 것이다. 제트카를 사려고 공채를 발행하려고 한다거나, 미사일 조약에 사인을 하거나, 레스토랑 청구서를 몽땅 계산하려고 한다면, 상황은 정말로 무진장 힘들어질 수 있다.

그래서 나온 것이 아이덴트-아이-이즈다. 이 카드는 당신과 당신의 몸, 당신 인생에 관한 모든 정보를 한 개의 다목적 기계 판독 가능 카드에 암호화해서 집어 넣어 지갑 속에 넣어 다닐 수 있게 해준다. 따라서 이것은 기술 자체와 평범한 상식에 대한 기술의 역대 최고의 승리를 상징했다.

포드는 카드를 주머니에 챙겨 넣었다. 놀라운 생각이 문득 그에게 떠올랐다. 그는 할이 얼마 동안 의식을 잃은 상태로 있을지 궁금했다.

"이봐!" 그는 저 위 천장에서 아직도 행복에 젖어 주절대고 있는 멜론 크기의 로봇에게 소리쳤다. "계속 행복하게 지내고 싶지?"

로봇은 콜록거리며 그렇다고 했다.

"그럼 내 옆에 붙어서 내가 하라는 대로 해."

로봇은 자기는 여기 천장에서 매우 행복하며 감사하다고 대답했다. 로봇은 훌륭한 천장이 얼마나 감질나게 기분 좋은 느낌을 주는지 이전에는 전혀 깨닫지 못했다. 로봇은 천장의 느낌을 자세히 탐구해보고 싶었다.

"거기 있으라고." 포드가 말했다. "그럼 곧 다시 잡혀서 조건부 칩을 교체당하게 될 테니까. 계속 행복하게 지내고 싶으면 지금 오고."

로봇은 진심에서 우러나오는 긴 한숨을 내쉬고는 마지못해 천장에서 내려왔다.

"들어봐." 포드가 말했다. "나머지 보안 시스템을 잠시 동안 행복하게 해줄 수 있겠어?"

"진정한 행복의 기쁨 중 하나는." 로봇이 떨리는 목소리로 말했다. "함께 나누는 거죠. 전 가득 차고 부글부글 끓어오르고 넘칠 지경이랍니다. 그건 바로……."

"좋아." 포드가 말했다. "보안 네트워크에 행복을 그저 조금만 퍼뜨려주라고. 아무 정보도 주지 말고. 그냥 기분 좋게 해줘서 아무것도 묻고 싶지 않게만 하라고."

그는 타월을 집어 들고 활기차게 문을 향해 걸어갔다. 최근엔 사는 것이 좀 지루했었다. 하지만 이젠 모든 게 극도로 재미있어질 거란 신호가 사방에서 보이기 시작하고 있었다.

7

아서 덴트는 살면서 지옥 같은 곳에 가본 적이 있었다. 하지만 이런 문구가 적힌 우주 정거장에 가본 적은 한 번도 없었다. "절망 속에서 여행하는 것이 여기 도착하는 것보다 낫습니다." 방문객을 환영하기 위한 도착 승강장에는 미소 짓고 있는 나우왓NowWhat 대통령의 사진이 걸려 있었다. 그 사진은 사람들이 찾을 수 있는 그의 유일한 사진이었고, 그가 권총 자살을 한 직후에 찍은 사진이었다. 그렇기 때문에 가능한 한 손을 많이 봤음에도 불구하고, 그의 미소는 다소 으스스했다. 그의 머리 한 쪽은 크레용으로 그려져 있었다. 대통령을 대신할 후임을 찾지 못했기 때문에, 사진의 대체물도 찾지 못했다. 그 행성의 모든 사람들에게는 오로지 한 가지 야망이 있었는데, 그건 이 행성을 떠나는 것이었다.

아서는 마을 외곽에 있는 작은 모텔에 체크인하고, 눅눅한 침대에 앉아 그에 못지않게 눅눅한 작은 안내 책자를 이리저리 뒤적여

보고 있었다. 안내 책자에 따르면, 나우왓 행성은 아직 아무도 발을 딛지 않은 은하계의 마지막 변방에 도달하기 위해 몇 광년 동안이나 고생스러운 여행을 한 끝에 이곳에 최초로 정착한 사람들이 처음으로 한 말을 따서 이름이 지어졌다(now what은 '자, 이제 뭘하지'라는 뜻이다―옮긴이주). 가장 큰 마을의 이름은 오웰OhWell(Oh, well은 '오, 이거 원' 정도의 의미로 실망, 낭패의 감정을 전달한다―옮긴이주)이었다. 그 외에는 이렇다 할 마을도 없었다. 나우왓 정착은 성공적이지 않았고, 나우왓에서 실제로 살고 싶어하는 사람들은 같이 어울리고 싶은 부류의 사람들이 아니었다.

안내 책자에는 무역에 관한 언급도 있었다. 여기서 이루어지고 있는 주된 거래 품목은 나우왓 늪 돼지 가죽이었는데, 그것 역시 별로 성공적이지 않았다. 제정신을 가진 사람이라면 나우왓 늪 돼지 가죽을 사고 싶어할 리가 없기 때문이다. 무역은 겨우 명목만 유지하고 있을 뿐이었다. 그나마 은하계에는 제정신이 아닌 사람들이 항상 꽤 있으니까. 우주선의 조그마한 선실 안에서 다른 승객들을 둘러볼 때, 아서의 기분은 꽤나 불편했다.

안내 책자는 행성의 역사도 약간 설명하고 있었다. 그걸 누가 썼는지는 모르겠지만, 저자는 처음에는 이 행성이 사실은 항상 춥고 축축한 것은 아니라는 사실을 강조하며 이곳에 대한 열의를 좀 북돋워보고자 애쓰고 있었다. 하지만 여기에 덧붙일 만한 긍정적인 요소들을 더 이상 찾을 수 없자, 그 어조는 급속히 신랄한 아이러니로 변질되어갔다.

안내 책자에는 정착 초기의 상황이 적혀 있었다. 나우왓에서 추구하는 주된 활동은 나우왓 늪 돼지를 잡아서 가죽을 벗기고 먹는 것이었다. 늪 돼지는 나우왓에 현존하는 유일한 동물이었다. 다른 동물들은 절망으로 인해 죽어버린 지 이미 오래였다. 늪 돼지는 작고 사악한 동물이었다. 그들은 아주 근소한 차이로 완전히 못 먹을 지경에서 벗어났는데, 그것은 이 행성에서 생명이 존속할 수 있게 된 그 근소한 차이와 같았다. 그렇다면 나우왓에서의 삶을 살 만하게 만들어준 보상은 무엇이었을까? 아무리 작은 거라도 말이다. 글쎄, 아무것도 없었다. 하나도 없었다. 심지어 늪 돼지 가죽으로 보호용 옷을 만드는 것조차 실망과 허망함으로 점철된 일이었다. 그 가죽은 설명할 수 없을 정도로 얇고 물이 줄줄 샜다. 이는 정착민들 사이에서 수많은 혼란스러운 추측들을 불러일으켰다. 늪 돼지가 따뜻하게 사는 비결은 뭘까? 늪 돼지들이 사용하는 언어를 배운 사람이 있었다면, 거기에는 어떤 속임수도 없다는 것을 알게 됐을 것이다. 늪 돼지들은 그 행성의 다른 모든 것들과 마찬가지로 차갑고 축축했던 것이다. 하지만 늪 돼지의 언어를 배우고 싶은 마음을 조금이라도 가진 사람은 전혀 없었다. 이유는 간단했다. 이 생물들은 서로의 넓적다리를 세게 물어뜯어서 의사소통을 했기 때문이다. 나우왓에서의 삶이 워낙 변변찮았으니, 늪 돼지들이 해야 할 말들은 이런 방법으로도 충분히 쉽게 전달될 수 있었다.

　아서는 안내 책자를 휙휙 넘기다가 마침내 찾던 것을 발견했다. 뒷부분에 행성의 지도가 몇 개 있었다. 누구에게도 별로 흥밋거리가 되지 않을 것 같았기 때문에 그 지도들은 되는 대로 대충 만든 것이었다. 하지만 그가 알고 싶은 것은 들어 있었다.

처음에 그는 그 모양을 알아보지 못했는데, 왜냐하면 지도가 그가 예상하던 것과 반대쪽이 위로 향하고 있었고, 따라서 아주 생소하게 보였기 때문이다. 물론 위와 아래, 북쪽과 남쪽은 전적으로 자의적인 표시에 불과하다. 하지만 우리는 익숙한 방식으로 사물을 보는 데 익숙해져 있고, 그래서 아서가 지도를 이해하기 위해서는 그걸 거꾸로 놓고 볼 수밖에 없었다.

그 페이지의 왼쪽 윗부분에 거대한 대륙이 하나 있었는데, 그 땅덩어리는 허리가 점점 좁아지며 내려오다가 다시 부풀어 올라 커다란 쉼표 모양을 하고 있었다. 오른쪽에는 눈에 익은 모양으로 뒤죽박죽 모인 커다란 모양들의 집합체가 있었다. 외곽선은 완전히 똑같지는 않았다. 아서는 이게 지도가 엉성해서인지 아니면 해수면이 더 높아서인지, 아니면 음, 그냥 여기서는 상황이 다르기 때문인지 알 수가 없었다. 하지만 그 증거는 반박의 여지가 없었다.

이것은 분명히 지구였다.

혹은 차라리, 그것은 분명히 아니었다.

그것은 단지 지구와 굉장히 비슷하게 생겼고 시공간에서 똑같은 좌표를 차지하고 있을 뿐이었다. 그것이 확률상 어떤 좌표를 차지하고 있는지는 아무도 모르는 일이다.

그는 한숨을 쉬었다.

이게 그가 올 수 있는 한 가장 고향에 가까이 온 상태라는 걸 그는 깨달았다. 즉, 그가 할 수 있는 한 고향에서 가장 멀리 왔다는 뜻이다. 그는 침울하게 안내 책자를 탁 접고는 도대체 이젠 뭘 할 것인지 생각했다.

방금 떠오른 생각에 그는 허탈한 웃음을 터뜨렸다. 그는 오래된 시계를 쳐다보고는 시계를 감기 위해 약간 흔들었다. 그의 시간 계산에 따르면, 여기까지 오기 위해 그는 일 년 동안 고생스러운 여행을 했다. 펜처치를 완전히 사라지게 해버린 초공간에서의 사고 이후로 일 년이었다. 한순간 그녀는 슬럼프 Z에서 그의 옆자리에 앉아 있었다. 다음 순간 우주선은 더할 나위 없이 정상적인 초공간 비행을 했고, 다음에 그가 봤을 때 그녀는 거기 없었다. 좌석에 온기조차 없었다. 심지어 그녀의 이름조차 승객 명단에 없었다.

그가 불만을 토로했을 때, 우주 항공사는 그를 단단히 경계하고 있었다. 우주 여행을 하다보면 온갖 곤란한 일들이 일어나고, 그 중 많은 일들이 변호사들에게 큰 수입이 된다. 하지만 그와 펜처치가 은하계의 어느 영역에서 왔냐고 그들이 물었을 때, 그가 ZZ9 구역 플루럴 Z 알파라고 대답하자, 그들은 완전히 긴장을 풀었다. 아서는 그 태도가 마음에 드는지 안 드는지조차 가늠할 수 없었다. 심지어 그들은 약간 웃기까지 했다. 물론 공감의 웃음이었지만. 그들은 티켓 약관의 조항 하나를 가리켰다. 거기에는 수명이 플루럴 구역에서 시작된 존재가 초공간 여행을 하는 것은 권장되지 않으며, 초공간 여행을 하는 경우 위험 부담은 본인이 책임진다고 적혀 있었다. 그걸 모르는 사람은 없다고 그들은 말했다. 그들은 소리 죽여 약간 킥킥대더니 머리를 설레설레 흔들었다.

아서는 사무실에서 나오면서 자신이 약간 떨고 있다는 것을 느꼈다. 그는 펜처치를 세상에서 가장 완전하면서도 절대적인 방법으로 잃어버렸을 뿐만 아니라, 은하계에 나와서 시간을 보내면 보낼수록 자신이 전혀 모르는 일들의 숫자가 사실은 점점 더 늘어나고 있는 것 같다는 느낌이 들었다.

그가 잠시 이런 상념에 빠져 멍하니 앉아 있을 때, 누군가가 그의 모텔 방문을 두드렸고, 뒤이어 곧 문이 열렸다. 뚱뚱하고 흐트러진 머리를 한 남자가 아서의 조그만 가방 한 개를 들고 들어왔다.

그가 "어디다 놓을……"까지 말했을 때, 갑작스럽게 격렬한 소동이 일어났고 그는 육중한 몸을 문에 부딪치며 쓰러졌다. 축축한 어둠 속에서 한 짐승이 으르렁대며 뛰쳐나오더니 그가 입고 있는 두꺼운 가죽 누비옷까지 뚫고 그의 허벅지에 이빨을 박아댔고, 그는 그 조그맣고 지저분한 짐승을 떼어내려고 사투를 벌였다. 악다구니와 격투가 잠시 동안 추하게 뒤엉켰다. 그 남자는 미친 듯이 소리치며 손가락으로 무엇인가를 가리켰다. 아서는 틀림없이 이런 용도로 문 옆에 세워둔 게 명백한 묵직한 막대기를 잡고 늪 돼지를 후려쳤다.

늪 돼지는 갑자기 몸을 떼더니 멍하고 쓸쓸한 표정으로 절뚝거리며 뒷걸음쳤다. 녀석은 꼬리를 뒷다리 사이에 감추고 불안하게 방 구석으로 가더니, 머리를 괴상하게 한쪽으로 반복해서 홱홱 틀며 겁에 질린 얼굴로 아서를 올려다봤다. 턱이 빠진 것 같았다. 녀석은 약간 우는 소리를 내며 축축한 꼬리로 방바닥을 쓸었다. 문간에는 아서의 가방을 든 뚱뚱한 남자가 주저앉아 허벅지에서 흘러나오는 피를 지혈하려고 애쓰면서 욕을 해대고 있었다. 그의 옷은 이미 비에 흠뻑 젖어 있었다.

아서는 뭘 해야 할지 몰라 늪 돼지를 물끄러미 바라봤다. 늪 돼지는 질문이라도 하는 듯이 그를 바라봤다. 녀석은 애처롭게 나지막이 낑낑대며 그에게 다가오려고 했다. 녀석은 고통스러워하며 턱을 움직였다. 그러다가 녀석이 갑자기 아서의 허벅지를 향해 달려들었지만, 탈구된 턱이 너무 약해 덥석 물지도 못하고 구슬프게 낑낑대며 바닥에 쓰러졌다. 뚱뚱한 남자가 벌떡 일어나서 막대기를 잡더니 늪 돼지의 머리통을 사정없이 내리쳐 얇은 카펫 위에 끈적끈적한 곤죽을 만들어놓았다. 그리고는 그 짐승 녀석에게 한 번만 더 움직여보라는 듯이 가쁜 숨을 몰아쉬며 서 있었다.

으깨진 머리 사이로 늪 돼지의 눈알 하나가 아서를 원망하는 듯이 바라보고 있었다.

"저게 뭐라고 하는 것 같아요?" 아서가 조그마한 목소리로 물었다.

"아, 별 거 아니에요." 남자가 말했다. "자기 딴에는 친해보자고 그러는 겁니다. 이건 그 우정을 돌려주는 방식일 뿐이고요." 그가 막대기를 거머쥐며 덧붙였다.

"다음에 출발하는 우주선은 언제 있죠?" 아서가 물었다.

"방금 도착하셨다고 생각했는데요." 남자가 말했다.

"맞아요." 아서가 말했다. "그냥 잠깐 방문할 예정이었어요. 그냥 여기가 맞는지 아닌지 보고 싶었거든요. 미안합니다."

"그러니까, 여기 잘못 오신 거란 말입니까?" 남자가 구슬프게 말했다. "얼마나 많은 사람들이 그런 말을 하는지, 참 우습군요. 특히 여기 사는 사람들이요." 그는 늪 돼지의 시체를 유구하고 깊은 원한을 담은 눈길로 바라봤다.

"아, 아니에요." 아서가 말했다. "이 행성이 맞아요. 그럼요." 그는 침대에 놓인 눅눅한 안내 책자를 들어 주머니에 넣었다. "괜찮아요, 고맙습니다. 제가 들죠." 그는 남자에게서 가방을 받아들며 말했다. 그러고는 문으로 가서 춥고 축축한 어둠 속을 바라봤다.

"예, 여기가 맞아요, 그럼요." 그는 다시 말했다. "행성은 맞는데, 우주가 틀렸죠."

그가 다시 우주 정거장으로 출발할 때, 새 한 마리가 머리 위를 선회하며 날아갔다.

8

포드에게는 자신만의 윤리 규칙이 있었다. 뭐 대단한 건 아니었지만, 그건 자신의 것이었고 대체로 그는 거기에 따라 행동했다. 그가 만든 규칙 중 하나는 절대로 자기 술은 자기가 사지 않는다는 거였다. 그게 윤리에 포함되는 건지는 포드도 잘 몰랐지만, 사람이란 자기한테 있는 걸 가지고 살아야 하는 법이다. 또한 어떠한 형태이건 간에, 그는 거위를 제외한 모든 동물에 대한 잔혹 행위에 완강히, 절대적으로 반대했다. 게다가 그는 절대로 자기 상관의 물건은 훔치지 않을 것이다.

뭐, 딱히 훔치지는 않았다.

비용 청구서를 내밀 때 담당 회계 감독이 호흡 항진증을 일으키면서 출입구 전면 봉쇄 경계경보를 울리지 않으면, 포드는 자신이 일을 제대로 하지 않은 것 같은 느낌이 들었다. 하지만 실제로 훔치는 것은 다른 문제였다. 그것은 먹이를 주는 손을 무는 것과 같았다.

손을 세차게 빤다든가, 심지어 일종의 애정 어린 방법으로 잘근잘근 씹어대는 것도 괜찮았다. 하지만 실제로 물지는 않았다. 그 손이 《안내서》일 때는 아니었다. 《안내서》는 신성하고 특별한 존재였다.

하지만 그것도 이제 바뀌겠지. 포드는 몸을 피해 이리저리 꼬인 경로로 건물을 내려오며 생각했다. 그건 다 제 탓이야. 이 꼴을 보라고. 줄지어 늘어선 단정한 회색 사무실 칸막이와 중역용 사무실들. 모든 공간은 전자 네트워크를 타고 윙윙대며 날아다니는 메모와 회의 시간으로 황량하게 채워져 있었다. 맙소사, 바깥의 길거리에서는 사람들이 워켓 사냥 놀이를 하고 있었지만, 여기 《안내서》 사무실의 심장부에서는 분별없이 복도에서 공을 차대거나 부적절한 색깔의 수영복을 입고 있는 사람조차 없었다.

"인피니딤 엔터프라이즈." 포드는 이 복도, 저 복도를 따라 성큼성큼 내려오면서 혼자 으르렁댔다. 질문조차 하지 않고 문들이 차례차례 마술처럼 활짝 열렸다. 엘리베이터들은 자신들이 가서는 안 될 장소에 기꺼이 그를 데려다줬다. 포드는 가능한 한 가장 복잡하고 꼬인 길을 택해 가려고 애쓰면서 대체로 건물의 아래쪽으로 내려가고 있었다. 그의 행복한 작은 로봇은 가다가 마주치는 보안 회로들마다 순종적인 기쁨의 파장을 뿌리며 모든 일을 알아서 처리했다.

포드는 로봇에게 이름이 필요하겠다고 생각하고 애틋한 추억이 있는 소녀의 이름을 따서 그것을 에밀리 사운더스라고 부르기로 했다. 다음 순간, 그는 에밀리 사운더스라는 이름이 보안 로봇에게는 어울리지 않는다는 생각이 들었다. 그래서 에밀리의 개 이름을 따서 녀석을 콜린이라고 부르기로 했다.

 그는 이제 건물 내부의 깊은 곳, 그가 한 번도 와보지 못한, 보안이 철통 같은 구역까지 내려왔다. 그는 그의 곁을 지나치는 직공들의 얼굴에서 의아한 표정들을 보기 시작했다. 이 정도 레벨의 보안 구역에서는 심지어 그들을 더 이상 사람이라고 부르지도 않았다. 아마도 그들은 스파이들이나 할 일들을 하고 있을 것이다. 저녁때 집에 돌아가면 그들은 다시 사람이 됐다. 어린 자식들이 귀여운 눈을 반짝이며 그들을 올려다보고 "아빠, 오늘 하루 종일 뭘 하셨어요?" 하고 물으면 그저 "난 직공으로서의 의무를 수행했단다" 하고 말하고는 더 이상 그 문제는 언급하지 않는다.

 문제의 진실은, 온갖 종류의 대단히 교묘한 일들이 《안내서》가 내세우는, 혹은 이 새로운 인피니딤 엔터프라이즈 무리들이 몰려들어와 모든 일을 대단히 교묘하게 만들기 시작하기 전에 내세웠던 쾌활하고 행운이 가득한 행복한 표면 뒤에서 벌어지고 있다는 것이다. 그곳에는 그 번쩍이는 건물을 지탱하는 온갖 종류의 탈세와 사기, 횡령, 음험한 거래가 존재했으며, 그 모든 것들이 넘어가는 곳은 건물 저 아래에 안전히 자리 잡고 있는 연구와 정보 처리 층이었다.

 몇 년에 한 번씩 《안내서》는 자신의 사업뿐만 아니라 건물까지 새로운 세계에 세웠고, 《안내서》가 지역 문화와 경제에 뿌리를 내리고 고용과 매혹, 모험의 분위기를 제공하는 잠시 동안은 모든 것

대체로무해함 101

이 환하고 웃음으로 가득하곤 했다. 하지만 결국 지역 주민들이 기대했던 것만큼의 실제적인 소득은 없었다.

《안내서》가 건물을 가지고 이사할 때는 야밤의 도둑 비슷하게 떠났다. 사실 정확하게 야밤의 도둑처럼 떠났다. 《안내서》는 이른 새벽에 주로 떠났고, 다음 날 보면 항상 없어진 물건들이 수두룩했다. 《안내서》가 떠나버린 자리에서는 종종 일주일 이내에 문화와 경제 전체가 붕괴하곤 했고, 한때 흥성했던 행성은 황폐해져서 폭격의 쇼크에 시달리게 된다. 하지만 그럼에도 불구하고 사람들은 자신들이 어떤 대단한 모험에 동참했었다는 기분을 여전히 갖게 되는 것이다.

포드가 건물의 가장 민감한 구역 깊숙이 진격해 들어가고 있을 때, 그에게 미심쩍은 눈길을 던진 '직공'은 콜린의 존재를 보고 확신을 갖게 됐다. 콜린은 극도의 만족감에 취해 포드의 옆에서 윙윙대며 날아오면서 매 단계마다 그의 길을 터주고 있었다.

건물의 다른 구역들에서 경계경보들이 울리기 시작했다. 그렇다면 그건 아마 그건 밴 할이 벌써 발견됐다는 얘기일 테고, 그건 문제가 될 수도 있다. 포드는 그가 정신을 차리기 전에 아이덴트-아이-이즈를 다시 그의 호주머니에 슬쩍 넣어둘 수 있기를 바라고 있었다. 음, 그건 나중 문제고, 지금으로선 그 문제를 어떻게 해결할 건지 전혀 감이 잡히지 않았다. 지금 당장은 걱정하지 않을 작정이었다. 조그마한 콜린 녀석과 함께 가는 한은 어디를 가든, 상냥하고 밝은 분위기, 그리고 무엇보다도 중요한 것은, 기꺼이 묵묵히 말을 듣는 엘리베이터와 긍정적으로 순종하는 문들이 그를 둘러싸고 있었다.

심지어 포드는 휘파람까지 불기 시작했는데, 그게 바로 그의 실수였을 수도 있다. 아무도 휘파람 부는 사람을 좋아하지 않는다. 특히 우리의 최후를 모양 짓는 신들은 말이다.

다음 문이 열리지 않았다.

안타까운 일이었다. 왜냐하면 여기가 바로 포드의 목적지였기 때문이다. 회색 문은 그의 앞에서 단호하게 닫혀 있었고 거기에는 이런 문구가 붙어 있었다.

출입 금지.
공식 직원도 불가.
당신은 여기서 시간 낭비를 하고 있는 겁니다.
가시오.

건물의 이런 지하 구역에서는 문들이 대체로 훨씬 더 무자비해진다고 콜린이 보고했다.

그들은 지금 지표면에서 십 층 높이 정도 아래 지하에 있었다. 공기는 냉장고 안처럼 차가웠고 우아한 회색 삼베 벽지는 온데간데 없고 야만적인 회색의 빗장 걸린 철벽만이 서 있었다. 어쩔 줄 몰라 날뛰던 콜린의 행복감도 서서히 진정되어 일종의 단호한 명랑함 정도로 안정됐다. 그는 좀 피곤해지기 시작한다고 말했다. 여기 있는 문들에 조금이라도 쾌활함 비슷한 걸 집어넣는 데 그의 에너지가 몽땅 들어가고 있었다.

포드는 문을 걷어찼다. 문이 열렸다.

"쾌락과 고통을 합치면." 그가 중얼거렸다. "항상 만사형통이지."

그는 걸어 들어갔고, 콜린은 날아서 그의 뒤를 따랐다. 전선을 쾌락 전극에 바로 꽂은 상태였음에도 불구하고, 그의 행복감은 약간 불안한 종류의 행복이었다. 그는 약간 까딱거리며 주위를 날아다녔다.

방은 조그맣고, 회색이었고, 윙윙 소리가 났다.

이 방이 《안내서》 전체의 신경 중추였다.

회색 벽을 따라 늘어선 컴퓨터 터미널들은 《안내서》가 돌아가는 상황 하나하나를 다 보여주는 창들이었다. 방의 왼쪽 편에서는 은하계 전역에서 현장 연구자들이 보내는 보고서들이 서브-에서-넷에 모아져서 곧바로 부편집자들의 사무실 네트워크로 입력되었고, 거기에서 괜찮은 부분은 몽땅 비서들에 의해 잘리게 된다. 왜냐하면 부편집자들은 점심식사를 하러 나가고 없기 때문이다. 그러고 나서 나머지 원고는 법무 팀이 있는 건물의 나머지 반쪽——에이치 모양 건물의 다른 한쪽 다리 말이다——으로 쏘아 보내진다. 법무 팀은 남은 원고 중에서 아직 조금이라도 괜찮은 부분을 잘라낸 뒤, 중역 편집자들의 사무실로 다시 날려 보내는데, 그들 역시 점심 먹으러 나가고 없다. 그래서 편집자들의 비서들이 그걸 읽어보고는 시시하다고 말한 뒤 대부분의 남은 원고를 잘라내 버린다.

편집자들 중 누군가가 마침내 점심식사를 마치고 비틀거리며 들어오면, 그들은 이렇게 소리 지른다. "X——X는 문제의 현장 연구자의 이름이다——가 젠장맞을 은하계 반대편에서 보내온 이 시시걸렁한 잡소리가 다 뭐하자는 거야? 이 매가리 없는 설사 같은 게 녀석이 보낼 수 있는 최고의 원고라면, 그 젠장맞을 가그라카카 마인드 존에서 공전 주기를 세 번이나 꽉 채워 보낼 필요가 뭐가 있어? 그렇게 사건들이 수도 없이 벌어지고 있는데도 말이야. 활동 경비를 없애버려"

"원고는 어떻게 할까요?" 비서가 묻는다.

"아, 네트워크 상에 발표해. 거기도 뭔가 있기는 해야 할 테니까. 난 머리가 아파서 집에 가야겠어."

그래서 편집된 원고는 법무 팀을 돌며 마지막으로 난도질과 화형을 거치고 나서 다시 이곳으로 내려 보내지며, 여기서 원고는 은하계 어디에서건 즉시 검색할 수 있도록 서브-에서-넷을 통해 방송된다. 그 과정은 방의 오른쪽에 있는 터미널들에 의해 모니터되고 통제되는 장비에 의해 이루어진다.

그러는 동안 그 연구자의 활동 경비를 없애버리라는 명령은 저 위 오른쪽 구석에 처박혀 있는 컴퓨터 터미널로 전달되었고, 바로 그 컴퓨터를 향해 지금 포드 프리펙트는 걸어가고 있었다.

만약 당신이 이 글을 지구 행성에서 읽고 있다면:

A. 행운을 빈다. 당신이 전혀 알지 못하는 일들이 끔찍하게 많지만, 당신만 그런 것은 아니다. 당신의 경우, 이런 것들을 하나도 모

대체로 무해함 105

르는 것의 결과가 뭐 그리 특별히 끔찍하지는 않다. 하지만 생각해보자면, 뭐, 그게 바로 쿠키가 완전히 짓밟힌 다음 기억에서 잊혀져 버리는 것과 같은 방식이다.

B. 컴퓨터 터미널이 뭔지 안다고 생각하지 마라.

컴퓨터 터미널이란 앞에 타자기가 놓인 투박하고 오래된 텔레비전 같은 게 아니다. 그것은 몸과 마음이 우주와 연결되어 그 안에서 돌아다닐 수 있는 인터페이스이다.

포드는 서둘러 터미널 쪽으로 걸어가 그 앞에 앉더니 잽싸게 그 우주 속에 자신을 담갔다.

그곳은 그가 아는 통상적인 우주가 아니었다. 그곳은 빽빽하게 겹쳐진 세상들, 거친 지형, 하늘 높이 치솟은 산봉우리들, 심장을 멎게 할 정도의 계곡들, 해마들 안으로 산산이 부서지는 달들, 무시무시하게 불쑥 입을 벌리는 균열들, 조용히 넘실거리는 바다들, 바닥이 보이지 않도록 돌진하며 포효하는 물고기들의 우주였다.

그는 위치를 잡기 위해 꼼짝 않고 있었다. 그리고 호흡을 가다듬고 눈을 감고 다시 봤다.

그러니까 여기가 회계사들이 시간을 보내는 장소였다. 분명히 눈에 보이는 것보다 뭔가가 더 있는 게 틀림없었다. 그는 그 모든 것들이 부풀어 올라 빙빙 돌면서 그를 압도하지 않도록 조심하며 주의 깊게 주위를 둘러봤다.

그는 이 우주의 지리를 잘 몰랐다. 심지어 이곳의 차원적 범위나 습성을 규정하는 물리 법칙도 몰랐다. 하지만 그의 본능은 발견할 수 있는 것 중 가장 눈에 띄는 것을 찾아 그쪽으로 가라고 말했다.

형체를 분간할 수 없이 아득히 먼 저쪽에——일 마일 아니면 백만 마일 정도 되나, 아니면 눈에 티끌이 들어간 건가?——하늘에 아치를 이루고 있는 엄청난 봉우리가 있었다. 그것은 오르고 또 올라가서 활짝 피어나는 깃털 장식, 우글우글 모인 덩어리, 수도원장처럼 확 펼쳐져 있었다.

그는 비척대며 그쪽으로 다가갔고, 의미 없이 긴 시간의 조각조각들이 흐른 후에야 마침내 거기 도착했다.

그는 팔을 좍 펴서 거칠거칠하게 마디가 지고 움푹움푹 팬 표면을 단단히 잡고 착 들러붙었다. 제대로 안정된 자세를 잡았다는 것을 일단 확신하게 되자, 그는 그만 아래를 내려다보는 무시무시한 실수를 저질렀다.

그가 비척대고 있을 동안은 까마득한 저 아래의 거리가 필요 이상으로 그를 괴롭히지는 않았었다. 하지만 이제 거기 들러붙어 있자니, 그 거리는 그의 심장을 말라붙게 하고 뇌수를 휘어지게 만들었다. 그의 손가락은 고통과 긴장으로 하얗게 변했다. 이빨은 통제 불능 지경으로 서로를 갈며 돌아갔다. 비비 틀리는 극심한 메스꺼움이 몰려온 나머지 눈동자가 안으로 말려 들어갔다.

엄청난 의지와 신념을 발휘해 그는 그냥 손을 탁 놓으며 벽을 밀었다.

그는 몸이 둥실 뜨는 것을 느꼈다. 벽에서 떨어져. 그러고는, 예상과는 반대로 위로. 또 위로.

대체로 무해함 107

그는 어깨를 뒤로 젖히고 팔을 축 늘어뜨린 채 위를 쳐다보며 몸이 위로 더 위로 슬슬 이끌려가도록 내버려뒀다.

얼마 가지 않아——이런 말이 이 가상 우주에서 무슨 의미가 있다면 말이다——손으로 잡고 기어 올라갈 수 있는 바위 턱 하나가 눈앞에 어렴풋이 나타났다.

그는 일어나서 잡았고 기어 올라갔다.

그는 약간 가쁜 숨을 내쉬었다. 이 모든 게 좀 스트레스가 쌓였다.

그는 바위 턱을 단단히 붙들고 앉았다. 이게 떨어지지 않으려고 하는 짓인지 아니면 여기서 더 떠오르지 않으려고 하는 짓인지 스스로도 잘 알 수가 없었다. 하지만 현재 자신이 와 있는 세상을 살펴보기 위해선 뭔가 붙잡고 있을 게 필요했다.

현기증이 날 정도로 까마득한 높이 때문에 어찌나 어지럽고 머리가 빙빙 돌던지 마침내 그는 눈을 감은 채 까마득하게 솟은 무시무시한 바위 벽을 부여잡고 애처롭게 낑낑댔다.

그는 천천히 숨을 가다듬었다. 그러고는 자기 자신에게 이건 단지 그래픽으로 재현한 세상일 뿐이라고 되풀이해서 말했다. 가상 우주인 것이다. 시뮬레이션 현실. 언제라도 여기서 휙 빠져나가 돌아갈 수 있는 것이다.

그는 거기서 휙 빠져나갔다.

그는 컴퓨터 터미널 앞, 발포 고무로 가득 채워진 사무실용 파란 인조 가죽 회전의자에 앉아 있었다.

긴장을 풀었다.

그러자 그는 머리를 빙빙 돌게 만드는 차원들 위에 있는 좁다란 바위 턱에 자리 잡고 앉아 말도 안 되게 높은 봉우리 표면에 찰싹 들러붙어 있었다.

단지 풍경이 너무나 저 아래 멀리 있기 때문만은 아니었다. 그는 그게 좀 그만 일렁거리고 넘실댔으면 싶었다.

그는 움켜잡아야만 했다. 바위 벽을 말하는 게 아니다——그건 환영일 뿐이었다. 그는 그 상황을 단단히 움켜잡고 파악해야만 했다. 자신이 처한 물질적인 세상을 바라볼 수 있어야 하되 동시에 거기서 감정적으로는 거리를 둬야 했다.

그는 마음속으로 이를 악물었다. 그리고 다음 순간, 조금 전 바위 표면에서 손을 떼던 바로 그 순간처럼 바위 표면에 대한 생각을 머리 속에서 놔 버리고, 거기 확실하고도 편안히 자리를 잡았다. 그는 세상을 돌아봤다. 그는 편안하게 숨을 쉬고 있었다. 멋졌다. 그는 다시 상황을 손아귀에 장악한 것이다.

그는 《안내서》 재무 시스템의 사차원 위상 모델 속에 있었고, 누군가 혹은 무엇인가가 곧 그 이유를 알고자 할 것이다.

그리고 그들이 왔다.

가상공간을 훅하고 가로지르며, 조그맣고 뾰족한 머리에 가느다란 콧수염을 하고 비열하고 무정한 눈을 가진 생물들이 작게 무리지어 그에게 돌진해왔다. 그들은 그가 누구며, 여기서 무엇을 하고 있으며, 어떤 권한을 가지고 있으며, 그 권한을 준 에이전트의 권한은 무엇이며, 그의 속다리 길이는 얼마나 되는지 등을 까다롭게 요구해댔다. 레이저 불빛이 마치 그가 슈퍼마켓 계산대 위에 놓인 과자 봉지라도 되는 듯이 그의 온몸을 번쩍번쩍 비추어댔다. 고화력 레이저 총들은 잠시 유보 자세를 취하고 있었다. 이 모든 일이 가상공간에서 일어나고 있다고 해서 달라질 것은 없었다. 가상공간에서 가상 레이저 총에 맞아 가상으로 죽는 것은 실제로 죽는 것과 효과가 똑같다. 자신이 죽었다고 생각하는 것만큼 실제로 죽는 것이다.

레이저 판독기들이 그의 지문과 망막, 머리가 벗겨져 가고 있는 지점의 모낭 패턴을 깜박거리며 읽어나가고 있었다. 그들은 점점 더 신경이 곤두서고 있었다. 그들은 자신들이 보고 있는 게 전혀 마음에 들지 않았다. 대단히 개인적이며 건방진 질문들을 해대는 달각달각 삐걱삐걱하는 소리가 점점 그 고조를 높이고 있었다. 조그마한 외과용 강철 스크레이퍼(긁어내는 기구 — 옮긴이주)가 그의 목덜미 피부 쪽으로 다가오고 있었다. 바로 그 순간, 포드는 숨을 죽이고 간략한 기도를 하며 밴 할의 아이덴트-아이-이즈를 주머니에서 끄집어내 그들의 눈앞에 흔들어보였다.

즉각 모든 레이저들이 그 작은 카드로 눈을 돌리더니 카드를 앞뒤, 안팎으로 훑으며 모든 분자들을 검사하고 읽어나갔다.

그리고는 똑같이 급작스럽게 그들은 멈췄다.

조그마한 가상 조사관들 무리 전체가 갑자기 차려 자세를 취했다.

"만나서 반갑습니다, 할 선생님." 그들은 비열하게 합창했다. "저

희가 도와드릴 일이 있습니까?"

포드는 천천히 사악한 미소를 지었다.

그가 말했다. "있는 것 같은데."

오 분 뒤 포드는 거기서 빠져나왔다.

일을 하는 데 약 삼십 초, 그리고 흔적을 지우는 데 삼 분 삼십 초가 걸렸다. 가상 구조 속에서 그가 원하는 것이라면 뭐든지 할 수 있었을 것이다. 모든 조직의 소유권을 자기 이름으로 돌릴 수도 있었다. 하지만 그게 발각되지 않을지는 좀 의심스러웠다. 하여간 그는 그런 건 원하지 않았다. 그건 책임감을 가져야 한다는 말일 수도 있다. 사무실에서 늦도록 일하는 것 말이다. 시간을 들여가며 사기 행위를 대대적으로 조사한다거나 감옥에서 많은 시간을 보내야 하는 것은 말할 것도 없다. 그는 컴퓨터 빼고는 아무도 알아채지 못할 일을 원했다. 그게 바로 삼십 초가 걸린 일이었다.

삼 분 삼십 초가 걸린 일은 컴퓨터가 자신이 뭔가를 알아챘다는 것을 알아채지 못하도록 프로그래밍하는 것이었다.

컴퓨터는 포드의 목적이 무엇인지 알지 않기를 원해야만 했다. 그러면 포드는 그 정보가 절대로 노출되지 않도록 방어하는 게 합리적인 일이라고 컴퓨터가 생각하도록 안심하고 내버려둘 수 있을 것이다. 그건 다른 면에선 멀쩡하던 사람이 정치 고관만 되면 늘 생기는 일종의 정신 이상적 심리 차폐를 역으로 뒤집어 처리한 프로그래밍 기술이었다.

또 일 분은 컴퓨터 시스템에 이미 심리 차폐가, 그것도 큰 놈이 있다는 걸 발견하는 데 걸렸다.

그가 심리 차폐를 고안해 넣느라 호들갑을 떨지 않았다면 결코 그걸 발견하지 못했을 것이다. 자기 걸 설치하려고 계획하고 있었던 바로 그 자리에서 그는 매끈하기 이를 데 없으며 그럴듯한 부인(否認) 절차와 견제용 서브루틴(특정 또는 다수의 프로그램에서 반복 사용할 수 있는 독립된 명령군 — 옮긴이주) 덩어리와 맞닥뜨렸다. 물론 컴퓨터는 그런 사실은 아는 바 없다고 딱 잡아뗐으며, 부인할 일 자체가 있다는 걸 받아들이는 것조차 단호하게 거부했다. 그게 어찌나 그럴듯하던지 포드조차 자신이 실수한 게 틀림없다고 생각했을 정도였다.

그는 깊은 감명을 받았다.

사실 너무나 깊이 감명 받은 나머지 자기의 심리 차폐 절차를 설치하려고 하지도 않았다. 그는 그저 이미 거기 있었던 것을 불러내도록만 설치했다. 그럼 질문을 받았을 경우 그게 스스로를 불러내고, 그런 식으로 되는 것이다.

그는 자기가 설치한 코드를 제거하는 작업에 재빨리 착수했는데, 문제는 그게 제자리에 없었다. 그는 욕을 해대며 사방을 헤집었지만, 흔적도 찾을 수 없었다.

그래서 그걸 몽땅 다 다시 설치하는 작업을 시작하려다가, 그걸 찾을 수 없었던 이유는 그 프로그램이 이미 작동하고 있었기 때문이라는 걸 깨달았다.

그는 만족스러워하며 씩 웃었다.

그는 컴퓨터의 심리 차폐가 뭐에 관한 것인지 알아보려고 했지만, 당연하게도 거기에 대해서도 심리 차폐가 걸려 있는 것 같았다. 사실 더 이상 어떤 흔적도 발견할 수가 없었다. 그 정도로 훌륭한 프로그램이었다. 그는 이게 다 자기의 상상이 아니었을까 궁금했다. 그게 이 건물의 무엇인가와 상관있지 않을까, 그리고 숫자 십삼과 관련되어 있지 않을까 하고 상상한 게 아니었을까 궁금했다. 그는 몇 가지 테스트를 해봤다. 그렇다. 그건 분명히 그의 상상이었던 것이다.

지금은 멋진 경로를 따질 때가 아니었다. 주요 경계경보가 분명 울려대고 있었다. 포드는 고속 엘리베이터로 갈아타기 위해 지상층까지 엘리베이터를 타고 갔다. 어떻게 해서든 아이덴트-아이-이즈가 없어진 게 발각되기 전에 그걸 다시 할의 주머니에 갖다놓아야 했다. 어떻게? 그건 자신도 몰랐다.

엘리베이터 문이 스르르 열리자 문 앞에는 한 무리의 경비병들과 로봇들이 불결해 보이는 무기를 휘두르며 자세를 잡고 기다리고 있었다.

그들이 그에게 나오라고 명령했다.

어깨를 으쓱하며 그는 앞으로 나갔다. 그들은 모두 예의도 없이 그를 밀치며 엘리베이터 안으로 몰려 들어갔다. 엘리베이터는 아래층에서 수색 작업을 계속할 수 있도록 그들을 싣고 내려갔다.

이거 재미있군. 포드는 콜린을 정답게 쓰다듬어주며 생각했다. 콜린은 포드가 처음으로 만난 진짜로 도움이 되는 로봇이었다. 콜린은 경쾌한 흥분 상태에 빠져 까딱거리며 포드 앞의 공중에 떠 있었다. 포드는 개의 이름을 따서 로봇의 이름을 붙여준 게 기뻤다.

이 시점에서 그냥 다 그만두고 그저 일이 다 잘되기를 바라고 싶은 마음이 굴뚝같았다. 하지만 일이 잘될 가능성이란 할이 자신의 아이덴트-아이-이즈가 없다는 것을 발견하지 않아야지만 생긴다는 것을 그는 알고 있었다. 어떻게 해서든 비밀리에 그걸 제자리에 되돌려놓아야만 했다.

그들은 고속 엘리베이터로 갔다.

"안녕하세요." 그들이 탄 엘리베이터가 말했다.

"안녕." 포드가 말했다.

"오늘은 여러분을 어디로 모실까요?" 엘리베이터가 말했다.

"이십삼 층." 포드가 말했다.

"오늘 굉장히 인기 있는 층인 것 같군요." 엘리베이터가 말했다.

흠, 포드는 생각했다. 그 목소리도 전혀 마음에 들지 않았다. 엘리베이터는 층수 표시판의 이십삼 층 버튼에 불을 켜더니 휙 올라가기 시작했다. 층수 표시판의 무엇인가가 포드의 마음에 동요를 일으켰지만, 그게 뭔지 꼬집어낼 수가 없었고 그래서 그냥 잊어버렸다. 그는 자신이 가고 있는 층이 인기가 있다는 말이 더 마음에 걸렸다. 그는 거기서 무슨 일이 벌어지고 있건 간에 그걸 자기가 어떻게 감당할지 제대로 생각해본 적이 없었다. 왜냐하면 자기가 무엇을 발견하게 될지 전혀 모르기 때문이었다. 그저 부닥쳐보는 수밖에 없다.

그들은 도착했다.

문이 스르르 열렸다.

불길한 고요함.

텅 빈 복도.

할의 사무실로 들어가는 문이 거기 있었고, 주위에는 먼지가 가볍게 쌓여 있었다. 포드는 이 먼지가 목공품에서 기어 나와 서로서로를 조립해 다시 문을 만들고는 다시 서로를 분해해서 다시 목공품 안으로 기어 들어가 그저 파괴될 순간을 기다리고 있는 수십억 개의 조그마한 분자 로봇으로 이루어져 있다는 것을 알고 있었다. 포드는 저런 인생은 도대체 어떤 걸까 궁금해졌다. 하지만 오랫동안은 아니었다. 당장 자기 인생이 도대체 뭔지 그게 더 염려됐기 때문이다.

그는 심호흡을 하고는 뛰기 시작했다.

9

아서는 약간의 상실감을 느꼈다. 은하계 전체가 그의 앞에 놓여 있는데도, 단지 두 가지가 없다는 이유로 불평을 한다면 자기가 너무 예의가 없는 게 아닌가 싶기도 했다. 하지만 그가 태어난 세상과 그가 사랑한 여자가 없는 것이다.

젠장, 그는 생각했다. 그리고 안내와 충고가 필요하다고 느꼈다. 그는 《은하수를 여행하는 히치하이커를 위한 안내서》를 참조했다. '안내'라는 항목을 찾아봤더니 거기에는 "'충고' 항목을 보시오"라고 되어 있었다. 그는 '충고' 항목을 찾아봤다. 거기에는 "'안내' 항목을 보시오"라고 적혀 있었다. 이 책은 최근 이런 짓을 굉장히 많이 하고 있다. 평판이 자자하다는 책이 겨우 이게 다인 건지 그는 의아했다.

그는 은하계의 동쪽 경계로 향했다. 들리는 말에 의하면, 거기에서는 지혜와 진실을 찾을 수 있다고 했다. 특히 사제들과 선지자들과 점쟁이들, 그리고 배달 전문 피자집——신비주의자들은 거의 대부분 요리를 전혀 못하니까——의 행성인 하와리우스 행성이 바로 그런 곳이었다.

하지만, 이 행성에는 어떤 재난이 일어났던 것처럼 보였다. 고명한 예언자들이 사는 마을 거리를 다니며 보니, 마을 분위기가 어딘가 침울했다. 그는 다소 침울한 태도로 가게를 접고 있는 게 틀림없어 보이는 예언자 하나와 마주쳐서 무슨 일이냐고 물었다.

"더 이상 우릴 찾는 사람이 없소." 그는 오두막 창문에 가로질러 대고 있는 판자에 못을 박기 시작하며 무뚝뚝하게 말했다.

"그래요? 왜 그렇죠?"

"저쪽 좀 잡아주겠소? 그럼 보여드리리다."

아서가 아직 못을 박지 않은 판자 끝부분을 잡자 늙은 예언자는 오두막 구석으로 허둥지둥 들어가더니 일이 분 정도 후 조그마한 서브-에서 라디오를 가지고 나왔다. 그는 라디오를 틀고 잠시 다이얼을 돌려 맞추더니 그가 주로 앉아 예언을 하는 조그마한 나무 벤치에 놓았다. 그러고 나서 다시 판자를 잡더니 망치질을 계속했다.

아서는 앉아서 라디오를 들었다.

"……확정됩니다." 라디오가 말했다.

"내일." 방송은 계속됐다. "포플러 바이거스의 부대통령, 루피 가스팁이 대통령에 출마하겠다는 의사를 밝힐 것입니다. 내일 할 연설에서……."

"다른 채널을 찾아보시오." 예언자가 말했다. 아서는 프리셋 버튼을 눌렀다.

"……논평을 거부했습니다." 라디오가 말했다. "다음주 자부시 지역의 실업자 총계는." 방송이 계속됐다. "기록이 시작된 이래 최악이 될 것입니다. 다음 달 발표된 보고서에 따르면……."

"다른 채널." 예언자가 심술궂게 버럭 소리를 질렀다. 아서는 다시 버튼을 눌렀다.

"……무조건 부인했습니다." 라디오가 말했다. "다음 달 치러지는 수플링 왕가의 지드 왕자와 라우이 알파 행성의 훌리 공주와의 왕실 결혼식은 비얀지 구역 역사상 최고로 성대한 예식이 될 것입니다. 현장에 저희 리포터, 트릴리언 아스트라가 나가 있습니다. 보도를 들어보시죠."

아서는 눈을 껌벅거렸다.

군중들의 환호 소리와 취주악단의 시끌벅적한 소리가 라디오에서 터져 나왔다. 굉장히 익숙한 목소리가 들려왔다. "네, 크라트, 다음 달 중순 이곳의 광경은 정말 믿을 수 없을 정도입니다. 훌리 공주는 화사하게 빛나는 모습으로……."

예언자가 라디오를 퍽 쳐서 벤치에서 먼지투성이 바닥으로 떨어뜨렸다. 바닥에 떨어진 라디오는 조율이 엉망으로 된 닭처럼 꽥꽥거렸다.

"우리가 뭐랑 싸워야 하는지 아시겠소?" 예언자가 투덜거렸다. "여기, 이것 좀 잡아요. 그거 말고, 이거. 아니, 그런 식으로 말고. 이쪽을 위로 해서. 다른 방향으로 말이오. 이 바보."

"전 그 방송을 듣고 있었다고요." 아서는 어찌할 도리 없이 예언자의 망치를 들고 버둥대며 불평했다.

"다른 사람들도 마찬가지요. 그 때문에 이곳이 유령 마을처럼 되어버린 거지." 그는 땅에 침을 뱉었다.

"아니, 제 말은, 저 목소리가 제가 아는 사람 같았다고요."

"훌리 공주가? 돌아다니면서 훌리 공주를 아는 사람들한테 다 인사를 해야 된다면, 허파를 새로 하나 더 달아야 될 거요."

"공주가 아니라." 아서가 말했다. "리포터요. 이름이 트릴리언이었어요. 저 아스트라란 성은 어디서 생겼는지 모르겠네요. 저 여자는 저와 같은 행성 출신이에요. 어디 갔는지 궁금해 하고 있었다고요."

"아, 저 여자는 요즘 연속체를 종횡무진 누비고 있소. 물론 여기엔 위대한 초록 아클시저 님 덕분에 삼차원 텔레비전 방송국이 없지만, 라디오를 켜면 저 여자가 시공간 여기저기를 돌아다니는 걸 들을 수 있소. 그녀는 정착해서 하나의 시대에 살고 싶어하오. 저 처자는 그렇소. 하지만 그 결과는 눈물 밖에 없을 거요. 아마 벌써 그럴지도 모르지." 그는 망치를 휘둘렀고 자기 엄지손가락을 꽤나 호되게 찍었다. 그는 알 수 없는 소리를 미친 듯이 지껄여대기 시작했다.

사제들의 마을도 사정은 별반 더 나을 바 없었다.

훌륭한 사제를 찾는다면 다른 사제들이 찾아가는 사제를 찾는 게 최고라고 사람들은 말했다. 하지만 문이 닫혀 있었다. 입구에는 이런 공지가 붙어 있었다. "전 더 이상 모릅니다. 옆집으로 가보세요 → 하지만 이건 공식적인 신탁의 충고가 아니라 그냥 제안일 뿐입니다."

"옆집"은 몇백 마일 떨어진 곳에 있는 동굴이었다. 연기와 김이 각각 조그만 불과 그 위에 걸린 찌그러진 양철 냄비에서 피어오르고 있었다. 또 냄비에서는 굉장히 고약한 냄새가 나고 있었다. 적어도 아서는 그게 냄비에서 난다고 생각했다. 염소 비슷한 토종 짐승의 부풀린 오줌보가 줄에 널려 햇볕 아래서 마르고 있었다. 냄새는 거기서 나는 것일 수도 있었다. 또한 걱정스러울 정도로 얼마 떨어지지 않은 곳에 염소 비슷한 토종 짐승의 버려진 시체더미가 쌓여 있었는데, 냄새는 거기서 나는 것일 수도 있었다.

하지만 그 냄새는 시체더미에서 파리들을 쫓아내는 데 여념이 없는 노파에게서 나는 것일 수도 있었다. 노파의 작업은 절망적이었다. 왜냐하면 그 파리들은 모두 날개 달린 병뚜껑만 했고, 노파가 가진 거라곤 탁구채밖에 없었기 때문이었다. 게다가 노파는 눈이 반쯤은 먼 것 같았다. 아주 가끔, 노파가 제멋대로 휘두른 팔이 어쩌다가 파리 한 마리와 맞아떨어져 진하게 만족스런 철썩 소리를 내곤 했다. 그러면 파리는 대기를 맹렬하게 가로질러 날아가서 동굴 입구에서 몇 야드 떨어진 바위 표면에 철썩 하고 부딪히곤 했다.

이 순간이야말로 노파의 인생 최고의 낙이라는 게 그녀의 태도에서 여실히 보였다.

아서는 예의에 어긋나지 않을 정도로 멀찍이 떨어져서 이 색다른 공연을 잠시 지켜봤다. 그러고는 마침내 노파의 주의를 끌기 위해 가볍게 기침을 하려고 했다. 예의상 하려고 했던 가벼운 기침은, 불행하게도 우선 이제까지 그가 마시던 것보다 더 많은 양의 현지 대기를 들이마시는 것으로 시작됐고, 그 결과 그는 발작적으로 컥컥거리며 가래 기침을 해대다 숨이 막혀 눈물을 줄줄 흘리며 바위 표면에 쓰러져 버렸다. 숨을 쉬려고 애썼지만, 한 번씩 숨을 새로 쉴 때마다 사태는 더 엉망이 되었다. 그는 토했고, 다시 반쯤 숨이 막혔고, 토사물 위를 굴렀고, 몇 야드 정도 계속 더 굴러가다가 결국에는 겨우 겨우 손과 무릎을 지탱하고 일어나 헉헉거리며 공기가 좀더 신선한 곳으로 기어갔다.

"실례합니다." 그가 말했다. 이제는 호흡이 약간 돌아온 상태였다. "정말로, 무지무지하게 죄송합니다. 정말 제 자신이 천치 같군요. 그리고……." 그는 동굴 입구 주위에 널려 있는 조그마한 토사물 더미를 난감하게 가리켰다.

"제가 뭐라고 하겠어요?" 그가 말했다. "제가 도대체 뭐라고 할 수 있겠어요?"

적어도 이 말이 노파의 주의를 끌었다. 노파는 의심쩍은 태도로 그를 향해 주위를 둘러봤지만, 거의 반 장님 신세라 희미한 바위투성이 풍경 속에서 그를 제대로 찾아내지 못했다.

그는 도와주려고 손을 흔들었다. "여기요!" 그가 외쳤다.

마침내 노파는 그를 발견했고, 뭐라고 혼자 툴툴대더니, 다시 파리 때려잡기 작업으로 되돌아갔다.

노파가 움직일 때 공기의 흐름이 움직이는 방식으로 보아 그 냄새의 주 진원지는 노파인 게 끔찍하게 명백했다. 햇볕 아래 마르고 있는 오줌보들, 썩어 들어가는 시체들, 독한 스프들 모두가 그 대기를 만드는 데 용감한 공헌을 했겠지만, 냄새의 주된 실재는 바로 그 여자였다.

노파는 파리 한 마리를 더 철썩하고 때려잡았다. 파리는 바위에 철썩 부딪쳤고, 내장이 조금씩 뚝뚝 흘러나왔다. 노파가 그렇게 먼 곳까지 볼 수 있다면, 그건 분명히 노파가 보기에 만족스러운 모양새였을 것이다.

아서는 휘청대며 일어서서 마른 풀 한 줌으로 옷을 털었다. 그는 자기를 알리기 위해 뭘 더 해야 할지 몰랐다. 그냥 가버릴까 하는 생각도 반쯤 들었지만, 노파의 집 입구에 자기가 토해놓은 것을 놔두고 간다는 게 거북했다. 그는 그걸 어떻게 해야 하나 생각했다. 그러고 나서 그는 여기저기서 찾을 수 있는 키 작은 마른 풀을 몇 줌 더 따기 시작했다. 하지만 걱정되는 것은, 만약 그가 용기를 내서 토사물 가까이 다가간다면 그걸 치우기보다는 오히려 거기다 더 보태놓게 될지도 모른다는 것이었다.

어떻게 하는 게 옳은 일일지를 놓고 혼자서 씨름하고 있다가, 그는 노파가 마침내 그에게 뭔가 말하고 있다는 것을 깨닫기 시작했다.

"뭐라고 하셨죠?" 그가 외쳤다.

"뭐 도와줄 거 없냐고 했어." 그가 겨우 들을 수 있는 가느다랗고 직직 긁히는 듯한 목소리로 그녀가 말했다.

"어, 전 당신에게 충고를 구하러 왔는데요." 약간 우스꽝스럽다고 생각하며 그가 소리쳐 답했다.

노파는 고개를 돌려 실눈을 뜨고 그를 쳐다봤다. 그러고는 다시 고개를 돌리더니 파리채를 휘둘렀지만 놓쳤다.

"뭐에 대해서?" 그녀가 말했다.

"뭐라고요?" 그가 말했다.

"뭐에 대해서라고 말했어." 노파는 거의 비명을 지르다시피 말했다.

"저." 아서가 말했다. "그냥 일반적인 충고요, 정말요. 안내 책자를 보니까……."

"하! 안내 책자!" 노파가 침을 탁 뱉었다. 그녀는 이제 막대기를 되는 대로 마구 휘두르고 있는 것 같았다.

아서는 꼬깃꼬깃해진 안내 책자를 주머니에서 찾아 끄집어냈다. 이유는 잘 몰랐다. 그는 이미 그걸 읽었고, 그가 보기에 노파는 그러고 싶어하지 않을 것 같았다. 하여간 그는 잠시 동안 생각에 잠긴 듯이 눈살을 찌푸리고 들여다볼 게 필요했기 때문에 그걸 폈다. 안내 책자의 문구는 하와리우스의 선지자들과 현인들의 고대 신비술에 대해 떠들어대고 있었고, 하와리온에서 갈 수 있는 숙박업소의 등급을 제멋대로 과장해서 적어놓고 있었다. 아서는 아직도 《은하수를 여행하는 히치하이커를 위한 안내서》를 가지고 다녔지만, 책을 참조하려고 보니 기입 항목들은 점점 더 난해하고 편집증적으로 변해가고 있었으며 사방에 xs니 js니 ls 같은 글자들이 보였다. 어디에선가 뭔가가 잘못됐다. 그게 자기가 가진 책에만 있는 문제인지, 아니면 《안내서》 조직 자체의 핵심부에 있는 무엇인가 혹은 누군가가 끔찍하게 잘못돼서인지, 아니면 아마 그들이 그저 환영을 보고 있기 때문인지는 몰랐다. 하지만 어떤 식으로든 그는 평소보다도 훨씬 더 그걸 믿고 싶지 않았다. 그 말은, 즉 그가 그 책을 조금도 믿지 않으며, 대개의 경우 바위에 앉아 뭔가를 바라보며 샌드위치를 먹을 때 받침용으로 사용했다는 것을 의미했다.

노파는 이제 몸을 돌려 그를 향해 천천히 걸어오고 있었다. 아서는 티내지 않고 바람의 방향을 판단하려고 애썼고, 그녀가 다가오자 몸을 약간 홱 움직였다.

"충고." 그녀가 말했다. "충고란 말이지?"

"어, 네." 아서가 말했다. "네. 그게……."

그는 마치 자기가 그걸 잘못 읽어서 바보같이 다른 행성이나 뭐 그런 데 온 게 아닌가 확인하려는 듯이 눈살을 찌푸리며 다시 안내 책자를 들여다봤다. 안내 책자에는 이렇게 쓰여 있었다. "상냥한 현지 주민들이 기꺼이 선인들의 지식과 지혜를 나눌 것입니다. 그들과 함께 과거와 미래의 어찔한 신비 속을 들여다보십시오!" 거기에는 또 쿠폰도 있었지만, 아서는 사실 너무 당황해서 그걸 잘라내거나 누군가에게 줘보려고 하지도 못했다.

"충고라고?" 노파가 다시 한번 말했다. "그냥 일반적인 충고라 그랬지? 뭐에 대해서? 뭘 하고 살아야 하나, 그런 거 말이야?"

"네." 아서가 말했다. "그런 거요. 정말 정직하게 말씀드리자면, 때때로 제가 부딪히는 문제요." 그는 노파의 앞에서 바람을 안고 서 있으려고 필사적으로 조금씩 움찔 움찔거리고 있었다. 노파는 갑자기 그에게서 휙 돌아서더니 자기의 동굴 쪽으로 걸어가서 그를 깜짝 놀라게 만들었다.

"그럼 복사기 문제를 좀 도와줘야 해." 그녀가 말했다.

"네?"

"복사기 말이야." 그녀가 참을성 있게 되풀이해서 말했다. "그걸 끌어내는 걸 도와줘야 해. 그건 태양열로 작동하거든. 하지만 새들이 그 위에 똥을 안 싸게 하려면 동굴 안에 보관해야 해."

"그렇군요." 아서가 말했다.

"내가 자네라면 숨을 크게 한번 들이마실 거야." 노파는 컴컴한 동굴 입구로 쿵쿵 걸어가며 중얼거렸다.

아서는 노파의 충고를 따랐다. 사실 그는 거의 호흡 항진증 수준으로 공기를 들이마시고 있었다. 준비가 되었다고 느끼자, 그는 숨을 참고 노파를 따라 안으로 들어갔다.

낡고 커다란 복사기가 삐걱거리는 손수레 위에 놓여 있었다. 그것은 동굴 안쪽의 어두컴컴한 구석에 놓여 있었다. 바퀴들은 고집스럽게 서로 다른 방향을 향하고 있었고 바닥은 울퉁불퉁하고 돌 투성이였다.

"바깥에 나가서 숨 쉬어." 노파가 말했다. 노파를 도와 복사기를 옮기려고 애쓰는 아서의 얼굴은 시뻘겋게 변하고 있었다.

그는 안도하며 고개를 끄덕였다. 노파가 이 문제로 민망해하지 않는다면 자기도 민망해하지 않으리라고 결심했다. 그는 바깥으로 나가 몇 번 숨을 쉬고, 다시 안으로 들어와 들어올리고 미는 일을 몇 번 더 했다. 이 과정을 몇 번이나 더 되풀이하고서야 마침내 기계가 밖으로 나왔다.

햇빛이 기계를 때렸다. 노파는 동굴 안으로 다시 사라졌다가 얼룩덜룩한 강철판 몇 개를 가지고 나오더니, 그걸 기계에 연결해 태양 에너지를 모았다.

그녀는 실눈을 뜨고 하늘을 올려다봤다. 태양은 꽤 밝았지만, 날씨는 안개가 끼고 흐릿했다.

"시간이 좀 걸리겠어." 그녀가 말했다.

아서는 얼마든지 기다릴 수 있다고 말했다.

노파는 어깨를 으쓱하더니 쿵쿵거리며 불 쪽으로 건너갔다. 불 위에서는 냄비의 내용물이 부글부글 끓어오르고 있었다. 그녀는 막대기로 그걸 이리저리 쿡쿡 찔렀다.

"점심 안 먹을래?" 그녀가 아서에게 물었다.

"전 먹었습니다. 고맙습니다." 아서가 말했다. "아뇨, 정말입니다. 먹었어요."

"물론 그랬겠지." 노파가 말했다. 그녀는 막대기로 냄비를 휘휘 저었다. 몇 분 후 그녀는 어떤 덩어리 하나를 끄집어내더니 후후 불어서 식혀서 입에 집어넣었다.

노파는 그걸 신중하게 조금 씹었다.

그러고는 염소 비슷한 것들의 시체더미 쪽으로 천천히 절뚝거리며 걸어가, 그 더미 위에다 덩어리를 뱉었다. 그러고 나서 다시 냄비로 천천히 절뚝거리며 돌아왔다. 그녀는 냄비가 걸려 있던 삼각대 비슷한 물건에서 냄비를 벗겨내려고 낑낑거렸다.

"도와드릴까요?" 아서가 벌떡 일어서며 공손하게 말했다. 그는 서둘러 달려왔다.

그들은 함께 냄비를 삼각대에서 벗겨내어 들고는, 동굴에서 관목이 우거지고 마디진 나무들이 줄지어 서 있는 곳을 향해 이어지는 완만한 경사로를 따라 비틀비틀 내려갔다. 그 나무들은 가파르지만 꽤나 얕은 계곡의 가장자리를 이루며 서 있었고, 거기서부터 완전히 새로운 종류의 고약한 냄새들이 풍겨 나오고 있었다.

"준비됐나?" 노파가 말했다.

"네……." 아서는 대답했다. 하지만 그는 무엇에 대한 준비라는 건지 몰랐다.

"하나." 노파가 말했다.

"둘." 그녀가 말했다.

"셋." 그녀가 덧붙였다.

아서는 마지막 순간 노파의 의도가 뭔지 깨달았다. 그들은 함께 냄비의 내용물을 계곡에다 던졌다.

서로 말도 없이 침묵의 한두 시간을 보낸 후, 노파는 태양열 판이 이제 복사기를 돌릴 수 있을 정도로 충분한 태양빛을 흡수했다고 판단하고 동굴 안을 뒤지러 사라졌다. 마침내 그녀는 종이 묶음 몇 개를 가지고 나타나서 기계에다 집어넣었다.

그녀는 아서에게 복사물을 건넸다.

"이게, 어, 이게 그러니까 당신의 충고입니까?" 아서가 자신 없이 복사물들을 뒤적이며 말했다.

"아냐." 노파가 말했다. "이건 내가 살아온 이야기야. 알겠지만, 어떤 사람이 충고를 하던 간에, 그 충고의 질은 그 사람이 실제로 살아온 삶의 질에 견주어 판단해야 하는 거야. 이제 이 문서를 죽 훑어보면, 내가 중요한 결정들은 모두 잘 보이라고 밑줄을 쳐놓은 게 보일 거야. 그것들은 다 색인이 되어 있고 앞뒤로 참조가 가능해. 알겠지? 내가 제안할 수 있는 건 다만, 내가 내린 결정과 정반대의 결정을 내린다면, 아마도 인생의 말년을……." 그녀는 잠시 말을 멈추더니 허파 가득 숨을 들이켜고는 냅다 소리를 질렀다. "이런 냄새 나는 낡은 동굴에서 보내진 않을 거야!"

그녀는 탁구채를 움켜쥐고 소매를 걷어붙이더니 염소 비슷한 것들의 시체더미로 쿵쿵거리며 걸어가서 활기차게 파리들을 때려잡기 시작했다.

아서가 마지막으로 방문한 마을은 엄청나게 높은 장대들로만 이루어져 있었다. 그 장대들은 어찌나 높은지 땅에서 보면 그 위에 뭐가 있는지 보이지 않을 정도였다. 세 개의 장대에 올라가 보고서야 아서는 새똥으로 뒤덮인 단(壇) 이외에 다른 뭔가가 있는 것을 발견할 수가 있었다.

쉬운 일이 아니었다. 장대에 올라가려면 완만한 나선형으로 올라가며 박혀 있는 짧은 나무못을 밟고 가야 했다. 아서만큼 성실하지 않은 관광객이라면 누구나 사진이나 몇 장 찍고 가까운 곳에 있는 바 앤드 그릴(술집 겸 고기구이 전문 식당—옮긴이주)로 직행했을 것이다. 거기서는 또한 굉장히 달고 끈적끈적한 다양한 초콜릿 케이크를 사서 수도자들 앞에서 먹을 수도 있다. 하지만 대체로 그것 때문에 대부분의 수도자들은 이제 사라져버리고 없다. 사실 그들은 대체로 거기를 떠나 더 부유한 동네인 은하계 북서쪽 여울에서 돈벌이가 되는 치료 센터를 열었다. 그곳에서의 삶은 천칠백만 개 정도의 요인에 의해 훨씬 더 여유로웠고, 초콜릿도 그만큼이나 굉장히 맛있었다. 나중에 알고 보니 대부분의 수도자들은 고행의 길을 택하기 전에는 초콜릿의 존재를 모르고 있었다. 그들의 치료 센터를 찾는 대부분의 고객들은 초콜릿에 대해 너무나 잘 알고 있다.

세 번째 장대의 꼭대기에서 아서는 잠시 숨을 돌리느라 멈췄다. 장대 하나하나의 높이가 오십 내지 육십 피트 정도 됐기 때문에 그는 더워 죽을 지경이었고 숨이 찼다. 세상이 그의 주위에서 빙빙 돌아가는 것만 같았다. 하지만 그 때문에 굉장히 걱정이 되진 않았다. 그는 스타브로뮬라 베타*에 갔다오기 전에는 자신이 죽을 수 없다는 것을 논리적으로 잘 알고 있었다. 그래서 그는 극도로 위험한 상

---

* 《삶, 우주 그리고 모든 것》 18장을 보시오.

황에 대해서도 즐거운 태도를 가질 수 있었다. 오십 피트 높이의 장대 꼭대기에 앉아 있자니 약간 현기증이 느껴졌지만, 그는 샌드위치를 먹음으로써 그 문제에 대처했다. 예언자가 복사해준 인생 역정을 막 읽기 시작하려는 순간, 뒤에서 가벼운 기침소리가 들려 그는 소스라치게 놀랐다.

너무나 갑작스레 돌아보다가 그는 샌드위치를 떨어뜨렸다. 샌드위치는 공중을 낙하해 내려갔고 땅에 닿았을 무렵에는 꽤나 작았다.

아서의 등 뒤 삼십 피트 정도 떨어진 곳에 또 하나의 장대가 있었고, 서른여섯 개 정도 되는 듬성듬성한 장대의 숲 중에서 그 장대의 꼭대기에만 사람이 있었다. 거기에는 한 노인이 자리를 차지하고 있었는데, 노인은 깊은 생각에 사로잡혀 있는 것 같았고 그 때문에 얼굴을 찌푸리고 있었다.

"실례합니다." 아서가 말했다. 그 사람은 아서를 무시했다. 아마 못 들었을 수도 있다. 산들바람은 조금씩 방향을 바꾸고 있었다. 아서가 그 조그마한 기침소리를 들은 것은 순전히 우연이었다.

"안녕하세요? 이봐요!" 아서가 외쳤다.

그 남자가 마침내 주위를 둘러보다 그를 봤다. 그는 아서를 보고 놀란 듯했다. 아서는 그가 자신을 봐서 놀라고도 기쁜 건지, 아니면 그냥 놀라기만 한 건지 알 수가 없었다.

"한가하신가요?" 아서가 외쳤다.

그 남자는 이해하지 못하고 얼굴을 찌푸렸다. 아서는 그가 이해하지 못한 건지 듣지 못한 건지 알 수 없었다.

"제가 건너갈게요. 가지 마세요." 아서가 외쳤다.

아서는 조그만 단에서 기어 내려왔고, 나선형의 대못들을 재빨리 밟고 내려와 어리어리한 상태로 바닥에 도착했다.

그는 노인이 앉아 있는 장대를 향해 가기 시작했지만, 내려오는 길에 방향 감각을 잃어버려서 그게 어느 장대인지 확실히 모른다는 걸 갑자기 깨달았다.

그는 지표를 찾아 주위를 둘러보며 어떤 게 옳은 장대인지 찾아냈다.

그는 그 장대를 올라갔다. 그건 아니었다.

"젠장." 그가 말했다. "실례합니다!" 그는 노인을 다시 소리쳐 불렀다. 노인은 이제 그의 정면에서 사십 피트 떨어진 곳에 있었다. "길을 잃었어요. 곧 그리로 갈게요." 그는 다시 내려갔다. 덥고 짜증이 났다.

이번에는 틀림없다고 생각한 장대의 꼭대기에 땀을 흘리고 헉헉거리며 도착했을 때, 그는 그 사람이, 어떻게 해서인지는 알 수 없지만, 자기를 놀리고 있다는 것을 깨달았다.

"원하는 게 뭐요?" 노인이 심술궂게 그에게 외쳤다. 이제 그는 아서가 샌드위치를 먹으면서 앉아 있었던 바로 그 장대 위에 앉아 있었다.

"어떻게 거기 간 거죠?" 아서가 어리둥절해하며 외쳤다.

"내가 마흔 번의 봄, 여름, 가을을 장대 위에 앉아서 알아낸 것을 그런 식으로 말해줄 거라고 생각하나?"

"겨울에는요?"

"겨울?"

"겨울에는 장대 위에 앉아 있지 않나요?"

"내 인생 대부분의 시간을 장대에 앉아 보낸다고 해서 내가 바보인 건 아니지. 난 겨울에는 남쪽으로 간다네. 바닷가에 별장을 가지고 있거든. 굴뚝에 앉아 있지."

"여행자들에게 해줄 충고라도 있나요?"

"응, 바닷가 별장을 가지게."

"알겠어요."

그 남자는 뜨겁고, 건조하고, 덤불이 우거진 경치를 물끄러미 내려다봤다. 저 멀리 노파가 한 개의 점처럼 보였다. 노파는 풀쩍풀쩍 춤추듯 뛰어다니며 파리를 후려치고 있었다.

"저 여자가 보이나?" 노인이 갑자기 외쳤다.

"네." 아서가 말했다. "사실 저분에게 조언을 들었죠."

"무진장 많이 알지. 저 여자가 바닷가 별장을 퇴짜 놨기 때문에 내가 그걸 가진 거야. 자네에겐 무슨 충고를 하던가?"

"자기가 한 것의 정반대로 하라고요."

"다시 말해서, 바닷가 별장을 얻어라 이거지."

"그런 것 같네요." 아서가 말했다. "어, 아마 저도 하나 가져야겠어요."

"흠."

수평선이 악취 나는 아지랑이 속에서 어른거리고 있었다.

"부동산 관련해서 말고 뭐 다른 충고는 없습니까?"

"바닷가 별장은 단순한 부동산이 아니야. 그건 마음의 상태야." 남자가 말했다. 그는 몸을 돌려 아서를 바라봤다.

이상하게도 남자의 얼굴은 이제 겨우 몇 피트밖에 떨어져 있지 않았다. 한편으로 그는 완전히 정상적인 모양인 것 같지만, 그의 몸은 사십 피트 떨어진 장대 위에서 다리를 꼬고 앉아 있는데, 그의 얼굴은 아서의 얼굴에서 겨우 이 피트밖에 떨어지지 않은 곳에 있었다. 머리를 움직이지도 않고 이상한 짓이라곤 전혀 한 것 같지 않은데, 그는 일어서서 다른 장대 꼭대기로 넘어왔다. 아무래도 열기 때문이거나 아니면 공간이 저 사람에게는 모양이 다른가 보다 하고 아서는 생각했다.

"바닷가 별장이라고 해서 꼭 바닷가에 있어야 할 필요도 없어. 물론 최고로 좋은 것들은 그렇지만. 우리는 모두 모이고 싶어하거든." 그가 말을 이었다. "경계 상황에 말이야."

"그래요?" 아서가 말했다.

"땅과 물이 만나는 곳. 흙과 공기가 만나는 곳. 육체와 정신이 만나는 곳. 공간과 시간이 만나는 곳. 우린 한 쪽에서 다른 한쪽을 보는 걸 좋아하지."

아서는 엄청나게 흥분했다. 이거야말로 바로 안내 책자에서 약속했던 그런 것이었다. 온갖 것들에 대해 진짜로 심오한 이야기를 하면서 에셔가 그린 공간 같은 것을 넘나드는 듯한 사람이 바로 여기

대체로무해함 133

있었다.

 하지만 그것은 기겁할 만한 일이었다. 그 사람은 이제 장대에서 땅으로, 땅에서 장대로, 장대에서 장대로, 장대에서 수평선으로 그리고 다시 수평선에서 장대로 돌아다니고 있었다. 그는 아서의 공간적 우주를 완전히 말도 안 되는 것으로 만들고 있었다. "제발 그만하세요!" 아서가 갑자기 말했다.

 "받아들일 수가 없지, 어?" 그가 말했다. 미동조차 없이 돌아와 그는 이제 아서의 앞에서 사십 피트 떨어진 곳에 있는 장대 위에 다리를 꼬고 앉아 있었다. "자넨 나한테 조언을 얻으러 왔지. 하지만 자넨 자기가 알아보지 못하는 것은 아무것도 대처하지 못해. 흠. 그래서 우린 자네가 이미 알고 있는 걸 말하면서 그걸 새로운 것처럼 들리게 만들어야만 하지. 안 그래? 음, 흔한 일이지." 그는 한숨을 짓더니 실눈을 뜨고 애처롭게 저 먼 곳을 바라봤다.

 "어디서 왔나, 젊은이?" 그가 물었다.

 아서는 현명하게 대처하기로 결심했다. 그는 만나는 사람에게마다 바보천치로 오인당하는 데 아주 신물이 났다. "이렇게 하죠. 당신은 예언자예요. 당신이 한번 말해보시죠?"

 노인이 다시 한숨을 쉬었다. "난 그저 대화를 해보려고 한 건데." 그는 손을 뒤통수로 가져가며 말했다. 그가 손을 다시 앞으로 꺼냈을 때, 그가 치켜세운 두 번째 손가락 위에는 회전하고 있는 지구의(地球儀)가 있었다. 확실했다. 그는 다시 그걸 치웠다. 아서는 너무 놀란 나머지 어리벙벙했다.

"어떻게……."

"말해줄 수 없어."

"왜요? 이렇게나 먼 길을 왔는데요."

"자넨 자네가 보는 걸 보기 때문에 내가 보는 것을 볼 수 없어. 자넨 자네가 아는 것을 알기 때문에 내가 아는 것을 알 수 없어. 내가 보고 내가 아는 것은 자네가 보고 자네가 아는 것에 보태질 수가 없어. 왜냐하면 같은 게 아니니까. 그건 자네가 보고 자네가 아는 것을 대신할 수도 없어. 왜냐하면 그건 자네 자신을 대신하는 게 될 테니까."

"잠깐만요. 이 말을 받아 적어도 될까요?" 아서가 흥분해서 호주머니에서 연필을 찾으려 뒤적거리며 말했다.

"우주 공항에서 복사본을 얻을 수 있을 거야. 그런 건 널려 있으니까." 노인이 말했다.

"아." 아서가 실망해서 말했다. "저, 어쩌면 저랑 좀더 구체적으로 상관있는 건 없을까요?"

"자네가 어떤 식으로든 보거나 듣거나 경험하는 것은 모두 자네하고 상관있어. 자넨 우주를 인식함으로써 우주를 창조하는 거야. 그래서 자네가 인식하는 우주의 모든 것들은 자네와 상관있지."

아서는 의심스럽다는 듯이 그를 쳐다봤다. "그것도 우주 공항에서 얻을 수 있을까요?" 그가 말했다.

"알아봐." 노인이 말했다.

"안내 책자에 따르면, 저와 제 필요에 개인적으로 맞춘 특별 기도

대체로무해함 135

를 얻을 수 있다던데요." 아서가 호주머니에서 안내 책자를 꺼내서 다시 들여다보며 말했다.

"아, 맞아." 노인이 말했다. "여기 자네를 위한 기도가 있네. 연필 있나?"

"네." 아서가 말했다.

"이런 거야. 이제 보자고. '제가 알 필요가 없는 것들로부터 저를 보호하소서. 제가 알아야 할 모르는 일들이 있다는 사실조차 알지 못하도록 저를 보호하소서. 제가 알지 않기로 결심한 것들에 대해 알지 않기로 결심했다는 것을 모르도록 저를 보호하소서. 아멘.' 이거야. 어쨌거나 이건 자네가 속으로 조용히 기도하는 바 아닌가. 그러니 내놓고 기도하는 게 더 좋을 거야."

"음, 저, 고맙습니다." 아서가 말했다.

"그것과 짝을 이루는 굉장히 중요한 기도가 하나 더 있어. 그러니까 이것도 적는 게 좋을 거야." 노인이 계속해서 말했다.

"좋아요."

"이거야. '주여, 주여, 주여……' 만약의 경우를 대비해 이 부분을 넣는 게 좋아. 이왕이면 확실하게 하는 게 좋잖아. '주여, 주여, 주여. 위의 기도의 결과로부터 저를 보호하소서. 아멘.' 이거야. 사람들이 살면서 겪는 대부분의 문제는 이 마지막 부분을 빼먹어서 생기지."

"스타브로물라 베타라는 곳에 대해 들어보신 적이 있습니까?" 아서가 물었다.

"아니."

"음, 도와주셔서 고맙습니다." 아서가 말했다.

"천만에." 장대 위의 남자는 이렇게 말하고 사라졌다.

10

포드는 책임편집자의 사무실 문에 몸을 던졌다. 문이 다시 한번 산산조각 나면서 떨어져 나가자, 그는 몸을 공 모양으로 단단히 말고 재빨리 바닥을 가로질러 말쑥한 회색 가죽 소파가 놓여 있는 장소로 굴러가 그 뒤에 전략적 작전 기지를 구축했다.

적어도 계획은 그러했다.

불행하게도 말쑥한 회색 가죽 소파는 그 자리에 없었다.

포드는 공중에서 몸을 비비 꼬고 휘청거리다 강하해 허둥지둥 할의 책상 뒤로 몸을 숨기며 생각했다. 왜 사람들은 어리석게도 오 분마다 강박적으로 사무실 가구들을 재배치하는 걸까?

예를 들어, 그 회색 가죽 소파는 색이 좀 연하긴 해도 사용하기에는 전혀 문제가 없었는데, 그걸 왜 조그마한 탱크처럼 생긴 물건으로 바꾸어놓았을까?

그리고 어깨에 휴대용 로켓 발사 장치를 지고 있는 저 덩치 큰 남자는 누굴까? 본사에서 온 사람인가? 그럴 리는 없는데. 여기가 바로 본사잖아. 적어도 그건《안내서》의 본사였다. 이 인피니딤 엔터프라이즈 사람들이 어디서 왔는지는 오직 자쿠온만이 알 수 있는 일이었다. 괄태충 같은 색깔과 질감의 피부로 보아 햇살 화창한 곳은 분명 아니다. 이건 몽땅 잘못됐어. 포드는 생각했다.《안내서》와 관련 있는 사람들은 화창한 지역에서 와야 한다.

사실 거기엔 그런 사람들이 몇 명 있었는데, 그들 모두는 아무리 오늘날의 사업 판이 무법천지라 하더라도 정상적인 회사 중역들이라고 생각하기는 힘들 정도로 무기와 갑옷을 한껏 갖춘 모양새를 하고 있었다.

물론 여기서 그는 여러 가지 추정을 하고 있었다. 그는 커다란 덩치에 황소 같은 목을 하고 괄태충처럼 생긴 사내들이 인피니딤 엔터프라이즈와 모종의 관계가 있다고 추정하고 있었다. 그건 이치에 맞는 추정이었고, 그는 흡족했다. 그 사내들의 갑옷 표면에는 '인피니딤 엔터프라이즈'라고 적힌 로고가 있었기 때문이다. 그렇지만 이게 사업상 모임은 아닐 것이라는 불편한 의혹 또한 들었다. 이 괄태충 같은 생물체들이 뭔가 낯이 익다는 불편한 느낌 또한 들었다. 익숙하지만, 익숙치 않은 변장을 하고 있는 것 같았다.

음, 이제 그는 이 초 반은 족히 그 방에 있었고, 아마 이제는 뭔가 건설적인 일을 해야 할 때가 아닌가 하는 생각이 들었다. 인질을 잡을 수도 있을 것이다. 그게 좋겠다.

밴 할은 놀라고 창백하고 겁먹은 얼굴로 회전의자에 앉아 있었다. 뒤통수를 한 대 호되게 맞았을 뿐만 아니라 뭔가 나쁜 소식을 들은 것 같았다. 포드는 펄쩍 뛰어 달려가 그를 덥석 잡았다.

양 팔꿈치로 그를 단단히 옭아매 꼼짝도 못하게 한다는 핑계 하에, 포드는 남몰래 아이덴트-아이-이즈를 할의 안주머니에 다시 슬쩍 집어넣는 데 성공했다.

빙고!

그는 여기 온 목적을 달성했다. 이제 그럴싸한 말로 여기서 빠져나가기만 하면 됐다.

"좋아요." 그가 말했다. "전……." 그는 말을 멈췄다.

로켓 발사기를 가진 남자가 포드 프리펙트를 향해 몸을 돌리며 그를 겨냥하고 있었다. 포드가 보기엔 말도 안 되게 무책임한 행동이 아닐 수 없었다.

"전……." 그는 다시 말을 시작했다. 하지만 다음 순간, 갑작스런 충동에 따라 몸을 피하기로 결심했다.

로켓 발사기의 뒤에서는 불꽃이 튀어나오고 앞에서는 로켓이 튀어나오는 순간, 귀를 찢는 듯한 포효가 사방을 흔들었다.

로켓은 포드를 지나서 돌진해 커다랗고 두꺼운 유리창을 맞췄다. 유리창은 폭발하면서 백만 개의 파편 조각으로 부서져 쏟아져 내리며 바깥으로 물결쳤다. 소음과 공기압의 거대한 충격파가 방 안에 울려 퍼지며, 의자 몇 개와 서류 보관용 캐비닛, 보안 로봇 콜린을 창 밖으로 휩쓸어갔다.

아! 그러니까 결국 완전 방탄유리는 아닌 거구나, 포드 프리펙트는 혼자 생각했다. 누군가가 저 문제에 대해 누군가와 이야기를 해야 한다. 그는 할에게서 팔을 풀고 어느 쪽으로 뛰어야 할까 고민했다.

그는 포위됐다.

로켓 발사기를 가진 사내가 한 발 더 날리려고 다시 한번 발사기를 조준하고 있었다.

포드는 이제 뭘 해야 할지 아무 생각도 할 수가 없었다.

"이봐." 그는 엄한 목소리로 말했다. 하지만 엄한 목소리로 "이봐" 같은 말을 하는 게 딱히 어느 선까지 효과가 있을지는 자신 없었다. 게다가 시간은 그의 편이 아니었다. 젠장, 어차피 젊은 건 한때뿐이지, 포드는 생각했다. 그리고 창 밖으로 몸을 던졌다. 그러면 적어도 놀랄 일은 제 몫이 될 테니까.

11

아서 덴트는 체념하며 깨달았다. 자신이 가장 먼저 해야 하는 일은 스스로에게 삶을 마련해주는 것임을. 즉 자기가 살 수 있는 행성을 발견해야만 했던 것이다. 그건 그가 숨쉴 수 있고 중력으로 인한 불편함을 느끼지 않고도 일어서고 앉을 수 있는 행성이어야 했다. 그건 산도(酸度)가 낮고 식물들이 실제로 사람들을 공격하지 않는 그런 곳이어야만 했다.

"이 문제에 대해 인간류를 고집하고 싶진 않지만……" 그는 핀틀턴 알파 행성에 있는 재정착 조언 센터의 책상 뒤에 앉아 있는 괴상한 것에게 말했다. "전 저랑 비슷하게 생긴 사람들이 사는 곳에서 살고 싶어요. 있잖아요. 인간 비슷한 거요."

책상 뒤의 괴상한 것은 더 괴상하게 생긴 신체 일부를 이리저리 흔들어댔고, 이 말에 꽤나 놀란 것 같았다. 그것은 의자에서 질척거리며 흘러 내려오더니 몸부림을 치며 천천히 바닥을 가로질러 낡은 서류 보관용 철 캐비닛을 꿀꺽 삼켰고 꺼억 하고 트림을 하며 적절한 서랍을 배설했다. 그것의 귀에서 반짝이는 촉수 몇 개가 탁 튀어나왔고, 그것은 서랍을 빨아 삼키더니 다시 캐비닛을 토해냈다. 그것은 몸부림을 치며 바닥을 가로질러 가더니 미끈미끈한 점액을 처바르며 의자 위에 다시 올라가서 파일을 테이블 위에 탁 놓았다.

"마음에 드는 게 있나요?" 그것이 물었다.

아서는 지저분하고 축축한 종이 조각들을 불안하게 훑어봤다. 그가 있는 이곳은 분명 은하계의 어떤 후진 지역이었다. 이곳이 그가 알고 있고 알아볼 수 있는 우주인 한은, 약간 왼쪽 어딘가에 있는 곳이었다. 그의 고향이 마땅히 있었어야 할 자리에는 비에 흠뻑 잠기고 암살범들과 늪 돼지들이 살고 있는 지독하게 촌스러운 행성이 있었다. 여기서는 《은하수를 여행하는 히치하이커를 위한 안내서》조차도 제대로 들어맞지 않는 것 같았다. 그래서 이런 곳에서 이런 문의나 하는 신세가 되어버린 것이다. 그가 항상 물어보는 장소는 스타브로물라 베타였지만 그런 행성에 대해 들어본 사람은 아무도 없었다.

갈 수 있는 세상들은 꽤나 음울해 보였다. 그는 내놓을 게 거의 없었고, 그러니 그 세상들도 그에게 제공할 게 거의 없었다. 자신이 비록 원래는 차와 컴퓨터와 발레와 아르마냑(프랑스 아르마냑 지방에서 생산되는 브랜디 이름—옮긴이주)이 있는 세상에서 오긴 했지만, 혼자서는 그 중 어떤 것의 작동 원리도 전혀 알지 못한다는 사실을 깨닫자 그의 마음은 한없이 누그러졌다. 그는 할 수 없었다.

어떤 도움도 없이 홀로 내버려두면 그는 토스터조차 만들 수 없었다. 겨우 샌드위치 정도나 만들 수 있을까? 그게 다였다. 그의 도움을 요구하는 일도 별로 없었다.

아서는 낙담했다. 그는 이 사실에 놀랐는데, 왜냐하면 그는 자신이 이미 낙담할 수 있는 데까지 낙담했다고 생각했기 때문이었다. 그는 잠시 동안 눈을 감았다. 너무나 집에 가고 싶었다. 그가 자란 진짜 지구가 파괴되지 않았기를 너무나 바랐다. 이 모든 일이 일어나지 않았기를 너무나 원했다. 다시 눈을 뜨면 자신이 영국 웨스트컨트리에 있는 자기의 조그마한 오두막 문 앞에 서 있기를, 햇살이 녹색 언덕 위로 비추고 있기를, 우편차가 길을 따라 올라오고 있기를, 수선화들이 정원에서 피어나고 있기를, 그리고 저 멀리서는 술집이 점심시간을 맞아 문을 열고 있기를 너무나 바랐다. 그는 신문을 들고 술집으로 내려가 쓴 맥주 한 파인트를 마시며 그걸 읽기를 너무나 바랐다. 그는 크로스워드퍼즐을 너무나 하고 싶었다. 그는 십칠 번 가로에서 완전히 딱 막힐 수 있기를 너무나 바랐다.

그는 눈을 떴다.

그 괴상한 것이 발 같지도 않은 발들을 책상에 톡톡 두드려대며 그를 향해 신경질적으로 몸을 진동하고 있었다.

아서는 고개를 젓고 다음 장을 봤다.

음울하군, 그는 생각했다. 다음 장.

매우 음울해. 그리고 다음 장.

아……이건 좀 나아 보이는군.

그것은 바틀던이라는 이름의 세상이었다. 거기에는 산소가 있었다. 푸른 언덕도 있었다. 심지어 명망 높은 문학도 있는 것 같았다. 하지만 그의 흥미를 가장 불러일으킨 것은 바틀던 사람들 몇 명을 찍은 사진 한 장이었다. 그들은 마을 광장에 둘러서서 카메라를 향해 기분 좋게 미소 짓고 있었다.

"아." 그가 이렇게 말하며, 책상 뒤의 괴상한 것에게 사진을 들어 보였다.

그것의 눈들이 꾸물꾸물 거리며 쑤욱 나오더니 종이 조각을 아래위로 희번덕거리며 훑어봤고, 사진에 온통 반짝거리는 진액 자국을 남겼다.

"네." 그것은 혐오스럽다는 듯이 말했다. "그 사람들 정말 당신하고 똑같이 생겼군요."

아서는 바틀던으로 이사 갔고, 깎은 발톱 조각들과 침을 DNA 은행에 팔아서 번 돈으로 그림에 나온 마을에 방을 하나 얻었다. 기분 좋은 곳이었다. 공기는 향기로웠다. 사람들은 그와 비슷하게 생겼고, 그가 거기 있는 걸 개의치 않는 것 같았다. 뭔가를 가지고 그를 공격하지도 않았다. 그는 옷과 그걸 집어넣을 장을 하나 샀다.

그는 삶을 얻었다. 이제 삶의 목적을 찾아야 했다.

처음에 그는 앉아서 책을 읽으려고 했다. 하지만 바틀던의 문학은 그 섬세함과 우아함으로 이 지역 은하계에 널리 알려져 있긴 했지만, 아서의 흥미를 계속해서 지속시킬 수는 없는 것처럼 보였다.

문제는 이것이 사실 결국은 인간에 대한 이야기가 아니라는 것이었다. 그것은 인간들이 원하는 것에 관한 이야기가 아니었다. 바틀던 사람들의 모양새는 놀랄 만큼 인간과 비슷했지만, 누군가에게 "좋은 저녁이오" 하고 인사하면 그는 약간 놀라면서 주위를 둘러보고 킁킁대며 공기 냄새를 맡고는 이렇게 말할 것이다. "그렇군요. 당신이 그 말을 해서 보니 나쁘지 않은 저녁인 것 같군요."

"아뇨, 전 그냥 당신이 좋은 저녁 시간을 갖길 바란 겁니다." 아서는 이렇게 말할 것이다. 아니 더 정확하게 말하자면, 말하곤 했다. 그는 곧 이런 대화를 하지 않게 되었다. "제 말은, 저녁을 잘 보내시길 희망한다고요." 그는 이렇게 덧붙일 것이다.

점증하는 혼란.

"바란다고요?" 바틀던 사람이 마침내 예의바르게 당혹감을 표시하며 말할 것이다.

"어, 네." 그러면 아서는 이렇게 말했을 것이다. "전 그냥 이런 희망을 표시한 건데, 그러니까⋯⋯."

"희망요?"

"네."

"희망이 뭐죠?"

좋은 질문이군, 아서는 속으로 생각했다. 그러고는 자기 방으로 돌아와 이런저런 생각에 잠겼다.

한편으로 그는 바틀던식 우주관에 대해 그가 알게 된 점들을 인정하고 존경할 수 있었다. 그 우주관이란, 우주는 있는 그대로의 우주니까 그걸 받아들이든지 아니면 떠나라는 것이었다. 다른 한편으로 그는 아무것도 원하지 않는다는 것, 언제까지고 아무것도 바라지 않고 희망하지 않는 것은 자연스럽지 않다는 느낌을 떨칠 수가 없었다.

자연스러움. 그건 교묘한 말이었다.

그가 자연스럽다고 생각했던 많은 것들, 예컨대 크리스마스에 선물을 산다거나 빨간 불에 멈춰 선다거나 초당 삼십이 피트의 속도로 떨어진다거나 하는 일들이 그저 자기 세계의 습관에 불과했으며 다른 곳에서도 반드시 같은 방식으로 작동하지는 않는다는 것을 그는 오래 전에 깨달았다. 하지만 바라지 않는다는 것——그건 정말로 자연스러울 수가 없었다. 그렇지 않은가? 그건 숨을 안 쉬는 것과 마찬가지였다.

숨쉬기는 대기 중의 그 모든 산소에도 불구하고 바틀딘 사람들이 하지 않는 또 하나의 일이었다. 그들은 그저 거기 서 있었다. 때때로 그들은 뛰어다니고 네트볼(일곱 명이 한 팀이 되어 하는 농구 비슷한 영국의 경기— 옮긴이주) 등의 놀이를 했지만(하지만 물론 이기기를 바란다든지 하는 일은 없었다. 그들은 그저 할 뿐이고, 이기는 사람이 누구건 그냥 이길 뿐이었다) 결코 진짜로 숨을 쉬진 않았다. 어떤 이유로 인해 그건 불필요했다. 아서는 그들과 네트볼을 한다는 건 너무나 무시무시한 일이라는 걸 곧 깨달았다. 그들은 인간처럼 생겼고 심지어 인간처럼 움직였고 인간 같은 소리를 내긴 했지만, 숨을 쉬지 않았고 바라는 것도 없었다.

한편, 숨을 쉬고 뭔가를 바라는 것은 아서가 하루 종일 하는 일의 전부와도 같았다. 때로 그는 뭔가를 너무나 간절하게 바란 나머지 호흡이 가빠지곤 했고, 그러면 잠시 누워 있어야 했다. 홀로. 자신의 조그만 방에서. 자신을 태어나게 한 세상에서 너무나 멀리 떨어진 나머지 그의 머리는 그와 관련된 숫자들만 처리해도 그냥 맥이 빠져버리곤 했다.

생각을 안 하는 게 더 나았다. 그저 앉아서 책을 읽는 게 더 나았다. 적어도 읽을 만한 게 있다면 그는 그러길 더 좋아했을 것이다. 하지만 바틀던의 이야기에 나오는 사람들은 언제나 아무것도 원하지 않았다. 물 한 잔조차도. 분명 목이 마르다면 그들도 물을 가져오겠지만, 만약 물이 없다면 그들은 더 이상 물 생각은 하지 않을 것이다. 그는 방금 책 한 권을 다 읽었는데, 그 책의 주인공은 한 주 동안 정원에서 일을 좀 하고, 네트볼을 엄청나게 많이 하고, 도로 보수를 돕고, 아내에게 아이를 임신시키더니, 마지막 장 바로 앞에서 갑자기 갈증으로 인해 죽어버렸다. 아서는 격분한 나머지 책을 거꾸로 샅샅이 훑었고, 마침내 제2장에서 배관과 관련된 무슨 문제가 스쳐지나가듯 언급되어 있는 것을 찾았다. 그게 다였다. 그래서 주인공이 죽는 것이다. 그냥 그런 일이 벌어지는 것이다.

그건 심지어 책의 클라이맥스 부분도 아니었다. 클라이맥스라는 것 자체가 없으니까. 주인공은 끝에서 두 번째 장의 삼분의 일 지점 정도에서 죽었고, 나머지 부분은 그냥 도로 보수에 관한 이야기가 계속 나올 뿐이었다. 그 책은 만 천 단어에서 그냥 딱 끝나버렸다.

왜냐하면 바틀던 책들은 원래 길이가 딱 그만큼이기 때문이었다.

아서는 책을 방에 집어던지고, 방을 팔고 떠났다. 그는 미친 듯이 닥치는 대로 여행하기 시작했다. 사람들이 원하는 거라면 침, 발톱, 손톱, 피, 머리카락 가릴 것 없이 무엇이든 티켓과 교환했다. 정액을 주면 일등석으로 여행할 수 있다는 것도 알게 됐다. 그는 어디에도 정착하지 않고, 오로지 초공간 우주선 선실이라는 폐쇄된 희미한 세계에서만 살았다. 그는 먹고, 마시고, 자고, 영화를 보고, 오로지 우주 공항에만 잠깐 들러 DNA를 더 기증하고 다음번에 출발하는 장거리 우주선을 타고 나갔다. 그는 또 다른 사건이 일어나기를 기다리고 또 기다렸다.

딱 맞는 사건이 일어나게 하려는 노력의 문제점은 그런 사건이 일어나지 않는다는 것이다. 그건 '사건'이 의미하는 바가 아니다. 마침내 일어난 사건은 그가 계획한 것이 전혀 아니었다. 그가 타고 있던 우주선이 초공간에서 삑삑 소리를 내고 은하계의 서로 다른 아흔일곱 개의 지점들 사이에서 동시에 미친 듯이 깜박거리더니 그 중 하나에서 지도에도 없는 행성의 난데없는 중력장에 사로잡혀 그 행성의 바깥 대기에 걸려들었고 비명을 지르고 산산조각이 나면서 그 안으로 추락하기 시작했다.

추락하는 내내 우주선의 시스템들은 모든 것이 완전히 정상이며 통제 하에 있다고 항의했다. 하지만 우주선이 마지막으로 미친 듯이 회전하며 숲을 초토화 지경으로 반 마일이나 찢어발기고 들어가 마침내 펄펄 끓는 불덩어리가 되어 폭발하자, 그건 사실이 아니라는 것이 명백해졌다.

  화염은 숲을 집어삼키고, 밤까지 펄펄 끓다가 깨끗하게 스스로 진화했다. 예정에 없는 일정 규모 이상의 모든 화재들은 이제 법으로 그렇게 하도록 요구되고 있기 때문이다. 그 후 잠시 동안 사방에 흩어진 우주선의 잔해들이 여가를 이용해 조용히 폭발하면 조그만 화염들이 여기저기서 너울거리며 치솟아 올랐다. 그리고는 그것 역시 죽어 없어졌다.

  끝없는 항성간 비행의 지루함으로 인해 실제로 비상 착륙시 안전조치를 익힌 유일한 승객이었던 아서 덴트만이 유일한 생존자였다. 그는 '즐거운 하루 보내세요'라는 말이 삼천 개의 다른 언어로 온통 인쇄되어 있는 폭신한 분홍색 플라스틱 보호막 같은 것 속에서 여기저기가 부러진 상태로 피를 흘리며 멍하게 누워 있었다.

  산산조각이 난 그의 마음속에서 포효하는 시꺼먼 침묵이 구역질나게 소용돌이쳤다. 그는 자신이 살아남으리라는 것을 일종의 체념적 확신을 가지고 알고 있었다. 그는 아직 스타브로물라 베타에 가지 않았으니까.

  영원처럼 길게 느껴진 고통과 어둠의 시간이 지난 후에, 그는 조용한 형체들이 그의 주위에서 움직이는 것을 알아차렸다.

12

포드는 깨진 유리 조각들과 의자 조각들의 구름 속에서 허공을 가로질러 굴러 떨어졌다. 다시 한번, 그는 정말로 철저한 계산 같은 건 하지 않았다. 정말로. 그냥 시간을 버느라 임기응변을 했을 뿐이다. 큰 위기에 처할 때면 자신의 인생이 눈앞에 좍 펼쳐지는 것이 종종 꽤 도움이 된다는 것을 그는 알았다. 그것은 그에게 사건을 성찰하고, 어떤 시각을 갖고 사물을 볼 기회를 줬으며, 때로는 다음에 할 일에 대해 결정적인 힌트를 줬다.

초당 삼십 피트의 속도로 땅이 그를 맞이하기 위해 달려오고 있었지만, 그는 그 문제는 닥치면 처리하자고 생각했다. 순서대로 하자고.

아, 여기 왔다. 그의 어린 시절. 평범하고 따분한 일들. 그는 그 모든 일들을 이전에 겪었다. 이미지들이 휙 스치고 지나갔다. 베텔게우스 제5행성에서의 지루한 시간들. 어린 자포드 비블브락스, 그래, 그는 그 모든 것을 다 알고 있었다. 그는 머리 속에 빨리 감기 같은 게 있었으면 싶었다. 그의 일곱 번째 생일 파티. 그때 처음으로 타월을 받았지. 빨리, 빨리.

그는 몸을 비틀어 아래로 향했다. 이런 고도에서의 바깥 공기는 그의 허파에 차가운 충격이었다. 유리를 들이마시지 않도록 조심해야지.

다른 행성들로의 초기 여행들. 아이고, 맙소사. 이건 마치 본 영화가 시작되기 전에 틀어주는 끔찍한 관광 영화 같군. 처음으로 《안내서》에서 일하기 시작했을 때.

아!

저게 그 시절이군. 그들은 페널라 행성의 브웨널리 애톨에 있는 오두막에서 일했다. 리크태너컬인들과 돈퀘드인들이 그 오두막을 부셔버리기 전에는. 여섯 명의 사내들, 타월 몇 개, 매우 정교한 디지털 장치들 조금, 그리고 무엇보다 중요한 것은, 많은 꿈들이었다. 아니. 가장 중요한 것은 다량의 패널라산 럼주였다. 전적으로 정확하게 말하자면, 저 올드 쟁크스 스피릿이 전적으로 가장 중요한 것이고, 그 다음으로 패널라산 럼주, 그리고 또 그 동네 소녀들이 모여 노는 애톨의 해변들이지만, 꿈들도 마찬가지로 중요했었다. 그것들에게 무슨 일이 벌어진 걸까?

그는 사실 그 꿈들이 뭐였는지 잘 기억나지 않았다. 하지만 그것들은 당시에는 엄청나게 중요한 것 같았다. 분명 거기에는 지금 그가 떨어져 내려오고 있는, 하늘을 찌를 듯이 거대한 사무실 덩어리 같은 건 포함되어 있지 않았다. 그 모든 것은 창립 멤버 중 몇 명이 정착을 하고 욕심을 내기 시작하면서 생겼다. 그러는 동안 그와 다른 사람들은 계속 현장에 있으면서 조사를 하고 히치하이크를 하면서 악몽의 법인으로 냉혹하게 변해버린《안내서》와 그것이 차지하게 된 괴물 같은 건축물에게서 점점 더 소외돼갔다. 그 안 어디에 꿈들이 있었나? 그는 건물의 반을 차지하고 있는 회사 변호사들, 지하 층을 차지하고 있는 '직공들', 모든 부편집자들과 그들의 비서들, 그 비서들의 변호사들과 그 비서들의 비서들, 변호사들의 비서들, 그 중 최악으로, 회계사들과 마케팅 부서들을 생각했다.

그는 그냥 계속 떨어져버릴 마음이 반쯤은 있었다. 그 사람들 모두 엿이나 먹으라지.

그는 이제 막 마케팅 부서가 있는 십칠 층을 지나고 있었다. 한 무리의 술고래들이《안내서》가 무슨 색깔이어야 하는가를 놓고 설전을 벌이며 술을 마신 후에도 분별 있게 구는 절대 오류가 없는 기술을 발휘하고 있었다. 그들 중 누군가가 그 순간 창 밖을 바라본다면 포드 프리펙트가 확실한 죽음을 향해 자기들을 지나쳐 떨어지면서 자신들을 향해 엿이나 먹으라는 손짓을 하는 걸 보고 소스라치게 놀랐을 것이다.

십육 층. 부편집자들. 개자식들. 녀석들이 잘라내 버린 자기의 그 모든 원고들은 또 어떤가? 한 행성에서만 십오 년씩이나 조사를 해서 기사를 보냈는데, 녀석들은 단 두 마디로 줄여버렸지. "대체로 무해함." 그 녀석들도 엿이나 먹으라지.

십오 층. 병참 행정부였다. 그게 무슨 소리든지 간에. 그들 모두는 커다란 차를 가지고 있었다. 그게 바로 그 말의 뜻이겠지 하고 그는 생각했다.

십사 층. 인사과. 자신의 십오 년간의 유형 생활을 교묘하게 계획한 건 그 사람들이라고 그는 빈틈없이 의심하고 있었다. 그 사이 《안내서》는 지금처럼 거대한 하나의 법인체(아니면 두 개의 거대한 법인체——변호사들을 잊어버려서는 안 된다)로 변형되어버린 것이다.

십삼 층. 연구 개발과.

잠깐.

십삼 층.

상황이 약간 다급해지고 있었기 때문에 그는 그 순간 빨리 생각해야만 했다.

그는 갑자기 엘리베이터의 층수 표시판이 기억났다. 거기에는 십삼 층이 없었다. 십삼이라는 숫자에 대해 미신을 가지고 있던 후진 지구 행성에서 십오 년을 보낸 터라 십삼을 빼고 층수를 세는 건물들에 익숙해져 있었기 때문에, 거기에 대해 더 이상 생각하지 않았었다. 하지만 여기서는 그럴 이유가 없다.

그는 신속하게 그 옆을 지나치면서도 십삼 층의 창문들이 깜깜하다는 사실을 눈치 채지 않을 수 없었다.

저 안에서 무슨 일이 벌어지고 있는 걸까? 그는 할이 말하던 그 모든 이야기들을 떠올리기 시작했다. 하나의 새롭고도 다차원적인

《안내서》가 무한한 숫자의 우주들에 퍼져나간다. 할이 말하던 모양새로 볼 때 그 이야기는 마케팅 부서가 회계사들의 지원을 받아 꿈꾸는 미친 헛소리처럼 들렸었다. 그것보다 더 현실성 있는 이야기라면, 그렇다면 그건 매우 기괴하고 위험한 생각이었다. 그게 진짜인가? 밀폐된 십삼 층의 깜깜한 창문들 뒤에서 무슨 일이 벌어지고 있는 걸까?

포드는 호기심이 점점 더 솟아오르는 것을 느꼈다. 다음으로는 공포심이 점점 더 솟구쳐 올랐다. 그것이 점점 커져가는 그의 느낌들의 총 목록이었다. 다른 모든 점에서 그는 매우 급속하게 떨어지고 있었다. 그는 정말로 어떻게 해서 이 상황에서 살아서 벗어날 것인지 궁리하는 데로 마음을 돌려야 했다.

그는 아래를 흘끗 봤다. 백 피트 정도 아래에서 사람들이 이리저리 돌아다니고 있었다. 그 중 몇몇은 기대에 차서 위를 올려다보기 시작했다. 그를 위해 자리를 비우고 있었다. 심지어 그 굉장하고 완전히 바보 같은 워켓 사냥도 잠시 취소하고 있었다.

그는 그들을 실망시키고 싶지 않았다. 하지만 전에는 깨닫지 못했는데, 이 피트 정도 아래에 콜린이 있었다. 콜린은 분명 기분 좋게 비위를 맞추며 그가 무엇을 원하는지 결정하기를 기다리고 있었다.

"콜린!" 포드가 고함쳤다.

콜린은 대답하지 않았다. 포드는 오싹했다. 다음 순간, 그는 콜린에게 그의 이름이 콜린이라는 것을 말해주지 않았다는 것을 갑자

대체로 무해함 155

기 깨달았다.

"여기로 와!" 포드가 고함쳤다.

콜린은 까닥거리며 그의 옆으로 올라왔다. 콜린은 하강을 엄청나게 즐겼고 포드도 그러기를 희망했다.

포드의 타월이 갑자기 콜린을 감싸자 콜린의 세계는 불현듯 깜깜해졌다. 콜린은 즉시 자신이 훨씬, 훨씬 더 무거워졌다는 것을 느꼈다. 그는 포드가 그에게 제시한 도전에 흥분하고 기뻤다. 다만 그가 그걸 감당할 수 있을지를 확신하지 못했다. 그게 다였다.

타월은 콜린 위에 걸쳐져 있었다. 포드는 타월의 솔기를 잡고 거기에 매달렸다. 다른 히치하이커들은 타월을 색다른 방식으로 변형시키는 게 적당하다고 생각해서, 온갖 종류의 비밀 도구들과 설비들, 심지어 컴퓨터 장치들까지 직물 안에 짜 넣었다. 포드는 순수주의자였다. 그는 물건을 단순한 상태로 가지고 있는 게 좋았다. 그는 보통의 가정 실내장식품 가게에서 산 보통 타월을 갖고 다녔다. 거기엔 심지어 파란색과 분홍색의 꽃무늬도 있었다. 그 무늬를 표백하고 스톤워시(돌을 이용해서 옷감, 특히 청바지 등의 염색을 빼는 방법-- 옮긴이주)하려고 몇 번이고 시도해봤지만 소용없었다. 거기에는 두어 개의 철사, 구부러지는 필기용 막대가 엮어 들어가 있었고, 또한 비상시에 빨아먹을 수 있도록 천의 한쪽 구석에 약간의 영양분이 적셔져 있었다. 하지만 그것만 제외하면 그건 얼굴을 닦을 수 있는 단순한 타월이었다.

친구에게 설득당해 그가 타월에 한 유일한 실제 변경은 솔기를 강화한 것이었다.

포드는 미치광이처럼 솔기를 붙들었다.

그들은 여전히 떨어지고 있었지만, 속도는 줄어들었다.

"올라가, 콜린!" 그가 외쳤다.

아무 일도 일어나지 않았다.

"네 이름은 콜린이야. 그러니까 내가 '올라가, 콜린!'이라고 소리치면, 난 콜린, 네가 올라갔으면 해. 알겠어? 올라가, 콜린!" 포드가 외쳤다.

아무 일도 일어나지 않았다. 아니 오히려 콜린에게서 숨죽인 신음소리 같은 게 흘러나왔다. 포드는 매우 불안했다. 그들은 이제 매우 천천히 내려가고 있었지만, 포드는 저 아래 바닥에 모이는 사람들의 부류가 심히 염려스러웠다. 워켓 사냥을 하는 우호적인 동네 사람들 타입은 흩어지고, 굵고 덩치 크고 황소 목을 한, 로켓 발사기를 짊어진 괄태충 같은 생명체들이 흔히 하는 말로 희박한 대기 속에서(희박한 대기 속에서 out of thin air는 원래 '느닷없이'를 뜻하는 관용어를 직역한 것이다—옮긴이주) 스르르 나타나는 것 같았다. 은하계를 여행해본 여행자들이라면 다 잘 알겠지만, 희박한 대기라는 것은 사실 다차원적 복잡성으로 인해 엄청나게 짙다.

"올라가." 포드가 다시 한번 울부짖었다. "올라가! 콜린, 올라가!"

콜린은 힘을 쓰며 신음하고 있었다. 그들은 이제 공중에 어느 정도 멈춘 상태였다. 포드는 손가락이 부러지는 것만 같았다.

"올라가!"

그대로 있었다.

"올라가, 올라가, 올라가!" 괄태충 하나가 그를 향해 로켓을 발사할 준비를 하고 있었다. 포드는 믿을 수가 없었다. 그는 타월을 잡고 허공에 매달려 있었고, 괄태충이 그를 향해 로켓을 발사할 준비를 하고 있었다. 생각할 수 있는 대책이 바닥나기 시작했고 그는 심각하게 위기를 느끼기 시작하고 있었다.

이것이 그가 주로 《안내서》에 의존하는 그런 종류의 곤경이었다. 조언을 해줄 《안내서》가 입수 가능한 곳에 있다면 말이다. 그 조언이 아무리 사람을 격분하게 하든 번지르르하기만 하든, 그건 상관없었다. 하지만 지금은 호주머니에 손을 뻗칠 수 있는 때가 아니었다. 그리고 《안내서》는 더 이상 친구나 아군처럼 보이지 않았으며, 오히려 이제는 그 자체가 위험의 근원이었다. 그가 지금 매달려 있는 곳은 《안내서》 사무실의 바깥이었다. 맙소사, 《안내서》를 소유하고 있는 듯이 보이는 사람들로부터 생명의 위협을 받으면서 말이다. 브웨닐리 애톨에서 가졌던 걸로 그가 희미하게 기억하는 그 모든 꿈들은 어떻게 됐단 말인가? 그들은 그 꿈들을 그대로 놔뒀어야 했다. 그들은 거기 머물렀어야 했다. 해변에 머물렀어야 했다. 멋진 여자들을 사랑했어야 했다. 물고기를 먹고 살았어야 했다. 안뜰의 바다괴물 풀 위에 그랜드 피아노를 매달기 시작한 순간부터 모든 게 잘못됐다는 걸 그는 알았어야 했다. 그는 완전히 지치고 비참한 기분이 들기 시작했다. 수건을 꽉 쥐고 있는 손가락은 고통으로 불이 났다. 게다가 발목도 여전히 아팠다.

오, 고맙군, 발목. 그는 씁쓸하게 스스로에게 말했다. 이 순간에 자네 문제까지 들고 오다니 고마워. 자네는 뜨뜻하고 멋진 족탕이나 하면서 기분을 풀고 싶겠지, 안 그런가? 아니면 적어도 이렇게 해줬으면 싶겠지…….

한 가지 아이디어가 떠올랐다.

갑옷 입은 괄태충이 로켓 발사기를 어깨 위에다 올렸다. 추측해볼 때, 그 로켓은 자기 궤도 안에서 움직이는 물체는 무엇이든 맞히도록 디자인되었을 것이다.

포드는 땀을 흘리지 않으려고 노력했다. 타월의 솔기를 잡고 있는 손이 미끄러지는 게 느껴졌다.

그는 괜찮은 쪽 발가락으로 아픈 발의 신발 뒤꿈치를 쿡쿡 찌르며 비틀었다.

"올라가, 젠장!" 포드는 콜린에게 속절없이 중얼거렸다. 콜린은 쾌활하게 힘을 썼지만 올라갈 수가 없었다. 포드는 신발 뒤꿈치에서 열심히 작업을 계속했다.

그는 타이밍을 판단하려고 애썼지만, 소용이 없었다. 그냥 해. 그에겐 한 발밖에 없었고 그게 다였다. 그는 이제 신발 뒤축을 벗겨냈다. 삔 발목이 좀더 편해졌다. 음, 괜찮군, 안 그래?

다른 발로 그는 신발 뒤축을 찼다. 신발은 발에서 벗겨져 허공으로 떨어졌다. 약 0.5초쯤 뒤에 로켓이 발사기의 주둥이에서 돌진해 나왔고, 그 궤도를 따라 떨어지는 신발과 마주쳤으며, 곧장 그것을 뒤따라가 맞추고는 대단한 만족감과 성취감을 느끼며 폭발했다.

이 일은 지상에서 십오 피트 정도 높이에서 일어났다.

폭발의 주된 힘은 아래로 향했다. 일 초 전, 거기에는 로켓 발사기를 가진 인피니딤 엔터프라이즈의 중역 한 분대가 젠탈쿠아불라 행성의 고대 앨라배스트럼 채석장에서 잘라낸 빛나는 커다란 석판들로 뒤덮인 우아한 계단식 광장에 서 있었다. 이제 거기에는 불쾌한 조각들이 들어 있는 구덩이가 있었다.

폭발로 인해 뜨거운 공기 덩어리가 쑥하고 솟구쳐 올라와 포드와 콜린을 난폭하게 하늘로 던져 올렸다. 포드는 필사적으로 저항하며 맹목적으로 무언가 잡으려 했지만 실패했다. 그는 속절없이 하늘 저 위로 날아가 포물선의 정점에 도달해서 잠시 멈춘 후 다시 떨어지기 시작했다. 그는 떨어지고 떨어지고 떨어지다 여전히 상승 중이던 콜린을 서투르게 휘감으며 붙잡았다.

그는 조그만 구형의 로봇을 필사적으로 끌어안았다. 콜린은 스스로를 통제하고 속도를 낮추려고 즐겁게 노력하며 《안내서》 사무실 타워를 향해 대기를 가로지르며 격하게 회전했다.

그들은 서로 엉킨 채 빙빙 돌았고, 세상은 포드의 머리 주위에서 구역질나게 빙빙 돌았다. 그러다가 갑자기 모든 것이 멈췄다. 그것 역시 똑같이 구역질나는 일이었다.

정신을 차려보니 포드는 어떤 창문턱에 아찔하게 앉아 있었다.

그의 타월이 눈앞에서 떨어졌고 그는 손을 쑥 내밀어 그걸 잡았다.

콜린은 그에게서 몇 인치 떨어진 허공에서 까닥거리고 있었다.

포드는 멍들고 피를 흘리고 헐떡거리며 멍하게 주위를 둘러봤다. 창문턱의 폭은 겨우 일 피트 정도 밖에 되지 않았고 그는 십삼 층 높이에서 위태위태하게 앉아 있었다.

십삼 층.

창문이 깜깜했기 때문에 그는 자기들이 십삼 층에 있다는 것을 알 수 있었다. 몹시 심정이 상했다. 그 신발은 뉴욕의 로우어 이스트사이드의 한 가게에서 터무니없는 가격을 주고 산 것이었다. 그 결과로, 그는 훌륭한 신발의 기쁨에 대해 장장 에세이 하나를 썼는데, 그 모든 것은 '대체로 무해함'이라는 대재앙을 맞아 필요 없는 짐짝처럼 다 버려졌다. 모두 모두 젠장.

게다가 이제 신발 한 짝은 사라져버렸다. 그는 고개를 젖히고 하늘을 바라봤다.

문제의 행성이 완전히 파괴되어버리지만 않았더라면 이 일은 그렇게까지 무시무시한 비극은 아닐 것이다. 하지만, 결국 그건 그 신발을 한 켤레 더 살 수도 없다는 의미가 된다.

그렇다. 확률이 무한하게 곁가지를 치며 펼쳐나가는 점을 감안하면, 물론 거의 무한 다수의 지구 행성들이 있었다. 하지만 그걸 받아들인다 하더라도, 일류 신발 한 켤레는 다차원의 시공간을 빈둥거리며 다닌다고 해서 쉽게 복구할 수 있는 것이 아니었다.

그는 한숨을 쉬었다.

뭐 좋다, 그는 그걸 최대한으로 이용하는 게 좋을 것이다. 적어도 그 신발은 그의 목숨을 구했다. 당분간은.

그는 건물 십삼 층의 넓이 일 피트 정도의 창문턱에 앉아 있었고, 그게 좋은 신발 한 짝 만한 가치가 있는 일인지 전혀 확신이 서지 않았다.

그는 깜깜한 유리 너머를 멍청하게 들여다봤다.

무덤처럼 깜깜하고 조용했다.

아니. 그건 말도 안 되는 생각이었다. 그는 무덤에서 열린 굉장한 파티들 몇 군데에 가본 적이 있었으니까.

뭔가 움직임이 감지되나? 별로 확신할 수 없었다. 날개를 퍼덕거리는 괴상한 그림자 같은 게 보이는 것 같기도 했다. 어쩌면 그건 그의 눈썹 위로 흘러내리는 핏방울이었는지도 몰랐다. 그는 피를 쓱 닦았다. 맙소사, 그는 어딘가에서 농장을 가지고 양이나 몇 마리 키우고 싶었다. 그는 다시 창문 안을 들여다보며 그 그림자가 무엇인지 알아내려고 노력했다. 하지만 그는 자신이 시각적 환영 같은 걸 들여다보고 있으며 자기 눈이 자기를 속이고 있다는 느낌이 들었다. 오늘날 우주에서 너무도 흔한 일이다.

저 안에 어떤 새가 있는 건가? 저게 그 사람들이 여기 이 위 깜깜한 방탄유리 뒤 비밀의 층에 숨겨놓은 것인가? 누군가의 거대한 새장인가? 저 안에는 분명히 날개를 퍼덕거리고 있는 뭔가가 있었다. 하지만 그건 새라기보다는 우주에 있는 새 모양의 구멍인 것 같았다.

그는 눈을 감았다. 어쨌거나 그는 잠깐 그러고 싶었다. 그는 이제 도대체 뭘 해야 할까 궁리했다. 뛰어내려? 올라가? 안으로 침입해 들어갈 수 있는 방법이 있으리라는 생각은 들지 않았다. 좋아, 그 소문난 방탄유리라는 것은 실제 로켓과 만나자 그걸 막아내지 못했다. 하지만 다시 생각해보면 그건 건물 안에서 매우 짧은 사정거리에서 발사된 로켓이었다. 그건 그 유리를 디자인한 기술자들이 염두에 두지 않았던 상황이었을 수도 있다. 그렇다고 해서 그가 여기서 주먹을 타월로 감고 쳐서 창문을 깨뜨릴 수 있으리라는 말은 아니다. 제기랄, 하여간 그는 그 방법을 시도했고 손을 다쳤다. 그가 앉은 자리에서 팔을 크게 휘두를 수 없었다는 건 오히려 잘된 일이었다. 그렇지 않았더라면, 그는 꽤나 심하게 손을 다쳤을 것이다. 그 빌딩은 프로그스타 공격 이후 완전히 새로 지어지면서 단단하게 강화되었고, 아마도 그 업계에서 가장 중무장한 출판사였을 것이다. 하지만 그가 생각하기에 법인 위원회에서 디자인한 모든 시스템에는 항상 뭔가 약점이 있었다. 창문을 디자인한 기술자들은 그 창문들이 건물 안에서 짧은 사정거리로부터 날아오는 로켓에 맞는다는 것은 예상하지 않았고, 그래서 창문이 깨졌던 것이다.

그렇다면, 기술자들이 창문 밖의 턱에 앉아 있는 어떤 사람이 하리라고 예상치 못한 일은 무엇일까?

그는 잠시 동안 머리를 쥐어짰고, 한 가지 생각이 떠올랐다.

그들이 예상치 못한 일은 우선 그가 거기에 있다는 사실이었다. 바보천치가 아니고선 그가 앉아 있는 자리에 있을 리가 없다. 그러니 그는 벌써 한 수 이기고 있는 셈이었다. 실패라곤 있을 수 없는 무엇인가를 만들려는 사람들이 저지르는 흔한 실수는 바보천치가 가진 피를 과소평가하는 것이었다.

그는 새로 얻은 신용 카드를 호주머니에서 꺼내 창과 그것을 둘러싼 틀이 만나는 지점의 틈 속으로 스윽 밀어 넣었고, 로켓이라면 할 수 없는 일을 해냈다. 그는 그걸 살짝 이리저리 흔들었다. 걸쇠가 벗겨지는 게 느껴졌다. 그는 창문을 슬그머니 열었고, SrDt 3454 행성의 환기 장치와 전화 대폭동에 감사드리며 웃다가 창문턱 뒤로 떨어질 뻔했다.

SrDt 3454 행성의 환기 장치와 전화 대폭동의 시작은 그저 다량의 뜨거운 공기였다. 물론 뜨거운 공기는 환기 장치가 응당 해결해야 할 문제였고, 일반적으로 환기 장치는 누군가가 에어컨을 발명하는 선까지 그 문제를 합당하게 잘 해결했으며, 에어컨은 훨씬 더 감동적으로 그 문제를 해결했다.

그건 다 좋았다. 물이 뚝뚝 떨어지는 것과 소음을 견딜 수 있다면 말이다. 그러다가 마침내 다른 누군가가 에어컨보다 훨씬 더 매력적이고 똑똑한 것을 생각해냈다. 그것은 건물 내 기후 조절기라고 불렸다.

자, 이건 꽤나 굉장한 것이었다.

그냥 보통의 에어컨과 이 조절기의 주된 차이점들은, 조절기가 오싹할 지경으로 더 비쌌으며 거기에는 엄청난 양의 정교한 측정과 조절 장치들이 포함되어 있다는 것이었다. 그 장치들은 사람들이 어떤 종류의 공기를 마시고 싶어하는지를 일개 인간들이 아는 것보다 시시각각으로 훨씬 더 잘 알았다.

그건 또한 이 시스템이 사람들을 위해 하는 정교한 계산들을 일개 인간들이 망치는 일이 없도록 하기 위해 건물의 모든 창문들이 닫혀져서 봉해진 채로 지어졌다는 것을 의미했다. 이것은 사실이다.

그 시스템들이 설치되고 있는 동안, 그 건물들에서 일하게 될 많은 사람들은 브리드-오-스마트 시스템 설치 기사들과 이런 식의 대화를 하게 됐다.

"하지만 창문을 열어놓고 싶으면 어떻게 하죠?"

"새로운 브리드-오-스마트와 함께라면 창문을 열어놓고 싶은 일은 없을 겁니다."

"그래요, 하지만 잠깐 동안만 창문을 열어놓고 싶다면 어떻게 하죠?"

"아주 잠시라도 창문을 열어놓고 싶은 일은 없을 겁니다. 새로운 브리드-오-스마트 시스템이 알아서 할 테니까요."

"으음."

"브리드-오-스마트를 즐기세요."

"좋아요, 브리드-오-스마트가 고장 나거나 잘못되거나 그런 일이 있으면 어떻게 하죠?"

"아! 브리드-오-스마트의 가장 멋진 사양들 중 하나는 잘못될 가능성이 전혀 없다는 거죠. 그러니, 그런 이유로 걱정하지 마십시오. 이제 호흡을 즐기시고, 좋은 하루 보내세요."

(물론, 모든 기계적, 혹은 전기적, 혹은 양자역학적, 혹은 수역학적 장치들, 혹은 심지어 바람, 증기, 혹은 피스톤-추진 장치들까지도 이제는 몸체 어딘가에 설명문을 장식해 넣어야 한다는 요구 사항이 생기게 된 것은 SrDt 3454 행성의 환기 장치와 전화 대폭동의 결과였다. 그 물건이 아무리 작아도 그건 문제가 아니었다. 디자이너들은 어딘가에 설명문을 비집어 넣을 방법을 강구해야만 했다. 왜냐하면 거기에 관심을 기울이는 것은 딱히 사용자들이라기보다는 디자이너들이었기 때문이다.

그 설명문은 이러하다.

"잘못될 수도 있는 물건과 잘못될 가능성이 없는 물건의 주된 차이점은, 잘못될 가능성이 없는 물건이 잘못되는 경우 대개 문제를 파악하거나 수리하는 게 불가능하다는 것이 드러난다는 것이다.")

굉장한 열파가 거의 마술과도 같이 정확하게 브리드-오-스마트 시스템의 주요 고장들과 일치하기 시작했다. 처음에는, 이는 그저 부글부글 끓어오르는 분개와 몇 건의 질식사를 초래했을 뿐이었다.

진짜 공포는 세 가지 사건이 동시에 발생한 날 터졌다. 첫 번째 사건은 브리드-오-스마트 사가, 최고의 결과는 자기들의 시스템을 온화한 기후에서 사용했을 때 얻어진다는 취지의 성명을 발표한 것이었다.

두 번째 사건은 브리드-오-스마트 시스템이 특히 덥고 습한 날에 고장 난 것이었다. 그 결과 수백 명의 사무실 직원들이 건물을 소개(疏開)하고 길바닥으로 나왔고, 거기서 그들은 세 번째 사건과 만났는데, 그건 미쳐 날뛰는 폭도로 변한 장거리 전화 교환수들의 무리였다. 그들은 매일매일 하루 종일 "BS&S를 사용해주셔서 감사합니다"라는 말을 전화기를 드는 바보들 하나하나에게 해야 한다는 사실에 너무나 속이 꼬인 나머지 마침내 쓰레기통과 메가폰, 소총을 들고 거리로 나섰던 것이다.

이후 이어진 대량 살육의 나날 동안 전 도시의 모든 창문들이 방탄유리건 아니건 간에 박살이 났는데, 그건 주로 다음과 같은 고함 소리들, 그리고 그들이 정상적인 업무 상황에서는 연습할 기회를 갖지 못했던 각양각색의 짐승 같은 괴성들을 동반했다. "전화 끊어, 새끼야! 네가 무슨 번호를 원하든, 어느 내선에서 전화를 걸든 내 알 바 아니야. 가서 불꽃놀이나 네 엉덩이에 쑤셔 박으라고! 이이이 아아아! 우 우 우! 꽥꽥!"

이 결과, 모든 전화 교환수들은 전화를 받을 때 적어도 한 시간에 한 번씩은 "BS&S를 이용하고 죽어버려!"라고 말할 수 있는 헌법상의 권리를 부여받았으며, 모든 사무실 건물들은 아주 약간에 불과할지라도 열리는 창문들을 갖도록 요구받았다.

예상치 못한 또 하나의 결과는 자살률이 급격하게 감소한 것이었다. 브리드-오-스마트의 독재가 판치던 암울한 시절에는 기차 앞에 뛰어들거나 칼로 자신을 찔러야만 했던 스트레스에 시달리는 승진일로의 각종 중역들은 이제는 그저 한가한 시간에 자기 창문턱에 기어 올라가 뛰어내리기만 하면 됐다. 하지만 빈번하게 일어난 일은, 주위를 둘러보고 생각을 정리해야 했던 일이 분 상간에 그들은 갑자기 자신이 정말로 필요했던 것은 공기를 좀 마시고 사물을 새로운 시각에서 바라보는 것, 그리고 또한 아마도 양 몇 마리를 키울 수 있는 농장이라는 걸 깨닫게 되는 것이다.

전혀 예상치 못했던 또 하나의 결과는 타월과 신용 카드 외에는 어떤 무장도 갖추지 못하고 중무장한 건물의 십삼 층에 좌초한 포드 프리펙트가, 그럼에도 불구하고 그 소문난 방탄유리를 넘어 안전한 실내로 기어 들어올 수 있었다는 것이다.

그는 먼저 콜린이 자기 뒤를 따라 들어오게 한 다음 창문을 말끔하게 닫고, 새 같은 것을 찾아 주위를 둘러보기 시작했다.

그가 창문에 대해 깨달은 사실은 다음과 같다. 그 창문들은 애초에는 난공불락으로 디자인되었다가 '후에' 열 수 있는 창문으로 개조되었기 때문에, 사실 처음부터 열 수 있는 창문으로 디자인되었을 경우보다 훨씬 덜 튼튼했다.

헤이, 호, 재미난 옛날 삶이야, 그는 혼자 이런 생각을 하고 있었다. 바로 그때 그는 갑자기 자기가 뚫고 들어오기 위해 이 모든 고초를 무릅쓴 방이 굉장히 재미있는 곳은 아니라는 걸 깨달았다.

그는 깜짝 놀라서 딱 멈췄다.

그 괴상한 퍼덕거리는 형체는 어디 있지? 이 모든 일——이 방 사방에 널려 있는 듯이 보이는 엄청난 비밀주의의 베일과 그를 이 방 안으로 데려오기 위해 작당한 것처럼 보였던, 그 못지않게 엄청난 일련의 사건들 —— 을 무릅쓸 만한 가치가 있는 건 어디 있지?

그 방은, 지금 이 건물의 다른 모든 방과 마찬가지로, 섬뜩할 지경으로 점잖은 회색으로 장식되어 있었다. 벽에는 차트와 그림들이 몇 개 걸려 있었다. 그 대부분은 포드에게는 아무 의미 없는 것들이었다. 하지만 다음 순간 그는 어떤 포스터의 실물 크기 모형이 분명한 무엇인가와 맞닥뜨렸다.

거기에는 새 비슷한 모양의 로고가 그려져 있었고 이런 표어가 적혀 있었다. "《은하수를 여행하는 히치하이커를 위한 안내서》 제 II형(型) : 세상에서 가장 놀라운 유일한 물건. 당신 가까운 차원에 출간 임박." 그 이상의 정보는 없었다.

포드는 다시 주변을 둘러봤다. 그때, 그의 주의는 점차 콜린에게 쏠리기 시작했다. 터무니없을 정도로 과도하게 행복한 보안 로봇인 콜린이 방구석에 웅크리고는 이상하게도 공포처럼 보이는 감정을 표시하며 깩깩거리고 있었다.

이상하군, 포드는 생각했다. 그는 콜린이 반응을 보일 만한 게 뭐가 있나 주위를 둘러봤다. 그리고 그는 전에는 알아차리지 못했던 것이 작업대 위에 가만히 누워 있는 것을 봤다.

그건 원형이고 검은 색이었으며 작은 앞 접시 정도의 크기였다. 그것의 위와 아랫부분은 매끈하게 볼록한 모양을 하고 있어서 그 모양새는 조그마한 경량의 투척 원반과 비슷했다.

표면은 완전히 매끈매끈하고, 깨진 곳 하나 없으며, 별 특징이 없어 보였다.

그것은 아무 짓도 하지 않고 있었다.

그러고 나서 포드는 그 위에 무엇인가 쓰여 있는 것을 알아챘다. 이상했다. 조금 전만 해도 그 위에는 아무런 글자도 없었는데 지금 갑자기 글자가 있는 것이다. 그 두 상태 사이에는 어떤 눈에 띄는 전환도 없었던 것 같았다.

거기에는 경고하는 듯한 조그만 서체로 단 한 마디의 말이 있었다.

겁내시오.

조금 전만 해도 그것의 표면에는 어떤 자국이나 금도 없었다. 이제는 있었다. 그건 점점 커지고 있었다.

겁내시오, 《안내서》제 II형은 말하고 있었다. 포드는 지시대로 하기 시작했다. 그는 괄태충처럼 생긴 생물들이 왜 낯익어 보였는지가 막 기억났다. 그들의 색채 배합 설계는 일종의 법인 회색이었지만, 다른 모든 면에서 그들은 보고인들과 완전히 똑같이 생겼다.

13

우주선은 마을에서 백 야드 정도 떨어진 넓은 공터의 가장자리에 조용히 착륙했다.

우주선의 도착은 급작스럽고 예기치 못한 사건이었으나, 큰 소란은 거의 없었다. 방금 전만 해도 완벽하게 정상적인 초가을 늦은 오후——나뭇잎들은 이제 막 단풍이 들려던 참이었고, 강물은 북쪽의 산맥에서 내려온 비 때문에 다시 불기 시작했으며, 피카 새들의 깃털은 곧 닥칠 겨울 서리에 대비해 두터워지기 시작했으며, '완벽하게 정상적인 짐승'들은 철마다 평원을 가로지르는 우레 같은 집단 이동을 떠날 채비를 모두 갖추었고, 스래시바그 할아범은 마을 주변을 비틀거리면서 산책하며 혼자 중얼거리기 시작한 참이었다. 해가 저물고 달리 할 일이 없어지면 마을 사람들이 하는 수 없이 모닥불 가에 모여 앉아 할아범의 이야기에 귀를 기울이게 될 테니, 그때가 되면 작년 한 해가 어떠했는가에 대한 이야기를 해주려고 혼자 중얼중얼 연습을 하고 있었던 것이다. 그러면 마을 사람들은 투덜거리며 자기가 기억하는 것과 다르다고 투덜거리며 항의를 할 게 분명했다——그런데 바로 그 순간 그곳에 따뜻한 가을 햇볕을 받아 은은하게 빛나는 우주선 한 대가 떡 하니 내려 앉아 있었던 것이다.

우주선은 잠시 윙윙거리더니 움직임을 멈추었다.

거대한 우주선은 아니었다. 마을 사람들이 우주선에 전문적인 지식이 있었다면, 아마 그것이 상당히 민활한 우주선이라는 걸 알아챘을 터이다. 그것은 판매용 안내 책자에 있는 옵션을 모조리 장착하다시피 한 자그맣고 늘씬한 사선실 흐룬디 소형 우주선으로서, 장착하지 않은 옵션은 고급 벡토이드 스태빌리시스밖에 없었다. 하지만 물론 그건 간이 콩알 만한 겁쟁이들밖에 장착하지 않는다. 고급 벡토이드 스태빌리시스가 달린 우주선으로는 삼면 시간축에 착 달라붙어 멋지게 커브를 꺾을 수 없기 때문이다. 하긴 뭐, 장착하면 훨씬 안전하기야 하지만, 핸들에서 느껴지는 손맛이 영 질척질척 깔끔치 못하게 된단 말이다.

마을 사람들은 물론 그런 사정을 전혀 몰랐다. 머나먼 라무엘라 행성에 사는 대부분의 사람들은 한 번도 우주선을 본 적이 없었다. 아니, 적어도 박살이 나지 않은 멀쩡한 우주선은 생전 처음이었다고 해야겠다. 그리고 저무는 햇살을 받아 따사롭게 빛나고 있는 우주선은 커프가 양쪽 끝에 대가리가 달린 생선을 잡았던 이후로 그들이 경험한 가장 특별한 사건이었다.

모두 죽은 듯 침묵을 지켰다.

방금 전만 해도 이삼십 명의 사람들이 주변을 어슬렁거리며, 수다를 떨고, 장작을 패고, 물을 긷고, 피카 새들을 놀리거나 상냥하게 스래시바그 할아범과 마주치지 않으려 하고 있었건만, 모든 동작은 순식간에 멈추었고 다들 경악에 찬 표정으로 고개를 돌리고 기괴한 물체를 바라보고 있었다.

아니, 모두라고 하면 어폐가 있다. 피카 새들은 전혀 엉뚱한 물체들을 보고 경악하는 버릇이 있었으니까. 완벽하게 정상적인 나뭇잎 한 장이 뜻밖에 돌 위에 내려 앉아 있는 걸 보고도 발작적으로 법석을 피우곤 했으며, 해가 뜰 때는 매일 아침 깜짝깜짝 기절할 정도로 놀라곤 했다. 하지만 다른 세계에서 온 우주선의 도착은 그들의 관심을 손톱만큼도 끌지 못했다. 새들은 땅바닥에 흩어진 씨앗들을 쪼아 먹으면서 여느 때와 다름없이 까르대고 릿하며 훅거렸다. 강물은 여전히 고요하고도 여유롭게 보글거렸다.

게다가, 왼쪽 끝에 있는 오두막집에서 나는 시끄럽고 음도 맞지 않는 노랫소리 역시 전혀 풀죽은 기색 없이 계속되고 있었다.

느닷없이, 살짝 짤깍하는 소리가 나고 흠 소리가 나더니 우주선에서 접이문이 바깥으로 나와 밑으로 내려왔다. 그러고는 일이 초간은 더 이상 아무 일도 일어나지 않는 것처럼 보였다. 왼쪽 끝의 오두막집에서 나는 시끄러운 고성방가 소리 속에서 그 물체는 그냥 그 자리에 앉아 있었다.

마을 사람들 몇 명, 특히 남자아이들이 좀더 잘 보려고 찔끔찔끔 앞으로 나아갔다. 스래시바그 할아범은 새 쫓는 소리를 내며 아이들을 쫓으려 했다. 이런 사태야말로 스래시바그 할아범이 결코 일어나기를 바라지 않았던 바로 그런 일이었다. 이런 사태를 미리 예견하지도 못했거니와——눈곱만큼도——행여 자기 이야기에 어떻게든 억지로 끼워 맞춰본다 해도, 아무래도 감당하기 벅찬 지경이었던 것이다.

그는 성큼성큼 앞으로 걸어나가, 아이들을 다시 뒤로 밀어내고 두 팔과 함께 낡고 옹이진 지팡이를 허공으로 추켜올렸다. 길고 따뜻한 저녁 햇살이 그를 근사하게 비춰주었다. 그는 무슨 신들인지는 몰라도 오래 전부터 강림을 예지하고 있었다는 듯이 환영할 태세를 갖추었다.

하지만 여전히 아무 일도 일어나지 않았다.

점차 우주선 내부에서 뭔가 말다툼이 벌어지고 있다는 사실이 확연해졌다. 시간이 흘렀고 스래시바그 영감의 팔도 쑤시기 시작했다.

느닷없이 트랩이 다시 안으로 접혀 들어갔다.

덕분에 스래시바그 할아범은 일이 한결 쉬워졌다. 그들은 악마들이며, 자신이 그 악마들을 쫓은 셈이 되었던 것이다. 예언하지 않았던 것은 몰라서가 아니라 신중함의 발로였고, 나아가 워낙 겸손한 성품이 허락하지 않았기 때문이라 하면 된다.

거의 동시에, 다른 트랩이 스래시바그가 서 있던 자리 반대편에서 내려왔으며, 트랩 위에 두 사람의 형체가 모습을 나타냈다. 둘은 서로 싸우며 다른 사람들을 모조리 못 본 체 묵살하고 있었는데 거기에는 스래시바그 할아범도 포함되어 있었다. 물론 그들이 서 있는 자리에서는 어차피 보이지도 않았지만.

스래시바그 할아범은 성을 내며 잘근잘근 수염을 씹었다.

두 팔을 치켜 든 채 그 자리에 계속 서 있어야 하나? 무릎을 꿇고 고개를 앞으로 숙인 채 지팡이로 그들을 가리켜야 하나? 어마어마한 내면의 투쟁에 그만 압도된 듯 뒤로 물러나야 하나? 아니, 차라리 숲속으로 달려가서 일 년 동안 아무하고도 말하지 않고 나무 위에서 살까?

그는 목적을 달성했다는 듯이 영리하게 두 팔을 내리는 쪽을 택했다. 팔이 너무나 아파서, 별다른 선택의 여지도 없었다. 그는 방금 발명해낸 조그맣고 은밀한 표시를 트랩 쪽——닫힌 트랩 쪽 말이다——으로 해 보이고는, 뒤로 세 발자국 반 정도 물러서서, 이 형체들이 대체 뭔지 일단 잘 보고 나서 다음에 할 일을 결정하기로 했다.

키 큰 형체는 대단한 미모의 여성으로 보드랍고 쭈글쭈글해진 옷을 입고 있었다. 스래시바그 할아범은 모르는 일이었지만, 그 옷의 소재는 림플론™이었다. 쭈글쭈글해지고 땀에 푹 절었을 때 가장 예뻐 보이기 때문에 우주 여행에는 최상의 소재였다.

키가 작은 쪽은 여자아이였다. 어색하고 뾰루퉁한 표정을 하고 있었으며, 쭈글쭈글해지고 땀에 절었을 때 최악의 모습이 되는 소재로 된 옷을 입고 있었으며, 심지어 그걸 자기도 잘 알고 있는 게 확실했다.

 모든 눈들이 그들을 바라보았다. 물론 피카 새들의 눈들은 빼고 말이다. 그들은 자기 나름대로 바라볼 것들이 있었으니까.

 여자는 일어서서 주위를 바라보았다. 그녀에게는 목적이 확고한 사람 특유의 당찬 분위기가 풍겼다. 그녀는 틀림없이 뭔가 원하는 게 있었지만, 그걸 정확하게 어디서 찾아야 할지는 알지 못하는 듯했다. 그녀는 주위에 몰려든 마을 사람들의 얼굴 하나하나를 호기심 어린 눈길로 찬찬히 뜯어보았지만, 그 중에는 자기가 찾는 게 없는 모양이었다.

 스래시바그는 이 상황을 어떻게 넘겨야 할지 전혀 알 수가 없어서 그냥 주문을 읊조리기로 결정했다. 그는 고개를 젖히고 곡을 하기 시작했지만, '샌드위치의 명인'의 오두막집에서 새삼스럽게 터져 나온 시끄러운 노랫소리 때문에 뚝 끊기고 말았다. 왼쪽 끝에 있는 오두막집이었다. 여자는 날카롭게 두리번거리더니, 차츰 차츰 얼굴에 미소를 띠었다. 스래시바그 할아범 쪽으로는 눈길 한 번 주지 않고, 그녀는 오두막집을 향해 걷기 시작했다.

 샌드위치를 만드는 일에는 예술의 경지가 있는데, 이는 그 심대한 깊이를 탐구할 만큼 시간이 많은 극소수의 사람들에게만 허락된다. 단순한 일이지만 보람을 느낄 기회는 무수히 많으며 또한 그 보람의 깊이 또한 심오하다. 예를 들어, 적당한 빵을 고르는 일부터가 그러하다. 샌드위치의 명인은 몇 달 동안 날마다 제빵 업자 그라

프와 함께 논의하며 실험을 거듭한 끝에 얇고 깔끔하게 썰어지면서도 여전히 가볍고 촉촉한 질감을 유지하며, 완벽하게 정상적인 짐승 고기로 만든 로스트비프의 맛을 가장 잘 살려주는 섬세한 견과류의 향미마저 지닌 빵을 만들어냈다.

또한 빵 조각의 기하학도 재정의해야 했다. 빵 조각의 높이와 넓이의 정확한 관계는 물론, 완성된 샌드위치의 부피와 무게를 적당하게 만들어줄 수 있는 두께 말이다——이 부분에서도 역시 가벼움이 최고의 미덕이지만, 그와 함께 단단하고 풍부해야 하며, 나아가 진정 감동적인 샌드위치의 증표라 할 수 있는 촉촉함과 맛깔스러움을 약속해야만 한다.

물론 적절한 도구들 역시 결정적이다. 샌드위치의 명인은 오븐에서 제빵 업자와 함께 지내지 않는 수많은 나날들을 '도구의 명인'인 스트라인더와 함께 칼의 무게와 균형을 재어보고, 가마에 다시 넣었다 뺐다 하며 소일하곤 했다. 유연성, 강인함, 칼날의 날카로움, 길이와 균형감에 대해 열띤 토론이 진행되었으며, 수많은 이론들이 제시되고 시험을 거쳐 정제되었고, 헤아릴 수 없이 많은 저녁마다 석양빛에 샌드위치의 명인과 도구의 명인의 실루엣이 함께 비치곤 했고, 도구의 명인의 가마는 늘 수많은 칼들을 시험해보느라 천천히 풀무질을 하며 허공을 갈랐다. 이 칼의 무게를 다른 칼의 균형감과 비교해보며, 세 번째 칼의 유연함과 네 번째 칼의 칼자루 접합 부분을 살펴보는 것이었다.

전부 합쳐서 세 개의 칼이 필요했다. 첫 번째로 빵을 써는 칼이 필요한데, 이는 단단하고 권위적인 칼날로 빵에 확고하고도 결정적인 의지를 행사할 수 있어야 했다. 다음으로는 버터를 바르는 칼이 필요했는데, 이런 칼에는 낭창낭창하고 작으면서도 든든한 심지가 필수적이었다. 초창기에 만들었던 칼들은 좀 지나치게 낭창낭창했지만, 이제는 유연성과 강인한 핵심이 결합되어 버터를 극도로 부드러우면서도 우아하게 바르는데 더도 덜도 말고 딱 그만이었다.

물론, 칼들 중에서도 지존은 고기를 써는 칼이었다. 이는 빵 써는 칼처럼 칼질을 하는 대상을 뚫고 지나가면서 의지를 행사할 뿐만 아니라, 나아가 대상과 협력해야만 했다. 힘을 합쳐 고기의 결을 따라가며, 고깃덩어리에서 얄팍하게 접히며 썰려나가는, 최고로 훌륭한 질감과 투명감을 지닌 고기 조각을 만들어내야만 하는 것이었다. 샌드위치의 명인은 살짝 손목을 꺾는 동작으로 얇은 고기 조각을 아름답게 균형 잡힌 아래쪽 빵 조각 위에 올린 후, 네 번의 숙련된 동작으로 빵 껍질을 다듬은 후, 마침내 마을 아이들이 주위에 둘러 앉아 황홀함에 넋을 잃고 경탄하는 표정으로 쳐다보고 싶어 어쩔 줄 모르는 그 마법을 행한다. 딱 네 번 칼을 앞뒤로 뒤집으면서, 가장자리를 다듬어 만든 작은 빵 조각들을 처음의 빵 조각 위에 조각 그림 맞추기처럼 완벽하게 맞춰 올리곤 했다. 샌드위치 하나 하나를 만들 때마다 다듬어 쳐낸 빵 조각들의 크기와 모양은 달랐지만, 샌드위치의 명인은 항상 너무나 수월하게, 망설이는 기미도 없이, 그 조각들을 완벽하게 맞추어 무늬를 만들어내곤 했던 것이다. 고기를 두 겹 얹고 두 번째 빵 조각들을 얹으면, 주요한 창조의 과업은 완성된 셈이다.

샌드위치의 명인이 작품을 조수에게 넘기면, 조수는 뇨이(오이cucumber를 변형해 newcumber라는 말을 만들었는데 '뇨이'로 옮겼다—옮긴이주)와 플래디시 같은 야채를 얹고 스플랙베리 소스를 살짝 끼얹은 후, 제일 위층의 빵을 덮고, 네 번째이자 몹시 평범한 칼로 샌드위치를 자른다. 이 과정 또한 정교한 기술을 요하지 않는 건 아니었지만, 이는 헌신적인 조수가 할 만한 덜 중요한 기술이었다. 조수는 언젠가 샌드위치의 명인이 연장을 놓으면, 그때 그 일을 이어받을 몸이었으니까. 그 자리는 몹시 고귀한 직책으로서, 조수인 드림플은 동료들의 질시를 한 몸에 받고 있었다. 마을에는 장작을 패면서도 행복해 하는 사람들, 물을 길으면서 행복해 하는 사람들이 많이 있었지만, 샌드위치의 명인이 된다는 건 천국 그 자체였다.

그래서 샌드위치의 명인은 일을 하면서 노래를 불렀다.

그는 작년에 절여놓은 고기의 마지막 부분을 사용하고 있었다. 이제는 최고의 맛이 나는 절정의 시기가 약간 지났지만, 아직도 완벽하게 정상적인 짐승의 풍부한 향미는 샌드위치의 명인이 익히 경험해보지 못한 탁월한 경지였다. 다음 주에는 완벽하게 정상적인 짐승들이 주기적인 이동 때문에 다시 모습을 나타낼 것이고, 마을 전체는 다시 발광에 가까운 분주한 움직임으로 빠져들게 되어 있었다. 짐승들을 사냥하게 되면, 모르긴 몰라도 우레처럼 달려 지나치는 수천 마리 중에서 칠십 내지 팔십 마리를 죽일 수 있을 것이다. 그런 다음 잡은 짐승들을 재빨리 도살해서 씻어야만 했고, 대부분의 고기는 철따라 이동했던 짐승들이 봄이 되어 다시 돌아오고 다시 고기를 공급받을 수 있을 때까지 몇 달 동안 겨울을 나기 위해 소금에 절여야 했다.

최상급의 부위는 '가을 이동'을 기념하는 만찬을 위해 당장 로스트비프로 구워 요리되었다. 잔치는 삼일 동안 비길 데 없이 풍성하게 지속되었으며, 다같이 춤을 추고, 사냥이 어떻게 진행되었는지에 대해 스래시바그 할아범이 들려주는 이야기들을 들었다. 마을 사람들이 모두 나가 실제로 사냥을 하는 동안 오두막집에 할아범 혼자 남아 꾸며낸 이야기들이었다.

그러고 나서 고기 중에서도 최최상급의 부위는 만찬에서도 쓰지 않고 남겼다가 차갑게 보관해 샌드위치의 명인에게로 가져온다. 그러면 샌드위치의 명인은 신에게서 전수받은 기술을 발휘해 비할 데 없는 맛의 '세 번째 계절의 샌드위치들'을 만들고, 다음 날 마을 사람들은 모두 둘러앉아 다가오는 혹독한 겨울을 견딜 각오를 다지며 이 샌드위치들을 나누어 먹는다.

오늘 그는 평범한 샌드위치들을 만들고 있었다. 물론, 그렇게 애정 어린 손길로 제작된 진미를 '평범'하다고 부를 수 있을지는 모르겠지만 말이다. 오늘은 조수가 외출중이라 샌드위치의 명인이 직접 꾸미들을 얹어야 했는데, 물론 그는 그런 수고마저 행복하기만 했다. 사실 그는 웬만하면 모든 일에 행복해 하는 사람이었다.

그는 빵을 썰고, 노래를 불렀다. 고기 조각들을 하나씩 깔끔하게 빵 조각 위에 얹어, 가장자리를 깔끔하게 다듬고 빵 껍질들을 조각 그림 맞추기처럼 딱 맞추었다. 약간의 샐러드, 약간의 소스, 또 다른 빵 조각 하나, 또 하나의 샌드위치, 또 한 소절 흥얼거리는 '노란 잠수함'(영국의 팝그룹 비틀즈의 명곡 Yellow submarine을 말한다—옮긴이주) 노래.

"안녕, 아서."

샌드위치의 명인은 하마터면 자기 엄지손가락을 뭉텅 썰어낼 뻔했다.

마을 사람들은 여자가 대담무쌍하게 샌드위치의 명인의 오두막으로 행진해가는 모습을 경악에 차 바라보았다. 샌드위치의 명인은 '전지전능한 밥'이 불타는 수레에 태워 그들에게 보내준 인물이었다. 적어도 그게 스래시바그 영감이 해준 말이었고, 이런 문제에는 스래시바그가 권위자였다. 그래서 적어도 스래시바그는 주장하기를, 그리고 스래시바그는……기타 등등 기타 등등이었다. 괜히 시비를 걸고 따질 가치도 없는 일이었다.

마을 사람들 중에는 전지전능한 밥이 왜 유일한 아들인 샌드위치의 명인을 불타는 수레에 태워 보냈을까 궁금해 하는 이들도 있었다. 숲의 절반을 망가뜨리고 숲을 유령들로 가득 채웠으며 심지어 샌드위치의 명인마저 중상을 입게 만드는 소동을 부리지 않고, 좀 조용하게 보내줄 수 있는 길이 있지 않았을까 말이다. 스래시바그 할아범은 바로 그게 밥의 형용 불가한 뜻이라고 말했고, '형용 불가'가 무슨 뜻이냐고 묻자 사전에서 찾아보라고 대꾸했다.

대체로 무해함

하지만 사전에서 찾아보는 일에는 문제가 있었다. 스래시바그 할아범 혼자 사전을 가지고 있으면서 절대 빌려주지 않았기 때문이다. 다른 사람들이 보면 왜 안 되느냐고 물으면, 할아범은 전지전능한 밥의 뜻을 마을 사람들이 감히 알려 해서는 안 된다고 대답했고, 왜 안 되느냐고 다시 물으면 그는 자기가 그렇게 말했으니까 안 된다고 대꾸했다. 하지만 아무튼 누군가가 스래시바그 할아범이 먹을 감느라 집을 비운 사이 오두막집에 숨어들어가 형용 불가를 찾아보았다. 형용 불가란 '알 수 없는, 묘사할 수 없는, 말할 수 없는, 알아서도 안 되고 말해서도 안 되는' 등의 뜻이 분명했다. 그래서 그 문제는 그렇게 해결되었다.

최소한 그들에게는 샌드위치가 생겼으니까.

어느 날 스래시바그 영감이 말하기를, 전지전능한 밥이 자기, 즉 스래시바그 할아범이 샌드위치를 제일 먼저 골라야 한다고 선포했다고 했다. 마을 사람들은 정확히 언제 그런 일이 있었느냐고 물었고, 스래시바그는 어제, 그들이 보고 있지 않을 때 그런 일이 있었다고 말했다. "믿음을 가지시오." 스래시바그 할아범이 말했다. "아니면 불 속에서 타든가!"

그들은 할아범한테 제일 먼저 샌드위치를 고르라고 했다. 그러는 쪽이 제일 간단해 보였다.

그런데 이제 도깨비처럼 나타난 이 여자가 곧장 샌드위치의 명인의 오두막으로 들어갔던 것이다. 그의 명성이 퍼져나간 게 분명했는데, 대체 어디로 퍼져나갔는지 알 수가 없었다. 스래시바그 할아범에 따르면, 여기 말고 다른 곳이란 존재하지 않기 때문이다. 아무튼 그녀가 어디서 왔던 간에——아마 어딘가 '형용 불가'한 곳이리라——여자는 지금 여기에, 샌드위치의 명인의 오두막집에 있었다. 그 여자는 누구일까? 그리고 오두막집 밖에서 우울하게 어슬렁거리고 돌멩이들이나 발로 차면서, 거기 있기 싫어 죽겠다는 표시를 내고 있는 이상한 여자아이는 누구일까? 어딘가 형용 불가한 곳에서 수레를 타고 온 사람이, 그것도 샌드위치의 명인이 타고 온 불타는 수레보다 훨씬 더 진보한 우아한 수레를 타고 이렇게 멀리까지 온 사람이 여기 있기조차 싫어한다니 이상한 일이 아닐 수 없었다.

그들은 모두 스래시바그를 바라보았지만, 할아범은 무릎을 꿇고 앉아 중얼거리고 아주 결연하게 하늘을 올려다보며 무슨 쓸 만한 생각이 떠오를 때까지 그 누구와도 시선을 마주치지 않겠다고 작정하고 있었다.

"트릴리언!" 샌드위치의 명인은 피가 줄줄 흐르는 엄지손가락을 빨며 말했다. "뭘……? 누구……? 언제……? 어디서……?"

"그게 다 내가 너한테 하려는 질문이야." 트릴리언은 아서의 오두막집을 둘러보며 말했다. 오두막집 내부는 조리 도구들을 비롯해서 가재 도구들이 모두 깔끔하게 정리되어 있었다. 상당히 기본적인 찬장과 선반들이 있었고, 모퉁이에는 기본적인 침대가 있었다. 방 뒤편에 있는 문은 닫혀 있었고, 그래서 현재 트릴리언 눈에는 보이지 않는 어딘가로 이어져 있었다. "좋네." 그녀가 말했지만, 따져묻는 듯한 말투였다. 그녀는 이 배열이 대체 무슨 뜻인지 잘 알 수 없었다.

"아주 좋지." 아서가 말했다. "기가 막히게 근사해. 이보다 더 근사한 곳에 가본 적이 있나 싶어. 여기서 행복해. 사람들은 나를 좋아하고, 나는 그 사람들한테 샌드위치를 만들어주고……음, 그러니까, 사실 그게 다야. 사람들은 나를 좋아하고 나는 그 사람들한테 샌드위치를 만들어줘."

"거 참……."

"목가적이지." 아서가 결연하게 말했다. "그래, 정말 그래. 네가 그리 좋아할 것 같지는 않지만, 나한테는 그러니까, 음, 완벽해. 이봐, 앉아, 어서, 마음 편하게 행동하라고. 어, 뭐 먹을 거 갖다 줄까? 샌드위치?"

트릴리언은 샌드위치를 하나 집어 들어 살펴보았다. 그녀는 조심스럽게 킁킁 냄새를 맡았다.

"먹어봐." 아서가 말했다. "맛있어."

트릴리언은 일단 조그맣게 한 번 베어 물더니 한입 커다랗게 베어 물고 사려 깊게 씹기 시작했다.

"정말 맛있네." 그녀는 샌드위치를 바라보며 말했다.

"내 평생의 과업이야." 아서는 자랑스러운 말투로 말하려고 애쓰면서, 자기가 바보천치처럼 보이지 않기만 바랐다. 그는 존경을 받는 데 약간 익숙해져 있어서, 심리적으로 예기치 못한 기어 변환을 겪어야만 했다.

"고기는 뭐야?" 트릴리언이 물었다.

"아, 그거, 그건, 음, 완벽하게 정상적인 짐승 고기야."

"그게 뭐라고?"

"완벽하게 정상적인 짐승 고기. 암소 같기도 하고, 아니 황소라고 해야 하나. 뭐랄까, 사실 물소 비슷하기도 해. 커다랗고 뿔로 들이받는 종류의 동물이야."

"그런데 어디가 그렇게 이상해?"

"아무것도. 완벽하게 정상적이야."

"그렇구나."

"그저 생겨나는 데가 좀 이상할 뿐이야."

트릴리언은 얼굴을 찌푸리면서 씹는 것을 멈췄다.

"어디서 생기는데?" 그녀는 입안 가득 고기를 물고 말했다. 확실히 알 때까지는 삼키지 않을 작정이었다.

"글쎄, 어디서 생기는지만 이상한 게 아니야. 어디로 가는지도 문제거든. 괜찮아. 삼켜도 전적으로 안전해. 나만 해도 수도 없이 먹었는걸. 아주 맛있어. 육즙이 아주 풍부하고. 아주 부드럽고. 끝 맛은 길고 짙은데 약간 단맛이 돌지."

트릴리언은 여전히 삼키지 않았다.

"어디서." 그녀가 말했다. "와서 어디로 가는 건데?"

"혼도 산맥에서 약간 동쪽 지점에서 와. 여기 우리 뒤쪽에 있는

대체로 무해함 185

저 커다란 산들 말이야, 아마 내려오면서 너도 봤을 거야. 그러면 어, 그 다음에는 수천 마리가 떼 지어서 거대한 앤혼도 평원을 가로질러 달려가서, 어, 글쎄, 그게 다야, 사실. 거기서 오는 거거든. 그리로 가는 거고."

트릴리언은 얼굴을 찡그렸다. 어쩐지 확실히 이해가 안 되는 부분이 있었다.

"내가 말을 분명하게 하지 않은 모양인데……." 아서가 말했다. "혼도 산맥 동쪽에서 온다는 말은, 거기서 느닷없이 나타난다는 말이야. 그런 다음에 앤혼도 평원을 가로질러 달려가서는, 사실 사라져버려. 그 놈들이 사라지기 전에 엿새 정도 여유가 있는데, 그 사이 최대한 많이 잡는 거야. 봄이 되면 똑같은 일이 되풀이되는데, 방향만 반대편이지. 알겠어?"

꺼림칙하게 트릴리언은 고기를 삼켰다. 삼키지 않으면 뱉을 수밖에 없었는데, 사실 실제로 고기는 상당히 맛이 좋았다.

"알겠어." 그녀는 특별히 부작용이 나타나지 않는 듯하자 마음을 좀 놓았다. "그런데 왜 완벽하게 정상적인 짐승이라고 부르는 거야?"

"글쎄, 내 생각에는 안 그러면 좀 이상하다고 생각할까봐 그러는 거 같아. 아마 스래시바그 할아범이 그렇게 부르는 걸 거야. 할아범은 그 짐승들이 오는 데서 와서 가는 데로 가는데, 그게 밥의 뜻이고 그게 다라고 말하거든."

"누가……."

"제발 묻지 말아줘."

"글쎄, 그 고기를 먹어서 그런지 얼굴 좋아 보인다."

"기분도 좋아. 너도 좋아 보이네."

"나도 좋아. 아주 좋아."

"글쎄, 그럼 좋지."

"그래."

"좋았어."

"좋았어."

"나를 찾아주다니 친절하기도 하지."

"고마워."

"글쎄." 아서는 주위를 두리번거리며 말했다. 그렇게 오랜 시간이 지난 지금도 어찌나 할 말을 찾기가 힘든지 놀라울 뿐이었다.

"널 어떻게 찾아냈는지 궁금하지?" 트릴리언이 말했다.

"맞아!" 아서가 말했다. "바로 그 생각을 하고 있었어. 대체 나를 어떻게 찾았어?"

"글쎄, 네가 아는지 모르는지 모르겠지만, 지금은 커다란 서브-에서 방송국에서 일하고 있어서……."

"그건 나도 알고 있었어." 아서가 갑자기 기억을 되살리며 말했다. "그래, 너 아주 잘했잖아. 멋져. 정말 신나는 일이야. 잘했어. 아주 재미있는 일이겠구나."

"힘들어 죽겠어."

"그렇게 분주하게 돌아가니. 그래, 그럴 거야, 맞아."

"우리는 거의 모든 종류의 정보를 입수할 수 있어. 네 이름을 추락한 우주선 승객 명단에서 발견했지."

아서는 경악했다.

"그 추락 사건을 알고 있었단 말이야?"

"그럼, 당연히 알고 있었지. 우주 유람선 한 대가 통째로 없어졌는데 아무도 모른다는 게 말이 되니."

"하지만 네 말은, 어디서 추락했는지도 알고 있었다는 거잖아? 내가 살아남았다는 것도 다 알고 있었다는 말이냐고?"

"그래."

"하지만 찾으러 온 사람도 없고 탐색대도 구조하러 오지 않았어. 아무런 조치가 없었다고."

"글쎄, 아마 조치는 없을 거야. 보험 문제가 하도 복잡해서 말이야. 그냥 전부 묻어버리기로 했던 모양이야. 아예 그런 일이 없었던 것처럼 시치미를 떼기로 한 거지. 보험 사업은 요즘 완전히 엉망진창이야. 보험 회사 간부들에 대한 사형 제도를 다시 도입하기로 한 거 알지?"

"정말?" 아서가 말했다. "아니, 몰랐어. 무슨 죄에 대해서?"

트릴리언이 얼굴을 찌푸렸다.

"무슨 소리야, 죄라니?"

"알겠어."

트릴리언은 아서를 한참 동안 바라보더니, 어조를 싹 바꾸어 이렇게 말했다. "너도 이젠 책임을 좀 져야 할 때가 됐어, 아서."

아서는 이 말을 이해하려고 애썼다. 다른 사람들이 무슨 얘기를 하려고 하는 건지 파악하는 데 자신은 일이 분 정도가 걸린다는 사실을 이제 알고 있었기 때문에, 그는 여유롭게 일이 분 정도의 시간을 흘려보냈다. 요즘 인생은 너무나 쾌적하고 느긋해서, 이런저런 일들을 온전히 실감할 만한 여유가 충분했다. 그는 트릴리언의 말을 온전히 실감하고 곱씹어 보았다.

하지만 여전히 무슨 뜻인지 확실히 알 수가 없어서, 결국 그는 무슨 말인지 모르겠다고 솔직하게 털어놓았다.

트릴리언은 그에게 쿨한 미소를 날리더니 오두막집 문 쪽으로 몸을 돌려 이렇게 말했다.

"랜덤?" 그녀는 불렀다. "들어오렴. 들어와서 아버지한테 인사해라."

14

《안내서》가 다시 매끈하고 새카만 접시 모양으로 접히고 나자, 포드는 상당히 골치 아픈 일들을 깨닫게 되었다. 아니, 최소한 깨달아보려고 애를 써보았지만, 너무 골치가 아파서 한 번에 다 받아들일 수가 없었다. 머리 속에서는 쿵쾅쿵쾅 망치질을 하고 있었고, 발목은 욱신욱신 쑤셨다. 발목이 아프다고 징징거리고 싶지는 않았지만 말이다. 게다가 포드의 경험상 이런 종류의 복잡한 다차원적 논리는 목욕탕에 들어앉아 있을 때 가장 이해가 잘 되는 것이었다. 이 문제를 좀 생각해볼 시간이 필요했다. 시간, 진한 술, 그리고 풍부하고 거품이 잘 나는 오일.

그는 여기서 빠져 나가야만 했다. 《안내서》를 여기서 빼내야만 했다. 하지만 둘이 함께 빠져나갈 길이 없었다.

그는 정신없이 방을 훑어보았다.

생각해, 생각해, 생각하라고. 단순하고도 명료한 것이라야만 했다. 고약하고 음흉하게 도사린 보고인들을 상대하고 있는 거라는 포드의 고약하고 음흉하게 도사린 의혹은 옳았다. 그렇다면 단순하고 명료할수록 좋았다.

별안간 포드의 눈에 그가 찾던 것이 들어왔다.

시스템을 망가뜨리려고 애쓰지는 않을 작정이었다. 그냥 이용만 하면 되었다. 보고인들의 무서운 점은 무슨 일이든 하기로 작정한 일은 아무리 철저히 생각 없는 일이라도 철저히 생각 없이 해내고야 마는 결단력이었다. 보고인의 이성에 호소하려는 짓은 부질없는 일이었다. 보고인들에게는 이성이라는 게 없었으니까. 그러나 배짱만 두둑하게 갖고 있다면, 죽어도 편협하고 위협적이고야 말겠다는 그들의 편협하고 위협적인 고집을 가끔씩 이용할 수도 있다. 보고인들의 왼손은 오른손이 하는 일을 잘 모를 때도 있는데, 꼭 그 때문만은 아니다. 보고인들의 오른손 역시 자기가 하는 일에 대해 몹시 알쏭달쏭해 하는 경우가 아주 잦기 때문이다.

포드는 감히 그 물건을 자기 자신한테 우편으로 발송할 것인가?

포드는 감히 그걸 시스템에 넣고 보고인들 스스로 어떻게 그 물건을 그에게 우송할까 고민하게 만들 생각일까? 그들이 한편으로——당연히 그렇겠지만——대체 포드가 그 물건을 어디에 숨겼는지 찾느라 건물을 분주하게 찢어발기고 있는 사이에?

그렇다.

포드는 맹렬한 기세로 그 물건을 포장했다. 종이로 싸고 꼬리표를 붙였다. 자신이 정말 옳은 일을 하고 있는 건지 잠시 손길을 멈추고 생각한 후, 포드는 소포를 건물의 내부 우편 투입구로 던져 넣었다.

"콜린." 그는 허공에 둥둥 떠 있는 작은 공 쪽으로 몸을 돌리며 말했다. "너는 네 팔자대로 살든 죽든 알아서 하게 내버려두고 이제 난 떠날 생각이다."

"너무 행복해요." 콜린이 말했다.

"최대한 즐기렴." 포드가 말했다. "왜냐하면 너한테 저 소포를 잘 돌봐서 건물 밖으로 빼내는 일을 시킬 생각이니까. 보고인들이 너를 발견하면 틀림없이 소각 처리해버릴 텐데, 그땐 내가 도와줄 수 없을 거야. 너한테는 아주, 아주 고약한 일이 될 텐데, 정말 안됐다. 알겠어?"

"저는 기쁨에 겨워 꿀꿀거린답니다." 콜린이 말했다.

"자, 어서 가!" 포드가 말했다.

콜린은 순순히 자기가 맡은 물건을 따라 우편 투입구로 몸을 던졌다. 이제 포드는 자기 한 몸만 걱정하면 되었지만, 여전히 그건 상당히 큰 걱정거리였다. 문 밖으로 둔탁하게 달려가는 발소리들이 시끄럽게 들렸다. 물론 포드는 미리 기지를 발휘해 문을 잠그고 문 앞에다 커다란 파일 캐비닛을 갖다 두었다.

만사가 너무 순조롭게 진행되어서 걱정이었다. 전부 다 너무 끔찍하게 잘 맞아떨어졌다. 하루 종일 무모하게 될 대로 되라는 식으로 행동했는데 모든 일이 기묘할 정도로 깔끔하게 잘 돌아갔다. 신발만 빼고. 신발 문제 때문에 그는 몹시 속이 상해 있었다. 확실히 그건 제대로 갚아줘야 할 빚이었다.

귀가 멀 듯한 폭음과 함께 문이 안쪽으로 폭발했다. 연기와 먼지의 소용돌이 속에서 포드는 덩치가 커다란 깡패 같은 물체들이 서둘러 달려드는 모습을 보았다.

그러니까 만사가 잘 돌아갔단 말이지, 정말 그런가? 기가 막히는 행운의 여신이 편을 들어주는 것처럼 모든 게 훌륭하게 돌아갔단 말이지? 글쎄, 어디 두고 봐야 할 일이었다.

과학적 탐구의 정신을 발휘해, 그는 다시 한번 창문 밖으로 몸을 던졌다.

15

서로를 알아가는 첫 달은 약간 힘겨웠다.

첫 달에 서로에 대해 알게 된 것들을 이해하려 애쓰며 지나간 두 번째 달은 훨씬 수월했다.

세 번째 달에 상자가 도착했을 때, 그때는 몹시 상황이 까다로워졌다.

처음에는, 한 달이라는 게 뭔지 설명하려 애쓰는 것조차 힘들었다. 여기 라무엘라 행성에서, 이건 아서에게 몹시 쾌적하고 간단한 문제였다. 하루는 이십오 시간보다 약간 더 길었는데, 그 말은 날마다 덤으로 한 시간씩을 침대에서 더 보낼 수 있다는 뜻이었고, 주기적으로 시계를 다시 맞춰줘야 했다. 물론 아서는 기꺼이 즐거운 마음으로 시계를 다시 맞추곤 했다.

게다가 라무엘라 행성의 해와 달의 숫자도 아서에게는 마음이 편했다. 해와 달이 각기 하나씩 있었던 것이다. 반면 그간 아서가 간간이 끌려 다녀야 했던 행성들 중에는 말도 안 되는 숫자의 해와 달들을 가진 데도 꽤 있었다.

행성은 하나밖에 없는 해 주위의 궤도를 삼백 일에 한 번씩 돌았는데, 이것도 아주 훌륭한 숫자였다. 한 해가 질질 끌지 않는다는 뜻이었으니까. 달은 라무엘라 주위를 일 년에 고작 아홉 번밖에 돌지 않았는데, 이 말은 한 달이 삼십 일을 약간 넘는다는 얘기다. 이렇게 되면 한 달 동안 할 수 있는 일이 더 많아진다는 뜻이니까 정말이지 완벽하다고 할 밖에. 라무엘라는 지구와 너무 닮아서 마음이 편할 뿐만 아니라, 심지어 지구보다 더 나았다.

반면 랜덤은 자신이 되풀이되는 악몽 속에 갇혀 있다고 생각했다. 발작적으로 울음을 터뜨렸으며, 달이 자기를 잡으러 온다고 생각했다. 밤마다 달이 하늘에 떠 있었을 뿐 아니라, 달이 들어가면 해가 나와서 그녀를 쫓아다녔다. 날이면 날마다 되풀이해서.

트릴리언은 아서에게 랜덤이 지금까지 살아온 생활보다 좀더 규칙적인 삶에 적응하는 데 곤란을 겪을지도 모른다고 말했지만, 아서는 실제로 달을 보고 울부짖어대는 사태에는 전혀 대책이 없었다.

물론 이 모든 일에 대해서도 전혀 대책이 없었지만.

그의 딸이라고?

그의 딸? 그와 트릴리언은 한 번도——그런 적이 있나? 그런 일이 있었으면 틀림없이 기억할 수 있을 거라고 아서는 확신해 마지 않았다. 게다가 자포드는 또 어떻게 하고?

"같은 종이 아니잖아, 아서." 트릴리언은 이렇게 대답했었다. "아이를 갖겠다는 결심을 하고 난 후에, 온갖 종류의 유전적인 테스트를 했는데 아무리 뒤져도 맞는 유전자는 딱 하나밖에 없었어. 하지만 그걸 깨닫게 된 건 한참 뒤의 일이야. 이중으로 확인을 해봤지만, 역시 내 생각이 옳았지. 보통은 병원에서 말해주지 않지만, 내가 고집을 피웠어."

"그러니까 유전자은행에 찾아갔단 말이야?" 눈이 튀어나올 듯이 휘둥그레진 아서가 물었다.

"그래. 하지만 그녀의 이름이 주는 느낌처럼 그렇게 랜덤한 건 아니었지. 왜냐하면, 뭐 당연한 말이지만, 호모 사피엔스 유전자 기증자는 너밖에 없었으니까. 하지만 이 말은 좀 해야겠는데, 너 거기 상당히 자주 갔던 모양이더라."

아서는 눈을 똥그랗게 뜨고 문간에 어색하게 쭈그리고 앉아서 그를 바라보고 있는 불행한 얼굴의 소녀를 바라보았다.

"하지만 언제…… 얼마나 오래……?"

"그러니까, 랜덤이 몇 살이냐고?"

"그래."

"잘못된 나이야."

"그게 무슨 말이야?"

"내 말은, 나도 전혀 모르겠다는 얘기야."

"뭐라고?"

"글쎄, 내가 겪은 시간대로는 저 애를 가진 지 한 십 년쯤 된 것 같은데, 누가 봐도 저 애는 그보다 훨씬 더 나이가 들었잖아. 내 인생이라는 게 과거로 미래로 왔다갔다 시간 여행을 하면서 보내는 거니까. 직업이 그렇잖아. 가능한 한 랜덤을 데리고 다니려고 하지만, 늘 그럴 수는 없었지. 그럴 때는 어린이집의 시간대에 갖다 맡기곤 했는데, 그런 시설들은 도대체 믿을 만하게 시간을 추적할 수가 없거든. 아침에 데려다 놓으면, 저녁 때 아이가 몇 살이 되어 있을지 도저히 알 수가 없지. 얼굴이 시퍼렇게 되도록 항의를 해봐도, 씨알도 먹히지 않아. 한 번은 그런 데다 몇 시간 맡긴 적이 있는데, 찾으러 갔더니 그 사이 애가 사춘기를 지났지 뭐야. 아서, 나는 할 만큼 했어. 이제는 네가 떠맡을 차례야. 나는 취재해야 할 전쟁이 있어."

트릴리언이 떠난 후 약 십 초가 아서 덴트의 인생에서 가장 긴 시간이었다. 우리도 다 알다시피 시간이란 상대적인 것이다. 당신은 항성간 광속 여행을 떠났다 돌아올 수도 있고, 그렇게 빛의 속도로 여행을 하게 되면 돌아왔을 때 당신은 기껏해야 몇 초밖에 나이를 먹지 않았더라도 여동생인지 남동생인지 몰라도 아무튼 당신의 쌍둥이 동생은 스무 살, 서른 살, 아니 당신이 얼마나 멀리 여행을 했는가에 따라 수도 없이 나이를 먹을 수도 있다.

여동생인지 남동생인지 몰라도 아무튼 쌍둥이 동생이 있었다는 것도 몰랐을 경우에는, 특히 이런 사실이 심오한 개인적 충격으로 다가올 수 있다. 돌아왔을 때 맞닥뜨리게 될 이 새롭고 기괴하게 확장된 가족관계의 충격에 대비하는 데에는, 자리를 비웠던 몇 초간의 시간이 턱 없이 모자라기 때문이다.

아서가 자기 자신과 인생에 대한 관념을 재정비해, 그 날 아침 일어났을 때만 해도 존재한다는 일말의 의혹조차 품지 못했던, 전적으로 새로운 딸을 갑자기 받아들이기에는, 십 초간의 침묵으로는 턱도 없었다. 깊고 끈끈한 가족간의 유대는 십 초 만에 형성되는 게 아니다. 가족들을 두고 아무리 빠른 속도로 아무리 멀리 여행을 한다 해도 그럴 수는 없는지라, 아서는 자기 집 문간에 서서 자기 집 마룻바닥을 바라보고 있는 여자아이를 바라보며, 그저 암담하고 황당하고 멍한 기분이 들 뿐이었다.

그는 암담하지 않은 척해봤자 아무 소용도 없다고 판단했다.

그는 여자아이에게로 걸어가서 안아주었다.

"나는 너를 사랑하지 않는단다." 그가 말했다. "미안하구나. 아직 널 알지도 못하는걸. 하지만 몇 분만 시간을 주겠니."

우리는 이상한 시대에 살고 있다.

우리는 또한 이상한 장소에 살고 있다. 각각 자기만의 우주에 살고 있는 것이다. 우리가 각자의 우주에 거주하게 하는 사람들은 우리 우주와 교차하는 전혀 다른 우주들의 그림자들이다. 이 어리둥절하게 복잡한 무한 회귀의 순환 고리 밖으로 눈길을 돌리며 "오, 안녕, 에드! 피부 근사하게 태웠네. 캐럴은 어때?"라고 말할 수 있으려면 사물을 취사선택하여 걸러내는 능력이 엄청나게 요구된다. 모든 의식적인 존재들은 궁극적으로 바로 이러한 능력을 발달시켜야 한다. 그렇지 못하면 자기 자신을 제대로 보호하지 못하고 혼돈을 사색하며 괴로움에 몸부림쳐야만 하기 때문이다. 그러니까 제발 좀 자식들을 들들 볶지 말고 내버려 둬라, 알았냐?

— 《차원 분열적으로 발광한 우주에서 자녀를 양육하는 현실적인 방법》에서 발췌

"이게 뭐예요?"

아서는 하마터면 포기할 뻔했다. 그 말은, 죽어도 포기하지 않을 작정이었다는 뜻이다. 그는 절대로 포기하지 않을 작정이었다. 적어도 지금은. 아니 앞으로도 결코. 하지만 아서가 포기할 줄 아는 인간이었다면, 아마 틀림없이 지금 이 시점에서 포기했을 터이다.

뾰루퉁하며, 못되게 굴고, 고생대에 가서 놀고 싶다고 떼를 쓰고, 왜 항상 중력이 있어야 하는지 이해하지 못할 뿐더러 태양에게 제발 따라오지 말라고 악을 써대는 것만으로 모자라서, 랜덤은 심지어 아서의 고기 써는 칼을 땅바닥에 박힌 돌멩이들을 파내는 데 쓰기까지 했다. 그런 눈으로 보지 말라면서 피카 새들한테 던질 돌들을 팠던 것이다.

아서는 라무엘라 행성에 고생대라는 게 있었는지조차 알지 못했다. 스래시바그 영감에 따르면, 행성은 어느 브룬요일 오후 네 시 삼십일 분에 거대한 집게벌레의 배꼽에서 지금의 온전한 형체 그대로 발견되었다고 했다. 그리고 물리학과 기하학을 상당히 훌륭한 점수로 통과한 노련한 은하계 여행자로서, 아서는 이 이론에 대

해 몹시 심각한 회의를 품고 있긴 했지만 스래시바그 영감한테 시비를 걸어봤자 시간 낭비일 뿐 아무 소용이 없었다.

그는 이가 빠지고 구부러진 칼을 손보면서 한숨을 쉬었다. 그는 자기가 죽든 그 애가 죽든 아니면 둘 다 같이 죽든 간에 딸을 사랑할 작정이었다. 아버지 노릇은 쉽지 않았다. 쉬울 거라고 말한 사람은 물론 아무도 없었지만, 애초에 그런 걸 물어본 적도 없으니 그건 문제가 될 수 없다.

그는 최선을 다하고 있었다. 샌드위치를 만드는 일에서 짜낼 수 있는 매 일분일초의 여가 시간을 모조리 랜덤과 함께 보냈다. 말을 걸고, 같이 산책을 하고, 마을이 자리 잡은 골짜기를 넘어 해가 지는 모습을 함께 바라보며 언덕에 앉아 있기도 하고, 딸의 인생에 대해 알아보려 애쓰고, 자기 인생을 딸에게 해명하려 애썼다. 까다로운 일이었다. 거의 동일한 유전자를 가졌다는 사실을 제외하면, 두 사람의 공통점은 자갈돌 크기 정도에 불과했다. 아니, 트릴리언의 크기 정도였다고 해야 하겠지만, 그녀에 대해 두 사람은 약간 다른 견해를 지니고 있었다.

"이건 뭐예요?"

그는 딸이 자기한테 한 말을 못 듣고 있었다는 걸 깨달았다. 아니, 딸의 목소리를 알아듣지 못했다.

보통 때 그에게 말할 때처럼 모질고 호전적인 말투가 아니라 그냥 단순한 질문을 던졌던 것이다.

그는 놀라서 두리번거렸다.

랜덤은 특유의 약간 구부정한 자세로 무릎은 모으고 두 발은 바깥쪽으로 벌린 채 오두막집 모퉁이의 등 없는 의자에 앉아 있었다. 두 손에 담긴 뭔가를 바라보고 있는 그녀의 얼굴을 긴 머리카락이 내려와 덮고 있었다.

아서는 약간 불안해하며, 그녀 쪽으로 걸어갔다.

랜덤이 무슨 변덕을 부릴지 예측하는 건 몹시 어려운 일이었지만, 지금까지는 온갖 다른 종류의 나쁜 기분들 사이를 오갈 뿐이었다. 혹독하고 신랄한 독설을 쏟아내며 발광하다가는, 예고도 없이 참담한 자기연민에 빠지기도 하고, 시무룩한 절망에 젖어 기나긴 시간을 보내다가 간간이 무생물들에 대해 무차별 폭력을 가하기도 하고 전자 클럽에 가겠다고 우기곤 했다.

라무엘라에는 전자 클럽이 하나도 없었을 뿐 아니라, 아예 클럽이라는 게 없었고, 사실을 말하자면 전기도 없었다. 불가마 하나와 빵집 하나, 수레 몇 개와 우물 하나가 있을 뿐이지만, 이 모든 건 라무엘라 행성의 기술력이 총 집결된 자랑스러운 증표였고, 꺼질 줄 모르는 랜덤의 불타는 분노는 상당 부분이 이 동네의 참을 수 없는 촌스러움에 대한 것이었다.

랜덤은 외과 수술로 손목에 심은 작은 플렉스-오-패널 스크린으로 서브-에서 텔레비전을 볼 수 있었지만, 기분이 나아지는 데는 전혀 도움이 되지 않았다. 여기만 빼고 은하계 다른 모든 곳들에서 벌어지고 있는, 정신이 쏙 빠질 정도로 신나는 일들이 끊임없이 보도되었기 때문이다. 게다가 자기를 버리고 무슨 전쟁을 취재하러 갔다는 엄마에 대한 뉴스도 자주 나왔다. 이제 보니 전쟁은 아예 일어나지도 않은 모양이었다. 아니, 적어도 어찌된 영문인지 제대로 된 정보 수집이 이루어지지 않아 완전히 잘못된 방향으로 흘러간 모양이었다. 텔레비전에서는 또한 황당무계하게 비싼 우주선들이 서로 들이박는 모습들을 담은 엄청난 모험담들도 수없이 많이 나왔다.

마을 사람들은 랜덤의 손목 위에서 명멸하는 기막힌 마술 같은 영상들에 완전히 매료되었다. 그들은 겨우 우주선 추락을 하나밖에 보지 못했고, 게다가 그 추락 사고가 너무 무시무시하고 폭력적이고 충격적인데다 끔찍한 파괴와 화재 그리고 죽음을 불러왔기 때문에, 어리석게도 그게 신나는 흥밋거리라는 걸 전혀 인식하지 못하고 있었던 것이다.

스래시바그 영감은 그 영상에 경악한 나머지 당장 랜덤을 밥이 보낸 전령이라 생각했지만, 머지않아 자기의 인내심, 아니면 자신의 믿음을 시험하기 위해 내려온 존재라고 마음을 고쳐먹었다. 그는 또한 마을 사람들이 날마다 랜덤의 손목을 훔쳐보러 가지 않고 자기 이야기에 계속 주목하게 만들려면 성스러운 이야기 속에서 얼마나 많은 우주선들을 추락시켜야 하는지를 생각하곤 깜짝 놀라 깊은 우려에 잠겼다.

그 순간 랜덤은 자기 손목을 들여다보고 있지 않았다. 손목은 꺼져 있었다. 아서는 랜덤이 뭘 보고 있는지 들여다보려고 말없이 옆에 쭈그리고 앉았다.

아서의 시계였다. 근처 폭포에 멱을 감으러 갔다가 시계를 벗어 두었는데, 랜덤이 그걸 발견하고 작동시키려 하고 있었던 것이다.

"그건 그냥 시계야." 그가 말했다. "시간을 알려주는 거지."

"그건 알아요." 랜덤이 말했다. "하지만 아버지는 매일 이걸 만지작거리는데도 시간이 다 틀리잖아요. 맞는 시간 근처에도 안 가고."

그녀는 손목의 디스플레이 스크린을 치켜들었다. 디스플레이는 자동적으로 지역 시간을 표시해 알려주었다. 그녀의 손목 패널은 조용히 이 지역의 중력과 궤도를 도는 속도를 계산하는 작업을 수행하고 있었고, 태양의 위치를 파악하고 하늘에서 태양의 움직임을 추적했던 것이다. 이 모든 일이 랜덤이 도착한 후 처음 몇 분 만에 이루어졌다. 다음으로 그 지방의 단위 관습이 어떠한가에 대한 정보를 주위 환경에서 찾아내서 그에 맞게 스스로 재조정을 했던 것이다. 기기는 이런 종류의 작업을 끊임없이 했는데, 이는 특히 공간은 물론이고 시간 여행을 아주 많이 해야 하는 사람한테는 대단히 유용한 기능이었다.

랜덤은 이런 작업을 전혀 하지 않는 아버지의 시계를 보고 얼굴을 찌푸렸다.

아서는 그 시계를 아주 좋아했다. 그의 형편으로는 꿈도 꿀 수 없었을 훌륭한 시계였다. 스물한 살 생일에 죄책감에 시달리는 부자 대부(代父)에게서 선물로 받은 시계였다. 대부는 그때까지 지낸 아서의 생일을 모조리 까먹고, 심지어 그의 이름까지 까먹었다. 시계에는 요일, 날짜, 그리고 달의 주기가 표시되어 있었고, 낡고 여기저기 긁힌 시계 뒷면에는 '앨버트의 스물한 살 생일에'라는 글귀와 다른 생일 날짜가 간신히 보일락 말락 하게 새겨져 있었다.

시계는 지난 몇 년간 상당히 많은 사건들을 겪었는데, 대부분이 무상수리 규정에 들어 있지 않을 터였다. 물론 시계의 무상수리 규정에 이 시계의 정확성은 지구라는 특수한 중력과 자력장 속에서만 보장된다든가, 하루가 꼭 이십사 시간이어야 하며 행성이 폭발해서는 안 된다 등의 이야기가 명시되어 있을 리는 없다. 이런 것들은 너무나 기본적인 전제들이라서, 제아무리 변호사들이라 해도 미처 다 넣지 못했으리라.

다행히 아서의 시계는 태엽형, 아니 최소한 저절로 태엽을 감는 형태였다. 지구에서 완벽하게 표준형으로 통하는 사양과 동력 조건들을 충족하는 배터리는 은하계 어디에서도 찾을 수 없었을 테니까 말이다.

"그러면 이 숫자들은 다 뭐예요?" 랜덤이 물었다.

아서는 랜덤에게서 시계를 받아들었다.

"주위를 빙 둘러 적혀 있는 이 숫자들은 시간이야. 오른쪽 작은 창에는 THU라고 쓰여 있지. 이건 목요일Thursday이라는 뜻이지. 그리고 십사라는 숫자가 보이지? 이건 오 월 십사 일이라는 뜻이야. 여기 이쪽 창에 오월MAY이라고 쓰여 있잖아.

그리고 꼭대기의 초승달 모양의 창은 달의 주기를 표시하는 거야. 바꿔 말하자면 밤에 달이 태양에 얼마나 가리는지 알려주지. 그건 태양과 달과……음, 지구의 상대적인 위치에 의해 결정되거든."

"지구." 랜덤이 말했다.

"그래."

"아버지는 거기서 오셨죠? 그리고 엄마도 거기 출신이고?"

"그래."

랜덤은 시계를 다시 받아들고 또 들여다보기 시작했는데, 뭔가 이해가 되지 않는 기색이 역력했다. 그리고는 시계를 들고 귀에 대더니 알쏭달쏭한 표정으로 소리를 들었다.

"이 잡음은 뭐죠?"

"재깍거리는 소리야. 그게 이 시계를 움직이는 동력이지. 태엽 장치라고 한단다. 수많은 톱니바퀴와 용수철들이 맞물려 돌아가면서 시간과 분과 요일 등을 표시하는데 정확하게 알맞은 속도로 바늘을 돌리는 거지."

랜덤은 계속 뚫어져라 시계를 들여다보았다.

"뭔가 잘 모르겠나 보구나." 아서가 말했다. "그게 뭐지?"

"그래요." 랜덤이 마침내 말했다. "어째서 전부 하드웨어로 되어 있죠?"

아서는 같이 산책을 가자고 제안했다. 함께 얘기해볼 문제들이 있다는 기분이 들었다. 그리고 랜덤도 웬일인지, 그리 상냥하고 기꺼운 기색은 아니라도 최소한 투덜거리지는 않았다.

랜덤의 시점에서 보더라도 이 모든 상황이 기괴하기는 마찬가지였다. 자기도 이렇게 까다롭게 굴고 싶어서 그러는 건 아니었다. 그저, 달리 어떻게 행동해야 할지 모를 뿐이었다.

이 남자는 대체 누구란 말인가? 자기가 살아가야 하는 이 삶은 대체 뭐란 말인가? 자기가 삶을 살아가야 하는 이 세상은 또 뭐지? 그리고 그녀의 눈과 귀로 쏟아져 들어오는 이 우주는 또 무엇일까? 이게 다 무엇을 위한 걸까? 원하는 게 뭘까?

그녀는 어딘가에서 어딘가 다른 곳으로 가고 있는 우주선에서 태어났고, 우주선이 어딘가 다른 곳에 도착했을 때, 어딘가 다른 곳은 그저 또 하나의 어딘가로 변해 그곳에서 또 어딘가 다른 곳으로 떠나가야 하는, 그런 식이었다.

어딘가 다른 곳에 있어야만 한다고 생각하는 건 랜덤에게 정상적인 일이었다. 잘못된 장소에 있다는 느낌도 그녀에게는 정상이었다.

게다가 끊임없는 시간 여행마저 이 문제를 더욱 복잡하게 만들어서, 그녀로 하여금 자기가 늘 잘못된 장소에 있을 뿐 아니라, 심지어 언제나 잘못된 시간에 그 자리에 있다는 기분을 갖게 만들었다.

하지만 랜덤은 자신의 이런 기분을 눈치 채지 못했다. 늘 그렇게 느껴왔기 때문이었다. 어디를 가든 늘 모래주머니를 차든가 반중력 슈트를 입고 호흡을 도와주는 특별 장치를 장착해야 한다는 사실을 한 번도 이상하게 생각해보지 않았던 거나 마찬가지였다. 정말로 편안한 느낌을 받을 수 있는 유일한 장소는 자기가 살고 싶은 세계들을 직접 설계해 만든 곳들—즉, 전자 클럽들의 가상현실들뿐이었다. 현실의 우주라는 곳에 자기가 편안히 몸담고 살아갈 수 있을지 모른다는 생각 자체를 한 번도 해본 적이 없었던 것이다.

그리고 그 우주는 어머니가 자기를 버리고 간 이 라무엘라라는 곳도 포함하고 있었다. 그리고 또한 좌석 업그레이드를 대가로 자기에게 생명이라는 소중하고 마법 같은 선물을 준 이 사람도 포함했다. 그가 알고 보니 상당히 친절하고 우호적이라는 건 잘된 일이었다. 그렇지 않았으면 골치 아픈 문제가 발생했을 테니까. 농담이 아니다. 그녀의 주머니에는 특별히 날카롭게 갈아둔 돌멩이가 들어 있었는데, 그녀는 이걸로 엄청난 문제들을 일으킬 수 있었다.

적절한 훈련을 받지 않고 다른 사람의 관점에서 사물을 바라보는 일은 대단히 위험한 결과를 초래할 수도 있는 법이다.

그들은 아서가 특히 좋아하는 자리에 앉았다. 골짜기를 내려다보는 언덕 비탈이었다. 태양이 마을 너머로 지고 있었다.

아서의 마음에 그리 썩 들지 않는 단 한 가지는, 그 자리에 앉으면 이웃한 골짜기 속이 슬쩍 들여다보인다는 사실이었다. 숲 한가운데 깊고 시커멓고 엉망으로 망가지고 팬 자국이 나 있어 그의 우주선이 추락했던 자리를 가리키고 있었다. 하지만 어쩌면 바로 그 때문에 아서가 끊임없이 이곳으로 돌아오는 건지도 모른다. 라무엘라의 녹음이 우거지고 구릉진 풍광을 한눈에 내려다볼 수 있는 자리는 수도 없이 많았지만, 아서의 마음을 끄는 곳은 바로 여기, 시야 끄트머리에 두려움과 고통으로 얼룩진 괴로운 검은 반점이 자리 잡고 있는 여기 이 자리였다.

그는 우주선 잔해에서 끌려나온 이후 단 한 번도 그곳을 다시 찾지 않았다.

결코 찾지 않을 작정이었다.

도저히 견딜 수가 없었다.

사실 그는 바로 다음 날, 충격으로 온몸이 마비되고 어지러운 와중에 다시 돌아가 보려 했었다. 한쪽 다리가 부러지고, 갈비뼈가 두 서너 개 골절되고, 몇 군데 심한 화상을 입었으며 똑바로 생각조차 제대로 할 수 없는 상황이었지만, 마을 사람들에게 다시 데려가 달라고 고집을 피웠다. 마을 사람들은 불안하게 그 말에 따랐다. 하지만 그는 땅이 거품을 부글부글 일으키며 녹은 현장까지는 차마 갈 수가 없었고, 마침내 절뚝거리며 공포의 참사 현장을 등지고 영영 떠나왔다.

머지않아, 그 지역에 귀신이 붙었다는 소문이 돌았고 그 후로는 아무도 감히 그곳에 돌아가지 못했다. 라무엘라의 대지는 아름답고, 녹음이 우거진 쾌적한 골짜기들로 가득 차 있었다. 굉장히 근심스러운 골짜기를 굳이 찾아갈 이유가 전혀 없었던 것이다. 과거는 과거대로 내버려두고 현재는 미래로 나아가도록 하면 되었다.

랜덤은 두 손으로 시계를 받쳐 들고, 천천히 시계를 돌려 두꺼운 유리의 긁힌 자국들과 닳은 부분들 위로 기나긴 저녁 햇볕이 따스하게 빛을 발하게 했다. 가느다란 초침이 재깍거리며 빙빙 도는 모습을 지켜보는 일에 매료되어 있었다. 초침이 한 번 돌 때마다, 나머지 시계 침들 중에서 더 긴 쪽이 숫자 판을 빙 둘러 그려져 있는 육십 개의 작은 눈금들 중 다음 눈금으로 정확하게 이동하곤 했다. 그리고 긴 분침이 한 번 돌 때마다, 작은 시침이 이동해 다음 숫자를 가리켰다.

"너 벌써 한 시간도 넘게 그걸 보고 있었어." 아서가 조용하게 말했다.

"알아요." 그녀가 말했다. "한 시간은 커다란 침이 한 바퀴 빙 도는 시간이지요?"

"맞아."

"그러면 이걸 쳐다보고 있은 지 한 시간하고 십칠……분이 됐어요."

그녀는 깊고 신비스러운 기쁨으로 미소를 지어보이더니 살짝 몸을 틀어 그의 팔에 약간 몸을 기대었다. 아서는 몇 주일 동안 가슴속에 꾹 맺혀 있던 작은 한숨이 입 밖으로 새어나갈 듯한 기분이 되었다. 딸아이의 어깨에 팔을 둘러 안아주고 싶었지만, 아직은 너무 이른 것 같았고, 그러면 랜덤이 수줍어하며 물러날 거라 생각했다. 하지만 뭔가가 제대로 돌아가고 있었다. 무언가 랜덤의 마음을 살짝 풀어주고 있었다. 그 시계는 이제까지 랜덤의 인생에서 그 어떤 것도 갖지 못했던 어떤 의미를 갖는 데 성공했다. 아직은 그게 뭔지 확실히 안다고 말할 수 없었지만, 아서는 심오한 기쁨을 느꼈고 더불어 그녀의 마음을 움직이는 사물이 존재한다는 사실 자체에 안

심했다.

"한 번만 다시 설명해줘요." 랜덤이 말했다.

"사실 대단한 건 별로 없어." 아서가 말했다. "시계 태엽 장치는 수백 년에 걸쳐서 발전해 온 거거든……."

"지구의 연도 말이지요."

"그래. 그래서 시계는 갈수록 섬세해지고 점점 더 정교해졌어. 고도의 기술을 요하는 섬세한 작업이었지. 아주 작게 만들어야만 했고, 아무리 흔들거나 떨어뜨려도 정확하게 작동해야만 했어."

"하지만 고작 행성 하나에서만요?"

"글쎄다. 그 시계가 만들어진 게 거기였으니까. 어디 다른 데로 가서 다른 태양들이며 달들이며 다른 자장들 같은 데 대처하게 될 줄은 몰랐던 거지. 내 말은, 그 녀석은 아직도 완벽하게 작동하지만, 스위스에서 이렇게까지 멀리 떨어진 여기에서야 그런 게 별 의미가 없잖니."

"어디서요?"

"스위스. 이런 시계들이 만들어진 곳이 바로 거기야. 작고 산이 많은 나라지. 피곤할 정도로 깨끗해. 이 시계들을 만든 사람들은 다른 세계들이라는 게 있는 줄도 사실 잘 몰랐단다."

"그렇게 엄청나게 큰 사실을 몰랐다니요."

"글쎄, 그러게 말이야."

"그러면 그 사람들은 어디서 왔어요?"

"그 사람들, 그러니까 우리지…… 우리는 말하자면 그냥 거기서 자랐단다. 우리는 지구에서 진화했어. 나도 몰라, 무슨 질척질척한 진흙 같은 데서 진화했을 거야."

"이 시계처럼 말이죠."

"음. 그 시계는 아마 진흙에서 진화한 건 아닐걸."

"아무것도 모르면서!"

랜덤은 갑자기 고래고래 소리를 지르면서 벌떡 일어났다.

"아버지는 몰라요. 나에 대해서도 모르고, 아무것도 몰라요! 그렇게 바보 같은 아빠를 증오해요!"

정신없이 언덕을 따라 달려 내려가면서도, 랜덤은 시계는 꼭 움켜쥔 채 아서를 증오한다고 외쳐댔다.

아서는 벌떡 일어났다. 깜짝 놀라 어찌할 바를 몰랐다. 그는 랜덤을 따라 실타래처럼 엉키고 울창하게 우거진 풀밭을 달리기 시작했다. 그에게는 힘들고 고통스러운 일이었다. 추락할 때의 다리 골절상은 깔끔한 부상이 아니었고, 깔끔하게 낫지도 않았다. 그는 달리면서 절뚝거리고 움찔거렸다.

느닷없이 랜덤이 돌아서더니 그를 마주보았다. 얼굴이 분노로 시커멓게 변해 있었다.

랜덤은 시계를 아서의 눈앞에 대고 흔들어댔다. "이 시계가 속한 세계가 어딘가에 있다는 걸 이해 못하죠? 이 시계가 제대로 작동하는 곳! 이 시계에 꼭 맞는 세계가?"

그 애는 돌아서더니 다시 달렸다. 날씬한데다 워낙 발이 빨라서, 아서는 따라잡을 꿈도 꿀 수 없었다.

아버지 노릇이 이렇게까지 어려울 줄은 몰랐다고 할 수는 없고, 그저 아버지 노릇을 하게 될 줄을 아예 몰랐을 뿐이다. 특히 이렇게 느닷없이, 뜻밖에 외계의 행성에서 아버지가 될 줄은 정말 몰랐다.

랜덤은 다시 돌아서서 그를 향해 악을 쓰기 시작했다. 왠지 모르지만 아서는 그럴 때마다 달리던 발걸음을 멈추곤 했다.

"대체 나를 뭐라고 생각해요?" 랜덤은 화에 복받쳐 따져 물었다. "좌석 업그레이드? 엄마는 나를 뭐로 생각했던 거 같아요? 자기가 누리지 못한 인생으로 갈 수 있는 비행기 표쯤으로?"

"네 말이 무슨 뜻인지 모르겠어." 아서가 헉헉거리고 아픔을 추스르며 말했다.

"다른 사람이 하는 말이 무슨 말인지 어차피 한 마디도 못 알아듣잖아요?"

"무슨 말이니?"

"입 닥쳐요! 아무 말 말아요! 입 닥치라고요!"

"말을 해! 제발 말을 해 달라고! '자기가 누리지 못한 인생'이라니, 엄마가 무슨 뜻으로 한 소리니?"

"엄마는 지구에 남아 있었다면 좋았을 거라 생각했던 거예요! 바보천치 뇌사상태 해파리 같은 자포드를 따라 떠나지 않았더라면 좋았을 거라고 바란단 말이에요! 그랬더라면 지금과는 다른 삶을 살았을 거라고 생각한다고요!"

"하지만……." 아서가 말했다. "그랬으면 죽었을 텐데! 지구가 파괴될 때 죽었을 거란 말이야!"

"그게 다른 삶 아닌가요, 안 그래요?"

"그건…….."

"그랬으면 나를 낳지 않아도 좋았을 테니까요! 엄마는 나를 미워해요!"

"설마 그 말 진심으로 하는 건 아니겠지! 어떻게 사람이 그러니까, 어, 내 말은……."

"엄마가 나를 가진 건, 나를 통해 엄마의 삶에 의미를 갖기 위해서였어요. 그게 내 역할이었단 말이에요. 하지만 나는 엄마보다 더 적응하지 못했다고요! 그래서 엄마는 그냥 나를 떼어내 버리고 바보 같은 엄마 인생을 그냥 살기로 한 거예요!"

"엄마 인생이 왜 바보 같아? 엄마는 환상적으로 성공했잖아, 안 그래? 엄마는 온 시간과 공간을 오가며 살고 있고, 서브-에서 텔레비전 방송에도 항상 나오고……."

"바보 같아! 바보 같아! 바보 같아! 바보 같다고요!"

랜덤은 돌아서서 다시 달려가기 시작했다. 아서는 도저히 따라잡을 수가 없어서, 결국 잠시 주저앉아 다리의 통증이 가라앉기를 기다려야 했다. 머리 속에서 빙빙 돌아가는 어지러운 소용돌이는 어찌 해야 할지 도저히 알 수가 없었지만.

그는 한 시간 후 절뚝거리며 마을로 돌아왔다. 어두워질 무렵이었다. 지나치는 마을 사람들은 안녕하시냐고 인사를 건넸지만, 어쩐지 불안한 기색이 돌았고, 사태가 어찌 돌아가는지 어떤 조치를 해야 할지 모르겠다는 분위기가 느껴졌다. 스래시바그 영감을 보니 수염을 열심히 잡아 뜯으며 달을 쳐다보고 있었는데, 그것 역시 좋은 징조가 아니었다.

아서는 자기 오두막집으로 들어갔다.

랜덤은 식탁에 앉아 구부정하니 몸을 앞으로 굽힌 채 앉아 있었다.

"미안해요." 그녀가 말했다. "정말 죄송해요."

"괜찮아." 아서는 자기가 아는 한 최대한 부드러운 목소리로 말했다. "같이 수다를 좀 떨어보는 것도 좋은 일이지. 우리가 서로에 대해 배우고 이해해야 하는 부분이 너무나 많은데다, 삶은, 글쎄, 그저 홍차와 샌드위치만 능사가 아니니까……."

"정말 죄송해요." 랜덤은 흐느끼며 다시 말했다.

아서는 다가가서 랜덤의 어깨에 팔을 둘렀다. 그녀는 저항하지도 않고 물러서지도 않았다. 그때 아서는 뭐가 그렇게 죄송한 일인지 깨닫고 말았다.

라무엘라 행성의 등불이 쏟아내는 빛을 받으며 아서의 시계가 놓여 있었다. 랜덤은 버터를 바르는 칼의 등으로 시계 뒤의 뚜껑을 벗겨냈던 것이다. 미세한 톱니바퀴와 용수철들과 지렛대들이 아주 작은 덜 떨어진 더미가 되어 쌓여 있었고, 랜덤은 그걸 이제까지 만지작거리고 있었던 것이다.

"어떻게 작동하는 건지 한번 보고 싶었을 뿐이에요." 랜덤이 말했다. "어떻게 조각들이 한데 맞춰지는지 궁금했어요. 정말 죄송해요! 도저히 다시 맞출 수가 없어요. 죄송해요, 죄송해요, 죄송해요. 어떻게 해야 할지 모르겠어요. 꼭 수리할게요! 정말로! 꼭 고쳐드릴게요!"

다음 날 스래시바그가 찾아와서 온갖 종류의 밥 이야기들을 늘어놓았다. 그는 랜덤의 정신을 이끌어 거대한 집게벌레의 형용 불가한 신비를 사색하게 함으로써 마음을 차분하게 진정시켜 보려 했으나, 랜덤은 세상에 거대한 집게벌레 따위는 없다고 말했고 스래시바그는 몹시 싸늘하고 조용해지더니 그녀에게 외계의 암흑 속으로 던져질 거라고 말했다. 랜덤은 "잘 됐네요, 어차피 거기서 태어났으니까"라고 말했고 다음 날 소포가 도착했다.

갈수록 흥미진진한 사건들의 연속이었다.
사실, 소포가 로봇 특유의 윙윙거리는 잡음을 내면서 마른하늘에 날벼락처럼 뚝 떨어진 무인 로봇에 의해 배달되자, 마을 전체에 사건도 사건 나름이지 이젠 좀 지나치다 싶은 느낌이 천천히 퍼져나갔다.
무인 로봇의 잘못은 아니었다. 무인 로봇이 요구한 건 아서 덴트의 서명 내지는 엄지손가락 지문 날인, 또는 목덜미의 피부 세포를 약간 긁어가겠다는 것뿐이었고, 그 일만 완료하면 다시 돌아갈 생각이었다. 로봇은 왜들 이렇게 짜증을 내는지 잘 이해하지 못한 채, 허공에 떠서 계속 기다렸다. 그 사이 커프는 양쪽에 머리가 달린 생선을 또 한 마리 낚았지만, 자세한 검사를 거친 결과 생선 두 마리를 반으로 잘라서 상당히 어설프게 바느질해 붙인 거라는 사실이 밝혀졌고, 그리하여 커프는 머리가 둘 달린 물고기에 대한 굉장한 관심을 다시 불붙이는 데 실패했을 뿐 아니라, 오히려 처음 잡았던 물고기에 대한 심각한 의혹만 불러일으켰다. 오로지 피카 새들만 만사가 여느 때와 전혀 다를 바 없이 정상이라고 생각하는 듯했다.

무인 로봇은 아서의 서명을 받고 나서 탈출했다. 아서는 소포를 다시 오두막집으로 갖고 들어와 앉아서 들여다보았다.

"열어봐요!" 그 날 아침 주위의 모든 것들이 속속들이 괴상망측해지자 한결 명랑해진 랜덤이 이렇게 말했지만, 아서는 안 된다고 했다.

"왜요?"

"나한테 온 소포가 아니야."

"맞아요."

"아니, 그렇지 않아. 수신인은…… 글쎄, 수신자가 포드 프리펙트로 되어 있어. 나는 보호자고."

"포드 프리펙트요? 그 사람 혹시……."

"맞아." 아서가 신랄하게 대답했다.

"그 사람 이야기를 들어본 적 있어요."

"그럴 거야."

"어쨌든 열어봐요. 안 그러면 어떻게 하겠어요?"

"모르겠어." 아서가 말했다. 정말로 알 수가 없었다.

그는 그 날 아침 일찍 훼손된 칼들을 가마로 가지고 갔고 스트라인더는 칼들을 살펴보더니 어디 할 만큼 해보겠다고 말했다.

그들은 보통 때와 다름없이 칼들을 공중에 흔들어보고, 균형점과 휘어지는 지점을 손으로 더듬어 찾아보는 등의 일들을 했지만, 이미 그 일에서 느꼈던 기쁨은 사라지고 없었고, 아서는 샌드위치를 만드는 날들도 십중팔구 얼마 남지 않았을 거라는 서글픈 느낌에 사로잡혔다.

그는 고개를 푹 떨어뜨렸다.

완벽하게 정상적인 짐승들의 다음 출현이 임박했지만, 아서는 사냥하고 만찬을 즐기는 축제의 분위기가 보통 때보다 조용하고 불안한 분위기에서 이루어지리라는 예감이 들었다. 라무엘라 행성에 뭔가 큰 일이 벌어진 것이 틀림없었다. 그리고 아서는 그게 바로 자기 자신이라는 무서운 느낌이 들었다.

"이게 뭐 같아요?" 랜덤이 손에 든 소포를 빙빙 돌려보며 말했다.

"몰라." 아서가 말했다. "하지만 뭔가 나쁘고 걱정스러운 게 분명해."

"그걸 어떻게 알아요?" 랜덤이 항의했다.

"왜냐하면 포드 프리펙트와 관련된 건 그렇지 않은 것에 비해 무조건 더 나쁘고 더 걱정스러우니까." 아서가 말했다. "믿어도 돼."

"무슨 일인지 몰라도 화가 나셨군요, 그렇죠?" 랜덤이 말했다.

아서는 한숨을 쉬었다.

"그냥 약간 정신이 없고 불안한 기분이 드는 모양이다." 아서가 말했다.

"죄송해요." 랜덤이 말하고는 다시 소포를 내려놓았다. 소포를 열면 정말로 아서가 화를 낼 게 분명했다. 그가 보지 않을 때 해야만 했다.

16

아서는 둘 중에서 어느 쪽이 없어진 걸 먼저 알아차렸는지 잘 알 수가 없었다. 하나가 없다는 걸 알아차렸을 때, 마음은 즉시 다른 쪽으로 향했고, 당장 둘 다 없어진 걸 알아차렸으며 그 결과 말도 못하게 나쁘고 골치 아픈 일이 발발하리라는 걸 깨달았던 것이다.

랜덤은 그 자리에 없었다. 그리고 소포도 없었다.

그는 하루 종일 선반 위에 소포를 아주 잘 보이게 놓아두었다. 그건 신뢰하는 훈련이었다.

아서는 부모의 의무 중 하나는 아이에 대한 신뢰를 보여주는 거라고 알고 있었다. 두 사람의 관계를 공고히 하기 위하여 차츰 차츰 신뢰와 자신감을 느끼게 해주어야 한다는 것이었다. 그런 짓은 바보천치 같은 짓이라는 걸 잘 알고 있었지만, 그래도 어쨌든 그렇게 했고, 결과적으로 그건 바보천치 같은 짓이었다는 게 판명되었다.

살면서 배우는 법이다. 아무튼 살긴 살 테니까.

그래도 엄청나게 겁이 났다.

아서는 오두막집에서 달려 나왔다. 날이 본격적으로 어두워지고 있었다. 어둑해지고 있었고 폭풍이 닥칠 기미가 보였다. 어디에서도 랜덤은 보이지 않았다. 흔적조차 찾을 수 없었다. 물어보았다. 아무도 그 애를 보지 못했다. 다시 물어보았다. 다른 사람들도 그 애를 보지 못했다고 했다. 그들은 밤이 되어 집으로 돌아가고 있었다. 바람이 한 줄기 불어와 마을 주변을 휩쓸고 가며, 위험스러울 정도로 무심하게 이런 저런 물건들을 날려 보내고 뒹굴게 했다.

그는 스래시바그 영감을 찾아내 물어보았다. 스래시바그는 돌처럼 차갑게 아서를 바라보더니 아서가 두려워하던 방향을 손가락으로 가리켰고, 그로써 아서는 본능적으로 그 애가 정말 그 방향으로 가버렸다는 사실을 깨달았다.

그래서 이제 그는 최악의 사실을 알아버렸다.

랜덤은 아서가 절대 따라오지 않을 거라고 생각한 장소로 가버린 것이다.

그는 하늘을 바라보았다. 찌무룩하고 불안한 납빛 하늘은 묵시록에 나오는 4인의 기사들이 말을 타고 달려 나와도 정신 나간 멍청이들처럼 보이지 않을 만한, 그런 하늘이었다.

극도로 불길한 예감에 무거워진 가슴을 안고 아서는 이웃 골짜기의 숲으로 이어지는 길을 따라 걷기 시작했다. 아서가 무거운 몸을 질질 끌고 달리기 비슷한 걸 하기 시작할 때쯤, 무거운 빗방울들이 툭툭 떨어지기 시작했다.

  랜덤은 언덕 꼭대기에 올라 이웃 골짜기를 내려다보았다. 생각했던 것보다 훨씬 오르기가 힘들고 시간도 오래 걸렸다. 밤에 여행을 한다는 게 마음에 걸렸지만, 아버지는 하루 종일 오두막 근처를 배회하면서 소포를 지키지 않는 척했다. 자기 자신을 속이려는 건지 랜덤을 속이려는 건지는 알 수 없었지만. 하지만 결국은 칼 문제로 스트라인더와 상의를 하러 가마에 가야 할 일이 생겼고, 랜덤은 기회를 잡아 소포를 들고 도망을 쳤던 것이다.

  오두막은 물론이고, 심지어 마을에서도 소포를 열어볼 수는 없었다. 언제라도 아버지와 맞닥뜨릴 수 있으니까. 그래서 그녀는 아버지가 따라오지 못할 만한 곳으로 가야만 했다.

  지금 그 자리에서 멈춰도 이젠 괜찮았다. 여기까지 왔던 건 아버지가 따라오지 않기를 바라는 마음에서였으니까. 행여 따라오더라도 어스름이 깔리고 비가 오기 시작하는 언덕 비탈의 숲속에서 그녀를 찾을 수 있을 리가 없었다.

  올라오는 내내, 소포는 팔 밑에서 살짝 흔들리고 있었다. 만족스럽게 든든한 부피의 물건이었다. 랜덤의 팔뚝 길이만한 너비의 사각형 꼭대기에 랜덤의 손 기장 정도 깊이의 소포는 갈색 플라스퍼로 포장되어 저절로 매듭이 지어지는 기발한 신형 끈으로 묶여 있었다. 흔들어보아도 소리는 나지 않았지만, 흥미진진하게도 무게 중심이 중간에 집중되어 있다는 사실은 느낄 수 있었다.

하지만 이렇게까지 멀리 오고 보니, 그 자리에서 멈추지 않고 금기시되는 구역까지 내쳐 달려 내려가는 일 자체에서 일종의 쾌감이 느껴졌다. 아버지의 우주선이 추락한 지점이었다. 그녀는 '귀신 들렸다'는 말이 정확하게 무슨 뜻인지 몰랐지만, 알아보는 것도 재미있을 터였다. 계속 나아가되, 소포는 거기 도착했을 때를 위해 아껴둘 작정이었다.

하지만 날이 점점 어두워지고 있었다. 그녀는 멀리서 불빛이 보일까 봐 작은 전자 손전등을 아직 쓰지 않고 있었다. 이제는 써야 할지도 모르지만, 어차피 이젠 별 상관이 없을 것이다. 이미 그녀는 골짜기들을 구분하는 언덕 마루를 넘어 반대편에 있었으니까.

그녀는 손전등을 켰다. 거의 동시에 삼지창 같은 번갯불이 골짜기를 찢고 그녀가 가려는 지점으로 떨어지는 바람에 그녀는 혼비백산했다. 어둠이 부들부들 몸을 떨며 다시 주위를 에워싸고 박수갈채 같은 천둥소리가 땅 위를 굴러가고 나자, 그녀는 갑자기 손에 연필처럼 가느다란 빛줄기를 흔들고 있는 자신이 몹시 작고 길 잃은 존재처럼 느껴졌다. 아무래도 그냥 이쯤에서 멈춰 서서 소포를 열어보아야 할까. 아니면 돌아가서 내일 다시 나오는 게 좋을까. 하지만 그건 순간적인 망설임에 불과했다. 오늘 밤 다시 돌아갈 수는 없다는 걸 그녀는 잘 알고 있었고, 앞으로 영영 돌아갈 수 없을 거라는 예감도 들었다.

그녀는 계속 언덕 비탈을 따라 내려갔다. 비가 점점 거세지고 있었다. 방금 전만 해도 툭툭 무거운 빗방울 몇 개가 떨어지는 정도였는데, 이제는 빗줄기가 제대로 퍼붓고 있었다. 나무들 사이에서 쉭쉭 소리를 내며 떨어지는 비에, 발밑의 땅이 점점 미끄러워졌다.

적어도 나무들 사이에서 쉭쉭 소리를 내는 게 비라고, 그녀는 생각했다. 그녀의 빛이 나무들 사이로 깡충거리는 사이, 그림자들이 펄쩍펄쩍 뛰어오르며 그녀를 노려보고 있었다. 앞으로 앞으로 아래로 아래로.

그녀는 십 분 내지 십오 분을 그렇게 더 전진했다. 이젠 살갗까지 푹 젖어 덜덜 떨고 있었고, 차츰 저 앞쪽에 자기 손전등 말고 다른 빛이 있다는 걸 깨닫고 있었다. 아주 희미한 불빛이어서, 헛것을 보는 건지 아닌지 확신이 서질 않았다. 자세히 보려고 손전등을 껐다. 저 앞에 정말로 희미하게 번들거리는 빛이 있는 것 같았다. 뭔지는 알 수 없었다. 다시 손전등을 켜고 계속 비탈을 따라 내려갔다. 뭔지 몰라도 그쪽으로.

그런데 이 숲은 뭔가 잘못되어 있었다.

꼭 집어 말할 수는 없었지만, 근사한 봄날을 기다리는 기운차고 건강한 숲처럼 보이지가 않았다. 나무들은 역겨운 각도로 축 늘어져 있었고, 창백하고 시들어빠진 분위기를 풍겼다. 나무들 곁을 지나칠 때면 가지들이 뻗어 나와 그녀를 잡으려 하는 것 같은 걱정스러운 느낌을 받은 게 한두 번이 아니었다. 하지만 그건 손전등 불빛 때문에 그림자들이 명멸하고 흔들리는 바람에 생긴 착시일 뿐이었다.

별안간 바로 앞의 나무에서 뭔가가 툭 떨어졌다. 그녀는 깜짝 놀라 뒤로 물러서다가 손전등과 소포를 모두 떨어뜨리고 말았다. 그녀는 몸을 구부리고, 특별히 날카롭게 날을 세워둔 돌멩이를 주머니에서 꺼냈다.

나무에서 떨어진 물체는 움직이고 있었다. 땅바닥에 떨어진 손전등 불빛이 그쪽을 향하고 있었고, 어마어마하게 크고 기괴한 그림자가 빛을 헤치며 그녀 쪽으로 천천히 다가오고 있었다. 계속해서 쉭쉭 소리를 내는 빗소리 사이로 희미한 부스럭거림과 새된 비명 소리가 들려왔다. 그녀는 허겁지겁 달려가서 손전등을 찾아 그 형체의 정면에 불빛을 비추었다.

그 순간 바로 몇 피트 떨어진 나무에서 또 다른 형체가 툭 떨어졌다. 그녀는 손전등을 황급하게 이리저리 비추었고, 돌멩이를 치켜들고 던질 태세를 갖추었다.

사실 그들은 아주 작았다. 불빛의 각도 때문에 그렇게 거대하게 보였을 뿐이었다. 작을 뿐 아니라, 작고 털이 복슬복슬하고 귀여웠다. 그리고 또 다른 놈이 나무 사이에서 툭 떨어졌다. 불빛을 뚫고 떨어졌기 때문에, 아주 선명하게 볼 수 있었다.

그것은 깔끔하고 정확하게 떨어지더니 뒤로 돌아, 다른 두 녀석들처럼 천천히 단호하게 랜덤 쪽으로 다가오기 시작했다.

그녀는 그 자리에 못 박힌 듯 서 있었다. 여전히 손에는 당장이라도 던질 듯 돌멩이를 들고 있었지만, 자기가 돌을 던질 태세를 갖추고 있는 물건들이 다람쥐에 불과하다는 사실을 갈수록 뚜렷하게 인식하지 않을 수 없었다. 아니, 최소한 다람쥐 비슷한 것들이었다.

보드랍고 따스하고 복슬복슬한 다람쥐 비슷한 것들이 그녀에게 다가오고 있었는데, 그 분위기는 도저히 마음에 든다고 말할 수 없는 것이었다.

그녀는 처음 다가오는 형체를 향해 똑바로 불을 비추었다. 그것은 호전적으로 허세를 부리며 시끄럽게 새된 소리를 내고 있었고, 작은 주먹에는 낡아 빠진 젖은 분홍색 누더기 조각을 움켜쥐고 있었다. 랜덤은 악의에 차서 손에 든 돌을 치켜들었지만, 누더기 조각을 들고 다가오는 다람쥐에게는 별로 큰 인상을 남기지 못하는 듯했다.

그녀는 뒤로 물러섰다. 이 문제를 어떻게 처리해야 할지 전혀 알 수가 없었다. 차라리 사악하게 으르렁거리며 침을 줄줄 흘려대는 짐승들이 송곳니를 번득이며 다가온다면, 이를 악물고 덤벼들었겠지만, 이런 식으로 행동하는 다람쥐들은 대책이 없었다.

다시 뒤로 한 발 물러섰다. 두 번째 다람쥐가 그녀의 오른편으로 돌아 좌측을 공격하려 했다. 컵을 들고 있었다. 무슨 도토리 같아 보였다. 세 번째 다람쥐는 바로 그 뒤를 쫓아 나름대로 접근하고 있었다. 들고 있는 게 뭐지? 물에 젖은 종이 조각 비슷한 거라고, 랜덤은 생각했다.

다시 한 발 물러서다가, 랜덤은 나무뿌리에 발이 걸려 뒤로 넘어지고 말았다.

순식간에 첫 번째 다람쥐가 앞으로 달려 나오더니 그녀의 몸 위로 올라와, 두 눈에 차가운 결의를 품고 주먹에는 젖은 누더기 한 조각을 든 채 배 위에서 전진하기 시작했다.

 랜덤은 벌떡 일어나려 했지만, 간신히 일 인치 정도 몸을 일으켰을 뿐이었다. 배 위에 있던 다람쥐가 혼비백산해서 움직이는 바람에 도리어 그녀가 깜짝 놀라고 말았다. 다람쥐는 얼어붙은 듯 꼼짝도 않고 서서, 조그만 발톱으로 젖은 셔츠 속 랜덤의 살갗을 꼭 움켜쥐고 있었다. 그러더니 천천히, 일 인치씩 몸 위로 올라오더니 멈춰 서서 누더기 조각을 내밀었다.

 이 물체와 작게 노려보는 눈동자가 어찌나 낯설고 이상한지 최면에 걸릴 것만 같았다. 그것은 다시 누더기를 내밀었다. 계속 그녀에게 누더기를 내밀며 고집스럽게 끽끽거리는 바람에, 결국 랜덤은 불안하게 망설이며 누더기를 받아들었다. 녀석은 끈질기게 계속 그녀를 지켜보며 두 눈으로 랜덤의 얼굴 구석구석을 쏘아보았다. 대체 어찌 해야 할지 알 수가 없었다. 비와 진흙이 얼굴로 흘러내리고 있었고 몸에는 다람쥐가 앉아 있었다. 그녀는 누더기로 눈가의 진흙을 조금 닦아냈다.

 다람쥐는 의기양양하게 비명을 지르더니, 다시 누더기를 집어 들고 그녀의 몸에서 뛰어내려 와다닥 어둠 속으로, 주위를 에워싼 밤 속으로 달려 들어가, 번개처럼 나무를 오르더니 줄기 속의 구멍으로 뛰어들어 자리를 잡고는 담배에 불을 붙였다.

 그 사이 랜덤은 빗물이 가득한 도토리 컵을 든 다람쥐와 종이를 들고 있는 다람쥐를 떼어내려 애쓰고 있었다. 그녀는 엉덩이를 깔고 주저앉은 채 뒤로 물러났다.

"싫어!" 그녀는 고래고래 소리를 질렀다. "저리 가!"

다람쥐들은 겁에 질려 달아났다가는, 선물들을 들고 곧장 다시 돌아왔다. 그녀는 돌멩이를 휘둘렀다. "가라니까!" 그녀는 고함을 질렀다.

다람쥐들은 놀라서 어쩔 줄 몰라 하며 이리저리 도망을 쳤다. 그러더니 한 놈이 그녀를 향해 똑바로 달려와서, 무릎 위에 도토리 컵을 떨어뜨리고는 돌아서서 밤의 어둠 속으로 사라졌다. 다른 놈은 한동안 부들부들 떨며 서 있다가, 들고 있던 종이 조각을 깔끔하게 그녀 앞에 놓고는 역시 자취를 감추었다.

그녀는 이제 다시 혼자가 되었지만, 혼란스러워서 벌벌 떨고 있었다. 비틀거리며 일어선 그녀는, 돌멩이와 소포를 주워들고 잠시 멈칫하더니 종이 조각도 주웠다. 흠뻑 젖어 엉망이 되어 있었기 때문에, 무슨 종이인지 알아보기가 어려웠다. 기내 잡지의 조각인 것 같았다.

이 모든 게 무슨 의미인지 정확히 이해하려 애쓰고 있는 사이, 그녀가 서 있는 공터로 한 남자가 걸어 나오더니 사악하게 생긴 총을 들어 그녀를 쏘았다.

아서는 그녀보다 이삼 마일쯤 뒤처져, 언덕 비탈의 오르막길에서 절망적으로 몸부림치고 있었다.

출발한 지 몇 분 후, 그는 다시 돌아가서 등불을 하나 들고 왔다. 전자 손전등이 아니었다. 그곳에서 유일한 전자 손전등은 랜덤이 가져가 버렸던 것이다. 이것은 희미한 허리케인 등불 비슷한 것이었다. 스트라인더의 가마에서 만들어낸 구멍이 뚫린 금속제 통 속에 가연성 생선 기름이 들어 있었고, 마른 풀을 꼬아 만든 심지가 있었으며, 완벽하게 정상적인 짐승의 내장에서 추출해 건조한 막으로 만든 투명한 필름으로 감싼 등불이었다.

지금은 물론 불이 꺼져 있었다.

몇 초 동안 등불을 흔들어보았지만, 부질없는 짓이었다. 폭풍우가 쏟아지는 와중에 갑자기 등불에 불이 확 붙게 만들 길은 애초부터 없었지만, 최선을 다해보지도 않고 포기할 순 없었다. 애석하지만 그는 꺼진 등불을 던져 버렸다.

어떻게 해야 할까? 가망 없는 일이었다. 뼛속까지 푹 젖은 데다, 옷은 무거웠고, 옷 안에서는 빗물이 출렁거리고 있었으며 이제는 심지어 어둠 속에서 길까지 잃고 말았다.

아주 짧은 찰나 그는 눈이 멀 것만 같은 빛 속에서 길을 잃었다가, 곧 다시 어둠 속에서 길을 잃었다.

번갯불 덕분에 언덕 마루에서 아주 가까운 곳에 있다는 건 알 수 있었다. 일단 산 위로 올라가면……그러면……글쎄, 그 다음에 어떻게 해야 할지는 잘 몰랐다. 산에 올라간 뒤에 다시 생각해볼 문제였다.

그는 절뚝거리며 앞으로, 위로 나아갔다.

몇 분 후, 그는 숨을 몰아쉬며 산 정상에 서 있었다. 저 아래 희미한 불빛 같은 게 보였다. 뭔지 알 수 없었고, 사실 별로 생각하고 싶지도 않았다. 하지만 그리로 향할 수밖에 없었기 때문에, 그는 뒤뚱거리며, 길을 잃고, 겁에 질린 채, 그쪽으로 걸어가기 시작했다.

치명적인 살인 광선은 랜덤을 곧장 관통했고, 이 초쯤 후, 광선을 쏜 남자도 그녀를 관통해 지나갔다. 남자는 랜덤에게 전혀 관심을 보이지 않았다. 그는 랜덤 뒤에 있는 누군가를 쏘았을 뿐이고, 랜덤이 뒤를 돌아보았을 때는 시체 위에 무릎을 꿇고 앉아 주머니 속을 뒤지고 있었다.

그 장면은 정지하더니 사라졌다. 일 초 후 그 자리에는 어마어마하게 크고, 완벽하게 립글로스를 바른 빨간 입술 사이에 있는 거대한 치아들이 나타났다. 뜬금없이 거대한 푸른 칫솔이 나타나더니 거품을 내며 이를 닦기 시작했다. 이는 번들거리는 비의 장막 위에서 빛나며 한동안 허공에 걸려 있었다.

랜덤은 두 번쯤 눈을 끔벅거리다가 사태를 파악했다.

광고였다. 그녀를 쏜 사내는 홀로그래피로 만든 기내 영화의 일부였다. 이제 우주선이 추락한 지점에 아주 가까워진 게 틀림없었다. 우주선 부품 중 일부는 다른 것들보다 특히 내구성이 강한 게 분명했다.

그 후로 반마일 동안의 여정은 특히 고달팠다. 추위와 비, 그리고 어둠과 싸워야 했을 뿐 아니라, 부서져서 여기저기 널려 있는, 우주선에 탑재된 엔터테인먼트 시스템 잔해를 뚫고 지나가야 했기 때문이다. 우주선들이며 제트카며 헬리포드들이 사방에서 충돌하고 추락하고 폭발하면서 밤을 밝혔고, 이상한 모자를 쓴 사악한 인간들이 그녀를 뚫고 다니며 위험한 마약을 밀수했고, 그녀 왼편의 습지 어딘가에서 헬러폴리스 스테이트 오페라단의 오케스트라와 합창단이 입을 모아 리즈가 작곡한 〈운트의 블람웰러뭄〉 4막의 피날레를 장식하는 앤저캔틴 항성 군단의 행진곡을 연주했다.

다음 순간 그녀는 아주 고약하게 생긴데다 가장자리에는 기포가 이는 분화구 입구에 서 있었다. 구덩이 한가운데에 있는 물체에서는 아직도 희미한 빛이 새어나오고 있었는데, 그 빛만 아니었다면 아마 캐러멜처럼 된 거대한 껌처럼 보였을 것이다. 그건 바로 거대한 우주선의 녹아내린 잔해였다.

그녀는 한참 그걸 바라보고 있다가, 마침내 천천히 분화구 주위를 따라 걷기 시작했다. 자기가 찾는 게 뭔지 이젠 전혀 알 수가 없었지만, 그래도 참혹한 구덩이를 왼편에 두고 계속 걸었다.

비는 약간 기세가 잦아들기 시작했지만, 여전히 몹시 축축했다. 상자 안에 든 게 뭔지 전혀 몰랐고, 섬세하거나 쉽게 훼손되는 것일 수도 있기 때문에 어디든 물기가 없는 데를 찾아서 소포를 열어봐야겠다는 생각이 들었다. 아까 떨어뜨리는 바람에 벌써 망가지지만 않았기를 바랄 뿐이었다.

그녀는 주위를 에워싼 나무들 주위로 손전등을 비추었다. 근처의 나무들은 가늘었고, 대부분 그을리거나 부러져 있었다. 저 앞 중간쯤에 울퉁불퉁하게 툭 튀어나온 바위 같은 게 보인 듯했다. 그리로 가면 몸을 피할 수 있을 것 같아서, 그녀는 그쪽으로 달리기 시작했다. 마지막으로 불덩이가 되기 전, 우주선이 부서질 때 튀어나온 파편들이 사방에 널려 있었다.

분화구 가장자리에서 이삼백 야드쯤 멀어졌을 때, 흠뻑 젖고 진흙투성이가 된 채 부러진 나무들 사이에 축 늘어져 걸려 있는 분홍색 복슬복슬한 물체의 너덜너덜한 잔해를 발견했다. 랜덤은 아버지의 목숨을 구해준 탈출용 고치의 잔해일거라고 생각했고 그녀가 옳았다. 다가가서 좀더 자세히 살펴보던 그녀의 눈에 진흙에 반쯤 덮여 근처 땅바닥에 떨어져 있는 어떤 물체가 들어왔다.

랜덤은 그걸 주워들고 진흙을 닦아냈다. 작은 책 크기의 전자기기 비슷한 것이었다. 그녀의 손이 닿자 반응하며 희미하게 빛을 발하는 표지에는 커다랗고 친절한 글씨로 뭔가 쓰여 있었다. '겁먹지 마세요'라는 문구였다. 그녀는 이게 뭔지 알 것 같았다. 아버지의 《은하수를 여행하는 히치하이커를 위한 안내서》였다.

그녀는 순식간에 안도감을 느꼈고, 천둥이 치는 하늘을 향해 고개를 들고 빗방울이 얼굴을 때리고 입 속으로 들어가게 내버려 두었다.

그녀는 고개를 흔들고는 서둘러 바위들 쪽으로 향했다. 낑낑거리며 바윗돌을 기어오르다가, 금세 완벽한 곳을 찾아냈다. 동굴의 입구였다. 그녀는 동굴 속으로 전자 손전등을 비추었다. 건조하고 안전해 보였다. 천천히 한 발짝씩 내딛으며, 동굴 속으로 들어갔다. 아주 널찍했지만, 그렇게 깊이 들어가지는 않았다. 기진맥진하고 긴장이 풀린 그녀는 편한 바위를 하나 골라 앉아서, 앞에 상자를 놓고 곧 그 상자를 열기 시작했다.

17

오랜 시간에 걸쳐 소위 우주에서 '빠진 물질'이 어디로 갔는가에 대해 수많은 추정과 논쟁이 난무해왔다. 전 은하계 주요 대학들의 이학부는 머나먼 은하계들의 핵심들과, 전 우주의 핵심과 가장자리까지 샅샅이 탐색하는 정교한 기계들을 점점 더 많이 사들였는데, 결국 추적을 끝마치고 난 결과 그 정교한 기계들에 꽉꽉 채워 넣은 모든 부품들이 모두 빠진 물질이라는 사실이 판명되었다.

상자 속에는 상당량의 빠진 물질들이 들어 있었다. 랜덤은 빠진 물질들을 뭉친 작고 부드럽게 둥근 하얀 알갱이들을 휙 버렸는데, 이는 현 세대의 물리학자들의 발견들이 다 잊혀지고 난 후 후세의 물리학자들이 처음부터 다시 추적해서 발견해야 할 과제였다.

빠진 물질들의 하얀 알갱이들 사이에서 그녀는 아무것도 달리지 않은 검은 원반을 들어올렸다. 그녀는 원반을 바로 옆의 바위 위에 올려놓고, 빠진 물질들 사이를 헤쳐 보며 다른 게 있나 찾아보았다. 설명서나 부품이나 뭐 그런 게 없나 살펴보았지만, 아무것도 없었다. 그냥 검은 원반뿐이었다.

그녀는 원반 위로 손전등 불빛을 비추어보았다.

그러자 아무것도 없어 보이던 표면이 갈라지기 시작했다. 랜덤은 불안하게 뒤로 물러났지만, 뭔진 몰라도 저절로 열리고 있을 뿐이라는 걸 알아챘다.

그 과정은 기막히게 아름다웠다. 놀랄 만큼 정교하면서도, 단순하고 우아했다. 저절로 펼쳐지는 종이 공예 작품이나, 몇 초 만에 장미로 피어나는 꽃송이 같았다.

몇 초 전만 해도 매끄럽게 곡선을 그리는 검은 원반이었던 형체는 이제 새 한 마리가 되어 있었다. 새 한 마리가 공중에 떠 있었다.

랜덤은 계속해서 뒤로 물러섰다. 조심스럽게, 경계를 늦추지 않고.

피카 새와 약간 비슷한 모양이었지만, 좀 작았다. 그러니까 사실은 훨씬 컸다는 말이다. 아니 더 정확하게 말하자면, 한 치도 틀림없이 똑같은 크기였는가 하면, 최소한 두 배 크기보다는 작았다. 또한 피카 새보다 훨씬 파랗고 더 분홍색이었으며, 동시에 완벽한 검정색이기도 했다.

새한테는 몹시 이상한 점이 있었는데, 처음에는 그게 뭔지 금세 파악할 수 없었다.

피카 새들과 분명한 공통점이 있다면, 사람 눈에 보이지 않는 걸 보고 있는 듯한 느낌을 준다는 사실이었다.

느닷없이 새가 사라졌다.

그러더니, 역시 느닷없이 캄캄해져 버렸다. 랜덤은 주머니 속에서 특별히 날을 잘 세워둔 돌멩이를 찾으며, 팽팽하게 긴장해 몸을 구부렸다. 잠시 후 암흑이 천천히 걷히더니 돌돌 말려 공 모양이 되었다가 다시 새가 되었다. 새는 바로 눈앞의 허공에 떠서 천천히 날갯짓을 하며 그녀를 똑바로 바라보았다.

"실례합니다만······." 새가 갑자기 말했다. "음향 범위를 조정해야 해서 말이죠. 이렇게 말하면 들리나요?"

"무슨 말이 들리냐고요?" 랜덤이 물었다.

"좋아요." 새가 말했다. "그러면 이렇게 말하면 들려요?" 이번에는 훨씬 더 높은 음조로 말했다.

"네, 당연히 들리죠!" 랜덤이 말했다.

"그럼 이렇게 말해도 들립니까?" 이번에는 음산하게 깊은 목소리로 새가 말했다.

"들린다니까요!"

잠시 침묵이 흘렀다.

"음, 안 들리는 게 분명하군요." 몇 초 후 새가 말했다. "좋았어요. 당신의 가청 범위는 십육에서 이십 킬로헤르츠가 분명합니다. 그래서 말이죠. 이 목소리가 듣기에 편안한가요?" 새는 기분 좋고 밝은 테너 목소리로 말했다. "고음역에서 불편한 고조파가 끽끽거리는 소리가 들리지는 않고요? 안 들리는 것 같군요. 좋아요. 그러면

대체로무해함 235

고조파는 데이터 채널로 쓸 수 있겠군요. 자, 내가 몇 마리나 보입니까?"

갑자기 공중은 서로 얽혀 있는 새들로 가득 차 버렸다. 랜덤은 가상현실에서 시간을 보내는 데 아주 익숙했지만, 이건 이제까지 마주친 어떤 것보다 훨씬 더 괴상했다. 마치 공간의 전체 기하 구조가 이음새 없이 서로 들러붙은 새들의 형상들 속에 재정의된 것만 같았다.

랜덤은 헉 하고 놀라며 팔로 얼굴을 감쌌다. 두 팔이 새 모양의 공간을 뚫고 움직였다.

"흐음……아무래도 너무 많이 보이는 게 틀림없군요." 새가 말했다. "이젠 어떤가요?"

이제 새들은 한데 모여 터널 모양이 되었다. 마치 평행의 거울 가운데 갇혀 있는 새처럼 무한히 투영되어 끝간 데 없이 이어져 있었다.

"대체 당신 뭐예요?" 랜덤이 꽥 소리를 질렀다.

"그 얘기는 잠시 후에 하도록 하죠." 새가 말했다. "정확하게 몇 마리나 보이는지 말 좀 해주세요."

"글쎄, 말하자면……." 랜덤은 힘없이 아득한 거리를 손짓으로 가리켜 보였다.

"알겠어요. 여전히 길이로는 무한대로군요. 하지만 최소한 이제 올바른 차원 매트릭스를 찾아가고 있는 셈이에요. 좋아요. 아니, 대답은 오렌지 하나와 레몬 두 개예요."

"레몬이요?"

"내게 레몬 세 개와 오렌지 세 개가 있었는데 오렌지 두 개와 레몬 한 개를 잃어버렸다면, 남은 게 뭐죠?"

"네?"

"좋아요. 그러니까 당신은 시간이 그런 식으로 흘러간다고 생각한단 말이죠? 흥미롭군요. 제가 아직도 무한합니까?" 새는 공간 속에서 이리저리 풍선처럼 부풀면서 물었다. "지금도 무한합니까? 제가 얼마나 노랗죠?"

순간순간 새는 정신 사납게 무한한 형체와 길이로 변신을 거듭했다.

"도저히……." 어안이 벙벙해진 랜덤이 말했다.

"대답할 필요는 없어요. 이제 당신 얼굴을 보면 알 수 있으니까요. 그럼. 내가 당신 어머니인가요? 바위인가요? 내가 거대하고, 뭉그러져서 교묘하게 서로 얽혀 있나요? 아니에요? 지금은 어때요? 내가 뒤로 가고 있나요?"

웬일인지 새가 꼼짝도 않고 차분하게 서 있었다.

"아니요." 랜덤이 말했다.

"좋아요, 사실 저는 뒤로 가고 있었어요. 시간 속에서 후진하고 있었으니까요. 흐음. 뭐, 이제 우리가 그 부분은 좀 정리를 한 것 같군요. 만일 알고 싶으시다면, 이런 말씀은 드릴 수 있어요. 당신의 우주에서, 당신은 소위 공간이라 불리는 삼차원은 자유자재로 움직일 수 있어요. 당신네들이 시간이라 부르는 사차원에서는 일직

선으로 움직일 수 있고 말입니다. 그리고 개연성의 첫 번째 기초 원리인 오차원에서는 한 군데에 못 박혀 있어요. 그 다음에는 좀 복잡해지는데, 십삼 차원에서 이십이 차원까지에서 벌어지는 온갖 일들은 사실 모르는 게 나아요. 일단 지금 알아야 할 것은 우주가 당신네 생각보다 훨씬 더 복잡하다는 것이지요. 어떤 식의 사고방식에서 출발한다 해도, 일단 그것부터가 뒈지게 복잡하단 말입니다. 기분이 나쁘시다면 '뒈지게' 같은 말을 쓰지 않는 건 간단합니다만."

"아무 말이나 하고 싶은 말은 뒈지게 하셔도 돼요."

"그러지요."

"당신은 대체 뭐예요?" 랜덤이 물었다.

"저는《안내서》예요. 당신네 우주에서는 당신의《안내서》지요. 사실 저는 기술 용어로 '온갖 종류의 총체적 혼란'이라고 알려진 곳에 거주합니다만, 그 말이 무슨 뜻이냐 하면……자, 제가 보여드리도록 하죠."

새는 허공에서 빙글 돌더니 동굴 밖으로 휙 날아가 바위 위에 홰를 치고 앉았다. 툭 튀어나온 바위 바로 밑이라서, 비가 들지 않는 곳이었다. 빗줄기가 다시 거세지고 있었다.

"자, 이걸 잘 보세요."

랜덤은 새 따위가 이래라저래라 하는 게 싫었지만, 그래도 어쨌든 동굴 입구까지 따라 나갔고, 그 사이 계속 주머니의 돌멩이를 만지작거리고 있었다.

"비입니다." 새가 말했다. "아시겠어요? 그냥 비지요."

"비가 뭔지는 나도 알아요."

비가 겹겹이 겹쳐진 장막처럼 밤공기를 가르며 세차게 떨어지고 있었고, 그 사이로 달빛이 비쳐들어오고 있었다.

"그럼 비가 뭡니까?"

"무슨 소리예요, 비가 뭐냐니? 이봐, 당신 뭐예요? 상자 속에서 대체 뭘 하고 있었던 거예요? 정신 나간 다람쥐들하고 싸우면서 숲속을 밤새도록 뛰어다녔는데, 이제 와서 고작 비가 뭐냐고 묻는 새 한 마리라니 이게 뭐예요, 대체? 빌어먹을 공기를 뚫고 물이 떨어지는 거지, 비가 뭐긴 뭐냐고요. 알고 싶은 게 더 있어요? 다 됐으면 이제 돌아가도 될까요?"

한참이 지나도록 아무 말도 없던 새가 드디어 대답을 했다 "고향에 돌아가고 싶어요?"

"나한테 고향이 어디 있어!" 그 말을 어찌나 큰 소리로 했는지, 랜덤 자신조차 충격을 받았다.

"빗속을 잘 들여다봐요……." 새 《안내서》가 말했다.

"빗속을 들여다보고 있단 말이야! 대체 뭐가 더 있다는 말이야?"

"뭐가 보입니까?"

"무슨 소리야, 이 바보천치 같은 조류야! 죽도록 퍼붓는 비가 보인다, 왜. 그저 떨어지는 물일 뿐이잖아."

"물 속에서 어떤 형체들이 보이나요?"

"형체들? 형체들이 어디 있어? 그저, 그저……."

대체로 무해함

"그저 뒤죽박죽일 뿐이지요." 새《안내서》가 말했다.

"맞아······."

"이제 뭐가 보이나요?"

가시(可視) 영역의 경계선에서 가늘고 희미한 광선이 새의 눈에서부터 부채꼴 모양으로 퍼져 나왔다. 툭 튀어나온 바위 아래의 물기 없는 공기 속에서는 아무것도 보이지 않았다. 광선이 떨어지는 빗방울에 부딪치자, 판판한 빛의 평면이 나타났다. 너무나 밝고 생생해서 고체처럼 단단해 보였다.

"오, 대단하네. 레이저 쇼 아냐." 랜덤은 짜증을 내며 말했다. "어디 내가 저런 걸 전에 본 적이 있겠어. 그저 록 콘서트 장에서 오백만 번쯤 봤을 뿐이지!"

"뭐가 보이는지 말을 해줘요!"

"그냥 판판한 평면이야! 이 멍청한 조류야!"

"새롭게 나타난 건 하나도 없어요. 다 원래 있던 거라고요. 저는 그저 빛을 이용해서 어떤 순간 어떤 빗방울들의 모습을 주목하게 만들려는 것뿐입니다. 이제 뭐가 보입니까?"

빛이 꺼졌다.

"아무것도 안 보여."

"지금 저는 아까와 똑같은 행위를 하고 있습니다. 다만 자외선을 사용했을 뿐이지요. 그러니 보이지 않을 밖에요."

"나한테 보이지도 않는 걸 대체 왜 보여주는 건데?"

"당신 눈에 보인다고 해서 그게 거기 있다는 뜻이 아니라는 사실을 이해시키기 위해서지요. 눈에 보이지 않는다고 해서 그 자리에 없다는 뜻이 아닙니다. 그저 당신의 감각들이 주의를 환기하는 것일 뿐이에요."

"이젠 이 짓도 지겨워." 랜덤은 이 말을 하고 나서 헉 하고 신음소리를 냈다.

빗속에서 거대하고 몹시 생생한 삼차원 영상으로 뭔가를 보고 깜짝 놀라는 아버지의 모습이 떠올랐던 것이다.

랜덤보다 이 마일 정도 뒤처져 있던 그녀의 아버지는 힘겹게 숲을 헤치고 걸어가다가, 갑자기 발길을 멈추었다. 대략 이 마일 전방에서 비가 쏟아지는 공중에 나타난 무언가를 보고 깜짝 놀라는 자신의 모습이 담긴 영상을 보고 깜짝 놀랐던 것이다. 그가 진행하고 있는 방향에서 약간 오른쪽으로 이 마일 정도 떨어진 곳이었다.

그는 하마터면 완전히 길을 잃을 뻔했고, 추위와 습기와 피로로 죽을 거라고 믿어 의심치 않고 있었으며, 차라리 그랬으면 좋겠다고 바라기 시작하던 참이었다. 방금 다람쥐들한테서 골프 잡지 한 권을 통째로 받은 데다, 그의 두뇌는 늑대처럼 울부짖으며 헛소리를 하기 시작했다.

하늘에서 밝게 빛나는 자기 자신의 영상을 보고 나니, 결국 늑대처럼 울부짖으며 헛소리를 해도 마땅하다는 생각이 들었다. 하지만 현재 진행하는 방향은 틀린 게 분명했다.

심호흡을 깊이 하고, 그는 몸을 돌려 불가사의한 빛의 쇼가 벌어지고 있는 쪽으로 향했다.

"좋아, 대체 그건 뭘 입증하기 위한 거지?" 랜덤이 따져물었다. 그녀가 소스라치게 놀란 건, 영상 그 자체 때문이 아니라 눈앞에 나타난 영상이 다름 아닌 아버지였기 때문이었다. 그녀가 처음으로 홀로그램을 본 건 태어난 지 두 달이 되었을 때였고, 그녀는 홀로그램 영상 속에서 놀았다. 가장 최근에 본 홀로그램 영상은 겨우 삼십 분 전에 본 앤저캔틴 항성 군단의 행진곡 연주였다.

"빛의 면과 마찬가지로 존재하는 것일 수도 있고 아닐 수도 있다는 거죠." 새가 말했다. "그건 하늘에서부터 한 방향으로 이동하는 물이, 다른 방향으로 이동하는 걸 당신의 감각이 감지할 수 있는 주파수의 빛과 상호 작용한 결과에 불과합니다. 당신의 마음속에서는 견고한 심상을 형성하는 게 분명하지요. 하지만 이건 모두 '총체적 혼란' 속에 있는 영상들일 뿐입니다. 자, 여기 또 다른 예가 있습니다."

"우리 엄마!" 랜덤이 말했다.

"아닙니다." 새가 말했다.

"내가 엄마 얼굴도 모르는 줄 알아!"

그 영상은 거대한 회색 격납고 같은 건물 속의 우주선에서 나오는 여성을 담고 있었다. 키가 크고 몸이 호리호리한 자줏빛-녹색 형체들의 호위를 받고 있었다. 랜덤의 어머니가 틀림없었다. 글쎄, 거의 틀림없었다고 해야 할까. 트릴리언이라면 저중력에서 저렇게 자신 없는 걸음걸이를 하지 않았을 테고, 재미없는 생명 보존 환경을 보고 저렇게 믿을 수 없다는 표정을 짓지 않았을 것이며, 저렇게 낡아빠진 골동품 카메라를 들고 다니지도 않을 테니까.

"그럼 저게 누구야?" 랜덤이 물었다.

"개연성의 축 위에 존재하는 어머니의 확장선의 일부분입니다." 새 《안내서》가 말했다.

"대체 무슨 소리를 하는지 한 마디도 못 알아먹겠네."

"공간, 시간, 그리고 개연성의 축에서는 모두 이동이 가능합니다."

"아직도 모르겠어. 하지만 내 생각에는……아냐. 어디 설명해 봐."

"고향에 가고 싶다고 하셨잖아요."

"설명해보라니까!"

"고향을 보고 싶어요?"

"고향을 봐? 그건 파괴됐잖아!"

"개연성의 축에서 불연속적이지요. 보세요!"

아주 낯설고 근사한 형체가 빗속에서 헤엄치듯 모습을 드러냈다. 파란색이 도는 초록빛의 거대한 구체로, 안개와 구름으로 둘러싸여 있었으며, 별이 빛나는 검은 배경을 등지고 제왕처럼 기품 있게 천천히 자전하고 있었다.

"지금은 보이지만……." 새가 말했다. "이제는 보이지 않지요."

이제 이 마일이 채 못 되는 거리에서 아서 덴트는 길을 따라가다 말고 꼼짝도 않고 멈춰 섰다. 눈앞에 보이는 영상을 믿을 수가 없었다. 빗물에 에워싸여 밤하늘을 배경으로 허공에 떠 있는 영상은, 기가 막히게 아름답고도 생생하게 현실적이었다. 지구였다. 그는 지구의 모습을 보고 헉 하고 숨을 몰아쉬었다. 그러자, 그가 숨을 몰아쉰 바로 그 순간, 지구는 다시 자취를 감추었다. 그러더니 다시 나타났다. 그러더니——바로 이 부분에서 아서는 모두 포기하고 머리에 지푸라기라도 꽂고 돌아버리고 싶은 심정이 되어버렸다——지구는 소시지로 변했다.

* * *

랜덤 역시 눈앞의 허공에 떠 있는 이 거대하고 파랗고 녹색에 물기 많고 안개 낀 소시지의 형상에 어리둥절하고 있었다. 게다가 이제는 줄줄이 소시지가 이어져 있었다. 아니 몇 군데 소시지가 빠진 줄줄이 소시지라고 해야 옳겠다. 빛나는 소시지들의 줄이 허공에서 황당하게도 빙글빙글 돌면서 춤을 추더니 천천히 속도를 늦추며 천천히 실체가 없어져 희미해지다가 번들거리는 밤의 암흑으로 변했다.

"그건 또 뭐야?" 랜덤이 작은 목소리로 말했다.

"불연속적으로 개연성 있는 사물의 개연성 축을 잠시 살펴본 겁니다."

"그렇군."

"대부분의 사물들은 개연성 축을 따라 이동하며 변이를 일으키거나 변화하는데요, 당신이 기원한 세계는 약간 다른 행위를 했습니다. 개연성의 풍광에서 단층선이라 할 만한 것 위에 놓여 있거든요. 이 말은 수많은 개연성이 한데 작용해 그 전체를 그냥 존재하지 않도록 만들어 버렸다는 말입니다. 그것에는 내재적 불안정성이 있는데, 이는 소위 복수(複數) 영역들로 지정된 구역 내부에 존재하는 물체로서는 전형적인 현상이지요. 이해가 되시나요?"

"아니."

"가서 직접 보고 싶으세요?"

"……지구로?"

"그렇습니다."

"그게 가능해?"

새 《안내서》는 당장 대답하지 않았다. 날개를 활짝 펼치더니, 우아한 동작으로 공중으로 날아올라 빗속으로 들어갔다. 또 다시 빗물이 광채를 내기 시작했다.

새는 환희에 차서 밤하늘로 비상했고, 그 주위로 빛이 번쩍거렸다. 새가 지나간 자리로 차원들이 흔들리며 떨었다. 새는 급강하하고 방향을 바꾸고 빙글 돌아 공중회전을 하고 다시 돌더니 마침내 랜덤의 눈에서 이 피트 떨어진 곳에서 정지했다. 날개를 천천히 소리 없이 파닥거리면서.

새가 다시 랜덤에게 말했다.

"당신의 우주는 광막해 보입니다. 시간으로 보아도 광막하고, 공간으로 보아도 광막하지요. 그건 당신이 감지하는 필터들 때문입니다. 하지만 저를 만들 때는 필터를 전혀 넣지 않았답니다. 그 말은, 그 자체로는 크기가 전혀 없는 가능한 모든 우주들을 포함하는 총체적 혼란을 인지할 수 있다는 말이지요. 제게는, 무슨 일이든지 가능합니다. 전지전능하며, 극도로 허영심이 심하고, 설상가상으로 아주 편리하게도 스스로 운반이 가능하도록 포장되었지요. 제가 지금까지 한 말 중 얼마만큼이 사실인지 당신이 직접 알아내야 합니다."

랜덤의 얼굴에 천천히 미소가 번졌다.

"이 망할 꼬마 새 같으니라고. 지금까지 나를 살살 꼬드긴 거구나!"

"말씀드렸다시피 무슨 일이든 가능합니다."

랜덤은 웃음을 터뜨렸다. "알았어." 그녀가 말했다. "어디 한번 지구로 가보지 뭐. 어…… 그 무슨 축인지 아무튼 그 위의 어떤 지점에 있는 지구로 가보자고."

"개연성의 축이요?"

"그래. 폭발하지 않았을 때로. 좋아. 그러니까 네가 《안내서》란 말이지. 어디서 우주선을 얻어 타고 가지?"

"역공작(逆工作) 기술을 쓰면 됩니다."

"뭐라고?"

"역공작이오. 제게는 시간의 흐름이 아무 의미가 없습니다. 원하는 바를 말씀해보세요. 그러면 제가 그걸 실제로 일어난 일로 만들어 드리지요."

"농담하는 거지."

"뭐든지 가능하다니까요."

랜덤은 얼굴을 찌푸렸다. "진짜 농담이지, 안 그래?"

"다른 말로 바꿔서 말씀을 드리지요." 새가 말했다. "역공작 기술을 쓰면, 우리는 일 년에 한 대 정도씩 당신의 은하계 구역을 지나치는 진짜 끔찍하게 몇 대 안 되는 우주선들을 기다리고, 또 그 우주선들이 당신을 태워줄까 말까 결정하는 동안 또 기다리는 일들을 다 건너뛸 수 있습니다. 우주선을 얻어 타고 싶으면, 우주선이 와서 태워주는 겁니다. 조종사는 잠시 멈춰서 당신을 태워주기로 한 이유를 백만 가지쯤 찾아낼 수 있겠죠. 하지만 진짜 이유는 제가 그렇게 하도록 결정했다는 겁니다."

"너 지금 엄청나게 허영을 부리고 있는 거지, 안 그래, 꼬마 새야."

새는 말이 없었다.

"좋아." 랜덤이 말했다. "우주선이 한 대 와서 나를 지구로 데려다 줬으면 좋겠어."

"이거면 되겠습니까?"

너무나 고요해서 랜덤은 하강하는 우주선이 머리 위를 덮치기 일보 직전까지 알아채지도 못했다.

아서는 우주선을 알아보았다. 이제 일 마일 거리에 있었고, 점점 가까워지고 있었다. 광채가 나는 소시지 영상 쇼가 결말에 가까워졌을 무렵, 구름 속에서 또 다른 광채가 희미하게 발산하고 있는 걸 보았지만, 처음에는 이것 역시 또 다른 화려한 송 에 뤼미에르(빛과 음향의 쇼— 옮긴이주)라고 생각했다.

하지만 일이 초쯤 흐른 후에는 그것이 진짜 우주선이라는 사실을 깨닫게 되었고, 또 일이 초쯤 더 흐른 후에는 그 우주선이 딸아이가 있다고 생각되는 바로 그 자리로 똑바로 가고 있다는 사실을 깨달았다. 바로 이 순간이, 비고, 다리 부상이고, 어둠이고 뭐고, 다 팽개치고 갑자기 아서가 정말로 달리기 시작한 시점이었다.

그는 달리기 시작하자마자 미끄러졌고, 무릎을 바위에 상당히 심하게 부딪혀 다치고 말았다. 휘청거리며 일어서서 다시 달리려 했다. 랜덤을 영원히 잃고 말 거라는 무시무시하고 오싹한 예감이 들었다. 절뚝거리고 욕설을 퍼부으며, 그는 뛰었다. 상자에 뭐가 들었는지는 몰랐지만, 상자 위에 쓰여 있는 이름은 포드 프리펙트였다. 그리고 아서는 달려가면서 그 이름을 저주했다.

랜덤이 평생 본 우주선 중에서도 그렇게 섹시하고 아름다운 우주선은 다시없었다.

경이로웠다. 은빛이고, 늘씬했으며, 형용 불가했다.

그녀가 더 잘 몰랐다면 아마 보자마자 RW6라고 말했을 것이다.

바로 곁에 조용히 착륙한 우주선을 보고, 그녀는 정말로 그것이 RW6라는 걸 알았고, 흥분으로 숨도 잘 쉬지 못했다. RW6은 시민 폭동을 일으키기 위한 목적으로 만들어진 그런 잡지들에서나 볼 수 있는 물건이었다.

또한 그녀는 극도로 불안했다. 우주선이 도착한 방식이나 타이밍이 몹시 불길했다. 세상에서 가장 기괴한 우연의 일치이거나 몹시 이상하고 근심스러운 일이 일어나고 있든가 둘 중의 하나였다. 그녀는 약간 긴장한 채 우주선의 해치가 열리기를 기다렸다. 그녀의 《안내서》는——랜덤은 이제 그게 자기 것이라고 생각했다——오른쪽 어깨 위에서 날개도 별로 파닥거리지 않고서 가볍게 떠다니고 있었다.

해치가 열렸다. 그곳에서는 약간의 희미한 불빛만 새어나올 뿐이었다. 일이 초쯤 지난 후 어떤 형상이 나타났다. 그는 암흑에 눈을 적응시키려는 듯, 잠시 가만히 서 있었다. 그러더니 거기 서 있는 랜덤을 보고 약간 놀란 것 같았다. 그는 랜덤 쪽으로 걸어왔다. 그러더니 갑자기 놀라서 소리를 지르더니 그녀 쪽으로 달려오기 시작했다.

안 그래도 좀 긴장하고 있는 판에, 랜덤은 자기한테 달려오는 사람을 잘 받아줄 사람이 아니었다. 그녀는 우주선이 하강하는 모습을 본 순간부터 자기도 모르게 주머니 속의 돌멩이를 만지작거리고 있었다.

대체로 무해함

여전히 뛰면서, 미끄러지고, 넘어지고, 나무에 부딪히고 있던 아서는 마침내 너무 늦었다는 사실을 깨달았다. 우주선은 고작 약 삼 분 정도 땅 위에 있다가, 이제 소리 없이 우아하게 나무들 위로 상승하기 시작하고 있었다. 폭풍우는 잦아들어 이제 미세한 가랑비가 되어 있었고, 우주선은 섬세한 빗방울 속에서 매끄럽게 회전하며, 위로 위로 선단을 치켜들고 올라가다가 갑자기, 힘도 들이지 않고 구름 속으로 휙 날아 들어가 버렸다.

사라졌다. 랜덤이 타고 있었다. 아서가 그 사실을 깨닫지 않는다는 게 불가능했지만, 그래도 어쨌든 끝까지 나아가 그 사실을 알아내고 말았다. 랜덤은 사라지고 없었다. 그는 부모 역할을 할 기회를 얻었지만, 믿기 힘들 정도로 엉망으로 망쳐버리고 말았다. 계속 달리려고 했지만, 다리가 질질 끌렸고 무릎이 미친 듯이 아파왔으며, 어차피 너무 늦었다는 사실을 잘 알고 있었다.

이보다 더 참담하고 비참한 기분이 될 수 있다는 건 꿈에도 상상할 수 없었지만, 그것도 틀린 생각이었다.

그는 다리를 절면서 마침내 랜덤이 숨어서 상자를 열어보았던 동굴에 간신히 다다랐다. 땅에는 몇 분전에 착륙했던 우주선의 팬 자국이 남아 있었지만, 랜덤은 어디에도 보이지 않았다. 그는 낙담한 채 동굴 속으로 힘없이 들어가 보았다. 동굴 속에는 빈 상자와 빠진 물질 알갱이들이 어지럽게 널브러져 있었다. 이걸 보고 아서는 약간 삐치고 말았다. 자기가 있었던 자리는 깨끗이 치우라고 가르쳤던 것이다. 이런 문제 때문에 딸아이한테 삐친 덕분에, 딸아이가 떠났다는 사실에 낙담한 마음이 조금 달래지는 듯했다. 딸을 찾을 길이 없다는 걸 그는 잘 알고 있었다.

그의 발이 뜻밖의 물체에 부딪혔다. 그는 허리를 굽혀 그것을 주워 들어보고는 그 물건의 정체를 깨닫고 정말로 깜짝 놀라버렸다. 그의 낡은《은하수를 여행하는 히치하이커를 위한 안내서》였다. 어떻게 이게 동굴에 있게 된 걸까? 그는 그걸 찾으러 추락 현장에 돌아간 적이 절대 없었다. 추락 현장을 다시 찾고 싶은 마음도 없었고,《안내서》를 다시 갖고 싶지도 않았다. 그는 여기 라무엘라 행성에서 영원히 샌드위치를 만들며 살 줄 알았다. 영원히. 어쩌다 이 물건이 동굴까지 오게 됐을까?《안내서》는 작동하고 있었다. '겁먹지 마세요'라는 글자들이 그를 보고 빛을 발했다.

그는 다시 희미하고 축축한 달빛이 쏟아지는 동굴 밖으로 나왔다. 바위에 앉아 낡은《안내서》를 찬찬히 살펴보려는 순간, 그는 자기가 깔고 앉은 것이 바위가 아니라 사람이라는 걸 깨달았다.

18

아서는 퍼뜩 겁에 질려 벌떡 일어났다. 무엇 때문에 더 소스라치게 놀랐는지는 말하기가 힘들다. 자기도 모르게 사람 위에 주저앉아서 그 사람이 다쳤을까 봐 그랬는지, 아니면 자기도 모르게 깔고 앉은 사람이 자기를 해칠까 봐 그랬는지.

잘 살펴보니, 두 번째 경우는 일단 별로 걱정하지 않아도 될 것 같았다. 누군지 몰라도 그가 깔고 앉았던 사람은 의식이 없는 게 틀림없었다. 그렇다면 그가 대체 여기서 뭘 하고 있는지 상당 부분이 설명이 된다. 하지만 숨은 잘 쉬고 있는 것 같았다. 아서는 그의 맥박을 재보았다. 맥박도 잘 뛰고 있었다.

그는 반쯤 몸을 말고 옆으로 누워 있었다. 아서는 마지막으로 응급처치를 해본지 너무 오래 되어서 뭘 어떻게 해야 할지 전혀 알 수가 없었다. 일단 제일 먼저 해야 할 일이 뭔지 기억났지만, 그건 응급 처치 상자를 갖고 있어야만 한다는 것이었다. 이런 망할.

똑바로 돌아 눕혀야 하는 건지 아닌지? 혹시 뼈라도 부러진 데가 있으면 어떻게 해야 할지? 혀를 삼켰으면 어떻게 해야 하는 건지? 혹시 소송이라도 걸면 어떻게 하지? 다른 건 다 차치하고서라도, 대체 이 사람은 누구인지?

그 순간 의식이 없는 사람이 큰 소리로 신음을 하더니 돌아누웠다.

아서는 자기가 어떻게 해야 할지…….

그는 그 사람을 보았다.

아서는 그 사람을 다시 보았다.

확실히 확인하기 위해서 아서는 그 사람을 다시 보았다.

더 이상 저기압이 될 수 없을 정도로 기분이 저조했음에도 불구하고, 갑자기 더더욱 극심하게 암울해지고 말았다.

그 사람은 다시 신음을 하더니 천천히 눈을 떴다. 눈의 초점을 맞추는 데 한참 걸렸는데, 그러고 나서 그는 눈을 깜박이더니 온몸이 뻣뻣해졌다.

"너!" 포드 프리펙트가 말했다.

"너!" 아서 덴트가 말했다.

포드는 다시 끙 하고 신음했다.

"이번엔 뭘 또 설명해줘야 되는 거냐?" 그는 이렇게 말하더니, 절망 비슷한 기분에 잠겨 눈을 감았다.

* * *

오 분 후 그는 똑바로 일어나 앉아서 머리 옆을 문지르고 있었다. 옆머리에는 상당히 큰 혹이 나 있었다.

"그 여자는 대체 누구였어?" 그가 말했다. "그리고 우리 주위에는 왜 이렇게 다람쥐가 많은 거냐? 게다가 이 다람쥐들은 원하는 게 뭐야?"

"나도 밤새 다람쥐들한테 시달렸어." 아서가 말했다. "계속 나한테 잡지 같은 걸 갖다 주더라고."

포드는 얼굴을 찌푸렸다. "정말?" 그가 말했다.

"그리고 누더기 조각들도."

포드는 생각에 잠겼다.

"오." 그가 말했다. "네 우주선이 추락한 자리 근처에서?"

"그래." 아서가 말했다. 말투가 좀 딱딱했다.

"아마 그럴 거야. 그럴 수 있지. 우주선 객실의 로봇들은 파괴되었지. 하지만 로봇들을 통제하는 인공지능 정신은 살아남아서 주위의 야생 동물들을 감염시키기 시작한 거야. 생태계 전체를 무기력하게 헛수고를 하는 서비스 산업으로 바꿔버리는 거야. 주위를 지나가는 사람들한테 타월이며 마실 것들을 갖다 주게 만드는 거지. 이런 걸 규제하는 법안이 있어야 하는데. 틀림없이 그럴 거야. 아마 모든 사람들을 친절하고 열심히 일하게 만들려고, 이런 사태를 방지하고자 하는 법안을 만드는 걸 금지하는 법안을 만들었는지도 몰라. 만세지. 너 방금 뭐라고 했냐?"

"그냥 말을 했지. 그리고 그 여자는 내 딸이야."

포드는 머리를 문지르던 손길을 딱 멈췄다.

"다시 한번 말해봐."

"그 여자는……." 아서는 찌무룩하게 말했다. "내 딸이라고."

"너한테 딸이 있는지는……." 포드가 말했다. "전혀 몰랐는데."

"글쎄, 네가 나에 대해 모르는 게 아마 아주 많을걸." 아서가 말했다. "그 말을 하고 보니, 아마 나도 너에 대해 모르는 게 엄청나게 많을 것 같다."

"좋아, 좋아, 알았어. 그러면 언제 그런 일이 있었는데?"

"나도 확실히는 잘 몰라."

"그건 좀 어디서 많이 들어보던 말 같다." 포드가 말했다. "어머니라는 사람도 관련되어 있냐?"

"트릴리언이야."

"트릴리언? 나는 너희들이 그런 적……."

"아니야. 이봐, 이건 좀 민망한 일인데."

"언젠가 트릴리언이 애가 있다고 한 적은 있는데, 그냥 지나치는 말로 들어서. 가끔씩 트릴리언하고는 연락을 하는 사이거든. 아이를 데리고 있는 건 본 적이 없어."

아서는 아무 말도 하지 않았다.

포드는 곤혹스러움 비슷한 감정 때문에 다시 머리 옆을 문지르기 시작했다.

대체로 무해함

"네 딸이라고 확신해?" 그가 말했다.

"어떻게 된 건지 말해봐."

"푸우. 사연이 길어. 여기 너를 보호자로 두고 있는 나 자신한테 보낸 소포를 찾으러 오던 길이었는데……."

"그러게, 그게 대체 다 뭐냐고?"

"내 생각엔, 상상할 수 없을 만큼 위험한 물건인 것 같아."

"그런데 그걸 나한테 보냈단 말이야?" 아서가 항의했다.

"내가 생각해낼 수 있는 가장 안전한 장소라서. 너는 워낙 지루하고 재미없는 인간이니까 절대 열어보지 않을 거라고 믿어 의심치 않았지. 아무튼 밤에 찾아왔더니 이 마을이란 데를 찾을 수가 없더라고. 아주 기초적인 정보만 갖고 왔거든. 어떤 종류의 신호도 찾을 수가 없었어. 너희 동네에는 신호 체계 같은 게 아예 없나봐."

"그래서 나는 이 동네가 좋아."

"그러다가 네 낡은 《안내서》에서 흘러나오는 희미한 신호를 잡을 수 있었지. 그래서 그걸 따라가면 너한테 도달할 거라 믿고 도착지를 거기에 맞췄지. 알고 보니 무슨 숲 같은 데 착륙한 거였어. 대체 어찌된 일인지 알 수가 있어야지. 우주선 밖으로 나와서, 거기서 있는 여자를 본 거야. 인사를 하려고 다가갔다가, 갑자기 그 여자가 이 물건을 갖고 있는 걸 본 거지!"

"무슨 물건?"

"너한테 보낸 물건 말이야! 새로운 《안내서》. 새처럼 생긴 물건! 이 바보 같은 녀석, 네 놈이 그걸 안전하게 지킬 줄 알았더니 그 여자 어깨 위에 그 물건이 떡하니 있는 거야. 그래서 달려갔더니 그 여자가 돌멩이로 나를 쳤어."

"알겠다." 아서가 말했다. "네가 어떻게 했는데?"

"글쎄, 물론 쓰러졌지. 아주 심하게 다쳤다고. 그 여자하고 새가 내 우주선 쪽으로 가더라고. 여기서 내 우주선이라 함은, 다름 아닌 RW6야."

"뭐?"

"RW6 말이야. 답답하기는! 요즘은 내 신용 카드와 《안내서》의 중앙 컴퓨터가 아주 훌륭한 친선관계를 유지하고 있거든. 그 우주선은 아마 봐도 못 믿을걸. 아서, 그건 정말……."

"그러니까 RW6가 우주선이라는 말이야?"

"그래! 그건……아휴, 말을 말자. 이봐, 제발 좀 정신을 차리고 살아, 아서, 엉? 아니면 어디서 카탈로그라도 구해서 좀 보던지. 이 지점에서 나는 몹시 걱정이 되었어. 그리고 반쯤은 뇌진탕 상태였고. 무릎을 꿇고 피를 철철 흘리고 있었고. 피를 철철 흘리면서 유일하게 머리에 떠오르는 단 하나의 조치를 취했지. 싹싹 비는 거였어. 제발, 제발 살려주세요, 제발 우주선을 빼앗지 말아요 하고 빌었지. 그리고 의료진도 없는 이런 원시적인 숲속에 머리 부상을 입은 나를 버려두고 가지는 말아달라고 했지. 나는 중대한 문제에 봉착할 테고, 그쪽도 그럴 거라고."

"그러니까 뭐라고 하던?"

"내 머리를 다시 돌멩이로 쳤어."

"내 딸이 맞다고 확실히 말해줄 수 있겠다."

"거 참 귀여운 애를 뒀네."

"걔는 좀 친해져야 해." 아서가 말했다.

"그러다 보면 좀 마음을 푸나 보지, 그래?"

"아니." 아서가 말했다. "하지만 언제 피해야 할지 좀 감을 잡을 수 있게 되지."

포드는 머리를 감싸 쥐고 똑바로 앞을 보려고 했다.

서쪽 하늘이 밝아오기 시작했다. 태양이 뜨는 쪽이었다. 아서는 별로 보고 싶은 마음이 들지 않았다. 이렇게 지옥 같은 밤을 보낸 지금, 세상에서 가장 반갑지 않은 건 바로 지긋지긋한 대낮이 또 다시 제멋대로 밝아오는 풍경이었다.

"대체 이런 곳에서 뭘 하고 있는 거냐, 아서?" 포드가 물었다.

"글쎄……." 아서가 말했다. "대체로 샌드위치를 만드는 일을 해."

"뭐?"

"나는, 음, 아마 지금은 아닐 지도 모르지만, 소수 부족을 위해 샌드위치를 만드는 사람이었어. 사실 약간 좀 창피한 일인데. 처음 이곳에 도착했을 때, 그러니까 그들이 자기네 행성과 추돌한 이 최첨단 기술력이 응집된 우주선에서 나를 구조했을 때, 어찌나 친절하게 대해주었는지 나도 조금이라도 그 사람들에게 도움을 주고 싶어졌어. 그러니까, 나도 첨단 기술이 발달한 문화에서 교육받은 인간이니까, 한두 가지는 보여줄 게 있을 거 같았지. 하지만, 물론 별로 보여줄 게 없었어. 뭐가 어떻게 돌아가는지, 막상 생각해보니까, 하나도 아는 게 없는 거야. 그러니까 비디오레코더 같은 걸 말하는 게 아니야. 세상에 그런 게 어떻게 작동하는지 아는 사람이 어디 있겠어. 그게 아니라 펜이나 지하수까지 파내려간 우물이나 뭐 그런 걸 말하는 거야. 오리무중이더라고. 전혀 도움이 되지 않았어. 어느 날 나는 우울해져서 혼자 샌드위치를 만들어 먹었지. 그런데 그걸 보고 다들 들떠서 난리가 난 거야. 전에는 한 번도 샌드위치를 본 적이 없었던 거지. 그 사람들이 미처 한 번도 생각지 못한 아이디어였고, 그래서 거기서 출발하게 된 거야."

"그런데 그 일이 재미있었단 말이야?"

"글쎄, 그랬어. 사실 정말로 즐거워했던 것 같아. 훌륭한 식칼 세트를 장만하고, 그런 거."

"그러니까 예를 들자면, 너는 그 일이 머리가 말라붙을 정도로, 폭발적으로, 경이롭게도, 통렬하게 지루하지 않았단 말이지?"

"글쎄, 어, 전혀. 그렇지 않아. 실제로 통렬하게 지루하진 않았지."

"이상하네. 나 같으면 그랬을 텐데."

"글쎄, 아마 우리는 보는 관점이 틀린가 보지."

"그래."

"피카 새들처럼 말이야."

포드는 아서가 무슨 소리를 하는지 전혀 감을 잡을 수 없었지만, 굳이 물어보지도 않았다. 대신 그는 이렇게 말했다. "그러면 우린 대체 이곳에서 어떻게 빠져나가야 하는 거냐?"

"글쎄다. 아마 제일 간단한 방법은 골짜기를 따라 내려가 평원으로 가서——가는 데 아마 한 시간쯤 걸릴 거야——거기서 우회로를 따라 걸어가는 쪽일 거야. 내가 왔던 길을 차마 다시 따라서 내려가진 못할 거 같아."

"거기서 어디를 우회해서 간다는 거야?"

"글쎄, 마을로 돌아가야겠지." 아서는 약간 쓸쓸하게 한숨을 쉬었다.

"빌어먹을 마을 따위로는 돌아가고 싶지 않아!" 포드가 쌀쌀맞게 대꾸했다. "여기서 빠져나가야 한다고!"

"어디로? 어떻게?"

"몰라. 네가 말해보지 그래. 여기 사는 게 너잖아! 이 망할 행성에서 빠져나갈 길이 틀림없이 있을 거야."

"몰라. 너는 보통 어떻게 하는데? 그냥 앉아서 우주선이 지나치기를 기다리는 거겠지, 아마."

"오, 그래? 그런데 이놈의 지랄 맞은 버려진 벼룩구덩이를 최근에 지나친 우주선이 몇 대나 되는데?"

"글쎄, 몇 년 전에 실수로 추락한 내 우주선이 있었고. 그리고 어, 트릴리언이 왔었고, 소포 배달도 왔었고, 그리고 이제 너도 왔고, 그리고……."

"그래, 하지만 상습혐의자들을 다 빼고 나면?"

"글쎄, 어, 내가 아는 한에는 아마 하나도 없을걸. 이 동네는 아주 조용한 곳이라."

그의 말이 틀리다는 것을 입증하기라도 하려는 것처럼, 멀리서 길고 나지막한 우레 소리가 들려왔다.

포드는 조바심을 치며 벌떡 일어서서 희미하고 고통스러운 이른 새벽의 여명 속에서 앞뒤로 서성거렸다. 누군가 하늘을 가로질러 간 덩어리 한 조각을 질질 끌고 지나간 것처럼 길게 줄이 그어져 있었다.

"이게 얼마나 중요한 일인지, 너는 이해 못해." 그가 말했다.

"뭐라고? 내 딸이 홀홀 단신으로 은하계를 헤매고 있는데? 내가……."

"은하계 걱정은 나중에 좀 하면 안 될까?" 포드가 말했다. "이건 정말, 정말로 심각한 일이란 말이야. 《안내서》가 합병되었어. 통째로 팔렸단 말이야."

아서가 벌떡 일어섰다. "오, 거 참 심각한 일이네." 그는 소리를 쳤다. "제발 당장 출판기업의 정치학에 대해서 내가 모르는 바를 설명해주지 그래! 최근 그 문제에 내가 얼마나 큰 관심을 가졌는지 아마 넌 모를 거다, 그래!"

"정말 이해를 못 하는구나! 완전히 새로운《안내서》가 나왔단 말이야!"

"오!" 아서가 다시 외쳤다. "오! 오! 오! 흥분해서 말이 잘 안 나오네! 어서 어서 시장에 나오기만 바라야겠네. 그래야 듣도 보도 못한 글로불라 덩어리에 대롱대롱 매달려서 지루하게 지내기에 제일 좋은 우주 공항이 어딘지 알지. 제발 부탁인데, 우리 지금 당장이라도 그걸 파는 가게에 달려가 볼 수 없을까?"

포드는 눈을 가늘게 떴다.

"이게 소위 네가 말하는 그 비아냥거림이라는 거냐?"

"내 생각에 그런 거 같냐고?" 아서가 고래고래 악을 써댔다. "그런 거 같냐고? 물론 비아냥거림이고말고. 내 말투 끝에 저도 모르게 그 미친놈이 기어들어갔다, 어쩔래! 포드, 나는 징그럽게 끔찍한 밤을 보냈단 말이야! 다음부터 멍청황당구리하게 하찮은 매혹적인 얘기를 할 때는 바로 그 점을 고려해보도록 노력해주겠니?"

"좀 앉아서 쉬어." 포드가 말했다. "생각을 좀 하게."

"네가 무슨 생각을 할 필요가 있냐? 좀 앉아서 입술이 제 맘대로 부둠부둠부둠하게 내버려두면 안 될 게 뭐야? 부드럽게 침이나 줄줄 흘리면서 몇 분 동안 옆으로 누워 뒹굴면 안 돼? 도저히 참을 수가 없어, 포드! 생각하고 만사를 제대로 돌아가게 하려고 죽도록 노력하는 일 따위 이제는 도저히 견딜 수가 없다고. 너는 내가 여기 서서 컹컹 짖고 있다고 생각하지만……."

"사실 그 생각은 못했어."

"하지만 진심이란 말이야! 대체 무슨 소용이냐고? 우리는 뭔가 행동을 할 때마다 결과가 의도했던 대로 나올 거라 가정하지. 항상 그렇지만은 않은 정도가 아니잖아. 황당하게, 말도 안 되게, 바보처럼, 눈이 사팔뜨기가 되도록 허튼 소리하는 버러지처럼 틀려먹었다고!"

"그게 바로 내 말이야."

"고마워." 아서가 다시 주저앉으면서 말했다. "뭐라고?"

"일시적인 역공작이야."

아서는 얼굴을 두 손에 묻고 고개를 가로저었다.

"일시적인 역 어쩌고 망할 놈의 지랄이 뭔지 네가 나한테 설명하지 못하게 만들, 인도적인 방법이 세상에 있을까?" 아서가 끙끙거렸다.

"아니." 포드가 말했다. "왜냐하면 네 딸이 그 한가운데 붙들려 있는데, 그건 아주 지독하게, 지독하게 치명적으로 심각한 문제거든."

잠시 침묵이 흐르는 사이 천둥이 으르렁거렸다.

"좋아." 아서가 말했다. "말해봐."

"나는 고층건물의 사무실 창문에서 뛰어내렸어."

이 말에 아서의 기분이 좀 좋아졌다.

"오!" 그가 말했다. "다시 한번 해보지 그러냐?"

"그랬어."

"흐음." 아서는 실망스럽게 말했다. "그래봤자 전혀 소득이 없었던 게 분명하네."

"처음으로 내가 기발하고 민활한 사고, 민첩함, 화려한 발놀림, 그리고 자기희생을 통한 세상에서 가장 놀랍고——정말 겸손하게 말하는 거지만——현란한 묘기로 나 자신의 목숨을 구하는 데 성공했을 때는……."

"자기희생은 뭔데?"

"몹시 사랑해 마지않으며 또한 대체 불가능하다고 간주되는 신발 한 짝을 투하해야 했거든."

"그게 왜 자기희생이야?"

"내 거였으니까 그렇지!" 포드는 뾰루퉁해져서 이렇게 쏘아붙였다.

"우리는 가치관이 전혀 다른가 보다."

"글쎄, 내 게 더 좋아."

"그거야 네 생각……에이, 관두자. 그래서 몹시 기발한 방법으로 한 번 목숨을 구하고 나서, 아주 분별 있게도 가서 다시 뛰어내렸다 이거지. 제발 왜 그랬는지는 말하지 말아줘. 그저 꼭 말을 해야겠거든 무슨 일이 일어났는지만 말해."

"지나치는 제트 타운카의 열려 있는 조종석으로 곧장 떨어졌지. 그 우주선 조종사는 오디오에서 흘러나오는 음악을 바꾸려다가 사고로 탈출 버튼을 눌러버렸던 거야. 그런데, 사실 심지어 내가 생각해도, 내가 똑똑해서 그렇게 된 건 아니었던 거 같아."

"아이고, 난 모르겠다." 아서는 기운 없이 말했다. "아마 전날 밤에 네가 그 사람 우주선에 미리 숨어 들어가서 제일 싫어하는 곡이 연주되게 만들어놓았다던가 그랬나 보지."

"아니, 그러지 않았어." 포드가 말했다.

"혹시나 해서 해본 말이야."

"이상한 일이지만, 누구 다른 사람이 그렇게 해놓은 거지. 그리고 이 부분이 얘기의 골자란 말씀이야. 결정적인 사건들과 우연들이 이어진 사슬들을 뒤로 뒤로 끝없이 거슬러 올라가 봤더니, 새로운 《안내서》가 그렇게 해놓은 거였어. 그 새 말이야."

"무슨 새?"

"넌 못 봤어?"

"전혀."

"오. 아주 치명적인 꼬마지. 예쁘게 생긴데다, 허풍이 심하고, 마음이 내키면 파동의 형태를 선택적으로 무너뜨릴 수 있어."

"그게 대체 무슨 뜻이야?"

"일시적인 역공작이지."

"오." 아서가 말했다. "아, 그러시겠지."

"문제는 누구를 위해 그런 짓을 하고 있느냐는 거야."

"사실은 내 주머니에 샌드위치가 하나 있거든." 아서가 주머니를 쑤시며 말했다. "한 입 먹을래?"

"응, 좋아."

"안타깝지만, 약간 뭉개지고 젖었어."

"상관없어."

그들은 한 입 먹었다.

"진짜 상당히 맛있는데." 포드가 말했다. "속에 든 고기는 뭐냐?"

"완벽하게 정상적인 짐승 고기야."

"그건 한 번도 못 본 놈인데. 그래서 문제는 뭐냐 하면······." 포드는 하던 말을 계속했다. "대체 그놈의 새가 누구를 위해 그런 짓을 하느냐는 거야. 대체 진짜 꿍꿍이가 뭐냐는 거지."

"으음." 아서는 계속 먹었다.

"내가 그 자체로 흥미진진한 우연의 연속들을 통해……." 포드는 하던 말을 계속했다. "처음 그 새를 찾았을 때, 녀석은 내가 이제까지 본 중에서 가장 현란한 다차원적 불꽃놀이를 보여주었어. 그러더니 내 우주에서 나를 위해 서비스를 제공하겠다고 하더군. 나는 고맙지만 사양이라고 말했지. 내가 좋아하든 말든, 어쨌든 그렇게 하겠다고 하더라고. 어디 한번 해보라고 했지. 그랬더니 알겠다고 하더군. 그러더니 아닌 게 아니라, 벌써 그렇게 했다고 말하더라고. 그래서 어디 한번 두고 보자고 했더니, 그러자고 대답하더군. 그 시점에서 나는 그 물건을 포장해서 거기서 빼내기로 작정했어. 그래서 안전을 생각해서 너한테 보냈어."

"오, 그래? 누구 안전?"

"관두자. 그러고 나니까, 이런저런 일들이 발발했고, 다시 한번 창문 밖으로 뛰어내리는 게 신중한 짓이라고 판단하게 되었지. 다른 선택의 여지들이 새삼 다 고갈되는 바람에. 천만다행으로 제트카가 있었지. 안 그랬으면 또 기발하고 민활한 사고, 민첩함, 혹은 다른 쪽 신발을 써야했을 테고, 아니 모든 게 다 실패하면 하는 수 없이 땅바닥을 믿는 수밖에 없었을 텐데 말이지. 하지만 그 말은, 내가 좋아하든 않든 《안내서》는, 그러니까, 나를 위해 일하고 있었던 거라는 뜻이고, 그게 아주 몹시 걱정스럽단 말이지."

"왜?"

"왜냐하면《안내서》를 갖고 있는 사람은, 그놈이 자기를 위해 일한다고 생각하게 되어 있으니까. 아무튼 그때부터 내 일이 기가 막히게 술술 풀렸어. 적어도, 돌멩이를 들고 있던 그 못돼먹은 계집애를 만나는 그 순간까지 말이지. 그런데 쾅, 나는 옛말이 된 거야. 회로에서 떨어져 나온 거지."

"지금 우리 딸 얘기를 하는 거냐?"

"최대한 예를 차려서 하는 말이지. 이제 그 애가 행운의 사슬 속에서 만사가 기가 막히게 잘 돌아간다고 생각하게 될 차례야. 마음 내키는 대로 자연풍경 속에서 아무거나 주워들고 사람을 때려눕힐 수도 있고, 만사가 헤엄치듯 술술 풀려나갈 거란 말이지. 그러다가 뭔가 예정된 일을 하게 되면, 그 애한테도 행운은 끝나게 되어 있어. 그게 일시적인 역공작인데, 지금 얼마나 끔찍한 물건이 풀려나서 세상을 제멋대로 돌아다니고 있는 건지 제대로 이해하는 사람이 아무도 없는 게 분명하다고!"

"예를 들자면, 나 같은 사람이지."

"뭐라고? 아, 제발 정신 차려, 아서. 이봐, 다시 한번 설명을 해주지. 새로운《안내서》가 실험실에서 뛰쳐나왔단 말이야. '무(無) 필터 인식'이라는 신기술을 활용한 거지. 그게 무슨 뜻인지 알겠어?"

"이봐, 밥 맙소사, 나는 그동안 샌드위치를 만들면서 살고 있었단 말이야!"

"밥이 대체 누구야?"

"상관 마. 하던 말이나 계속해."

"필터가 없는 인식이란 모든 것을 인식할 수 있다는 말이야. 알겠어? 나는 모든 걸 인식할 수 없어. 우리에겐 필터가 있단 말이야. 새로운 《안내서》는 감각의 필터가 전혀 없어. 모든 걸 인식한단 말이야. 복잡한 기술적 아이디어는 아니었지. 그저 한 가지를 생략하면 되는 문제였으니까. 알겠어?"

"내가 그냥 알았다고 말할 테니까, 신경 쓰지 말고 계속 하던 말을 하는 게 어때?"

"좋아. 이 새는 가능한 모든 우주를 인식할 수 있기 때문에, 가능한 모든 우주에 존재하게 되는 거야, 알겠어?"

"아……아……알……겠……다고……볼 수도……있겠어."

"그러면 어떻게 되는가 하면, 마케팅과 회계 부서에 있는 바보들이 '오, 그거 참 근사한 얘기네. 그럼 딱 한 마리만 만들어서 무한 번 팔 수는 없을까?'라고 말하게 된다고. 그런 눈으로 보지 마, 아서. 그런 게 회계사들의 사고방식이라고!"

"그거 참 기발하네, 안 그래?"

"아니야! 그건 황당무계하게 멍청한 짓이란 말이야. 이봐, 그 기기는 고작해야 조그만 《안내서》일 뿐이라고. 상당히 똑똑한 인공지능 기술을 포함하고 있지만, '무필터 인식 기능'을 장착하고 있기 때문에 아무리 사소한 움직임이라도 바이러스처럼 강력한 힘을 갖게 되는 거야. 공간, 시간, 그리고 수백만의 다른 차원들을 통해 번식한다고. 너와 내가 움직이는 우주들 어디서든, 무엇이든 초점이 될 수 있어. 그놈의 능력은 반복적이지. 컴퓨터 프로그램을 생각해봐. 어딘가에 단 하나의 핵심적인 명령이 있고, 나머지는 전부 스스로 불러오는 기능이거나 무한한 주소 공간을 통해 끝도 없이 일렁거리는 괄호들이지. 괄호들이 다 무너지면 어떻게 될까? '~의 조건에서 끝을 낸다'는 최후의 명령은 어디에 있지? 내 말이 하나라도 이해가 돼? 아서?"

"미안해, 잠깐 깜박 졸았어. 뭔가 우주하고 관련된 얘기였지?"

"그래, 우주에 대한 얘기 맞아." 포드가 기운 없이 말했다. 그는 다시 주저앉았다.

"좋아." 그가 말했다. "이런 생각을 해봐. 《안내서》 사무실에서 내가 누구를 본 것 같은지 알아? 보고인들이야. 아. 드디어 네가 알아듣는 말을 한 마디 한 거 같구나."

아서는 벌떡 뛰다시피 일어섰다.

"저 시끄러운 소리" 그가 말했다.

"무슨 시끄러운 소리?"

"천둥소리."

"그게 어쨌는데?"

"천둥소리가 아니야. 완벽하게 정상적인 짐승들의 봄 이동 소리야. 시작됐어."

"대체 그 짐승들이 뭔데 계속 그 타령이냐?"

"그런 타령한 적 없어. 그냥 그놈들 고기 조각을 샌드위치에 넣을 뿐이지."

"어째서 완벽하게 정상적인 짐승들이라고 부르는 거지?"

대체로 무해함 269

놀라서 그렇게 눈이 휘둥그레진 포드를 보는 쾌감을 만끽할 수 있는 기회가 아서에게 자주 주어지는 건 아니었다.

19

아서는 그 광경에 끝끝내 익숙해지지 못했으며, 아무리 봐도 지루하지 않았다. 그와 포드는 재빨리 골짜기 바닥을 흐르는 작은 강가를 따라 달려 내려가, 마침내 평원의 끝에 도달했다. 그들은 은하계가 제공하는 광경들 중에서도 가장 희한하고 경이로운 장면을 좀더 잘 보기 위해 커다란 나뭇가지 위로 기어 올라갔다.

 수천에 수천 마리에 달하는 완벽하게 정상적인 짐승들의 어마어마한 무리가 우레와 같은 소리를 내며 장엄한 행렬을 이루어 앤혼도 평원을 가로질러 달려가고 있었다. 이른 아침 여명의 창백한 햇빛 속에서, 거대한 짐승들은 자신들의 몸에서 발산하는 땀으로 인한 아지랑이와 쿵쾅거리는 발굽들 속에서 일어난 흙먼지가 뒤섞인 사이로 돌진하고 있었는데, 그 모습은 그래도 어쩐지 약간 비현실적이고 유령 같은 데가 있었다. 하지만 뭐니뭐니해도 심장이 멎을 정도로 놀라운 사실은, 그들이 어디서 와서 어디로 가는가였다. 겉

보기에는, 아무 데도 아닌 것 같았기 때문이다.

그들은 대강 백 마일 넓이에 반마일 길이의 방진 대형을 형성하고 있었다. 그 방진은 꿈쩍도 하지 않았다. 짐승들이 주기적으로 나타나는 팔구 일 동안 살짝 좌우로 흔들리는 기색 정도만 보일 뿐이었다. 방진의 형태는 어느 정도 꾸준하게 유지되었지만, 대형을 구성하는 거대한 짐승들은 시속 이십 마일로 끈질기게 돌진해 나갔다. 평원 한쪽 끝의 희박한 공기 속에서 느닷없이 나타나, 다른 쪽 끝에 도달하면 처음과 마찬가지로 느닷없이 사라지곤 했다.

그들이 어디서 오는지 아무도 몰랐고, 어디로 가는지도 아무도 몰랐다. 그들은 라무엘라 행성 사람들의 삶에 너무나 중요한 존재였기 때문에, 아무도 그런 질문을 던지고 싶어하지 않는 것 같았다. 스래시바그 영감은 언젠가 행사에서, 가끔은 대답을 얻게 되면 질문을 잃어버리는 수가 있다고 말한 적이 있다. 마을 사람들 몇 명은 사석에서 아마 이거야말로 지금까지 들어본 스래시바그의 말 중에 유일하게 지혜로운 말씀일 거라고 했다. 그들은 잠시 이 문제를 상의해본 후, 그냥 좋은 게 좋은 거라고 결정했다.

쿵쾅거리는 발굽들이 내는 소리는 너무나 강렬해서, 그 밖에 다른 소리를 듣는 게 불가능했다.

"방금 뭐라고 했어?" 아서가 말했다.

"뭐라고 했냐 하면." 하고 포드가 말했다. "이건 아무래도 차원 표류를 입증하는 일종의 증거 같다고 했어."

"뭐가 뭐라고?" 아서가 다시 소리쳤다.

"글쎄, 공간시간에 하도 많은 일이 일어나서 갈라질 증후를 보이고 있다고 걱정하는 사람들이 아주 많이 있거든. 철따라 이주하는 동물들의 괴상할 정도로 길고 꾸불꾸불한 경로대로 육지가 갈라져서 이리저리 움직이는 모습을 볼 수 있는 세계들이 아주 많이 있어. 이것도 아마 그 비슷한 현상일지 몰라. 우리는 뒤틀린 시간대에 살고 있으니까. 하지만 역시, 그럴싸한 우주 공항이 없으니……."

아서는 얼어붙은 듯 그를 바라보았다.

"무슨 뜻이야?" 그가 말했다.

"무슨 뜻이냐니, 그게 무슨 뜻이야?" 포드가 소리쳤다. "내가 무슨 소리하는지 똑똑히 알면서 왜 그래. 저 놈들을 타고 여기서 탈출해야 한단 말이야."

"너 진심으로 우리가 완벽하게 정상적인 짐승들에 올라타야 한다고 생각하니?"

"그래. 어디로 가는지 봐야지."

"우리 둘 다 죽을 거야! 아니……." 아서가 갑자기 말했다. "죽지 않을 거야. 적어도 나는 안 죽을 거야. 포드, 너 혹시 스타브로물라 베타라는 행성에 대해 들어본 적 있어?"

포드가 얼굴을 찌푸렸다. "못 들어본 거 같은데." 그가 말했다. 그는 낡고 해어진 자신의 《은하수를 여행하는 히치하이커를 위한 안내서》를 꺼내 찾아보기 시작했다. "혹시 철자 이상한 데 있어?"

"몰라. 말로만 들었으니까. 다른 사람들의 이빨들을 입안 가득 물고 있는 사람한테서 들은 거야. 너한테 아그라작이라는 사람 얘기했던 거 생각나?"

포드는 잠시 생각에 잠겼다. "그러니까 네가 자기를 계속 끝도 없이 죽였다고 주장했던 그 사람 말이야?"

"그래. 내가 그 사람을 죽였다고 한 장소들 중 하나가 스타브로물라 베타라는 행성이었어. 아마 누가 날 총으로 쏘려고 했나 봐. 내가 몸을 피하는 바람에 아그라작이, 그러니까 아그라작의 환생들 중 하나가 맞아 죽었어. 시간의 어느 시점들 중 하나에서 확실하게 일어난 일인 것 같으니까, 내 생각에, 최소한 스타브로물라 베타 행성에 가서 몸을 피할 때까지는 죽을 수가 없는 거야. 그런 행성 이름을 들어본 사람이 아무도 없다는 게 문제지만."

"흐음." 포드는 《히치하이커를 위한 안내서》를 몇 번 더 검색해 보았지만, 하얀 백지만 나올 뿐이었다.

"아무것도 안 나오네." 그가 말했다.

"나는 그저……아니, 한 번도 들어본 적이 없는 별이야." 마침내 포드가 이렇게 말했다. 하지만 어째서, 아주 아주 희미하게, 어디선가 들어본 듯 여운이 남는 걸까 하고 그는 생각하고 있었다.

"좋아." 아서가 말했다. "전에 라무엘라 사냥꾼들이 덫을 놓아 완벽하게 정상적인 짐승을 잡는 걸 봤어. 만일 무리 중의 한 마리를 창으로 찌르면, 다른 것들이 다 밟고 지나가면서 그놈을 뭉개버리거든. 그래서 잡으려면 한 번에 한 마리씩 무리 밖으로 유인해야 하지. 투우사랑 비슷하게 하는 거야. 밝은 색의 망토를 휘두르는 거지. 한 놈이 자기를 향해 돌진하게 만든 다음에, 망토 사이로 상당히 우아하게 찌르는 거야. 밝은 색 망토 비슷한 거 혹시 있어?"
 "이거면 되겠냐?" 포드가 자기가 쓰던 타월을 건네주며 말했다.

20

시속 삼십 마일의 속도로 우레 같은 소리를 내며 당신의 세계를 통과하고 있는 일과 이분의 일 톤 크기의 완벽하게 정상적인 짐승의 등에 올라탄다는 건 얼핏 보기처럼 그렇게 쉬운 일이 아니었다. 확실히 라무엘라의 사냥꾼들을 구경할 때 생각했던 것만큼 그리 수월한 건 결코 아닐 터라서, 아서 덴트는 상당히 어려운 부분으로 판명되는 일에 대비해 마음의 각오를 단단히 하고 있었다.

하지만 그는 미처 대비하지 못한 새로운 사실을 깨달았는데, 그건 심지어 어려운 부분까지 가는 과정마저 엄청나게 어렵다는 사실이었다. 수월한 부분이어야 하는 부분마저도 알고 보니 현실적으로 불가능한 일이었다.

그들은 하다못해 단 한 마리의 주목도 끌 수 없었다. 완벽하게 정상적인 짐승들은 머리를 푹 숙인 채 어깨를 앞으로 내밀고 뒷다리로 땅바닥이 곤죽이 되도록 쳐대며 발굽으로 우레 같은 천둥소리를 만들어내는 데 철두철미하게 몰입해 있었기 때문에, 그들을 동요시키려면 단순히 깜짝 놀랄 만한 일로는 부족했고 실제로 지리학적인 사태를 유발해야 할 터였다.

결과적으로, 천둥소리와 쿵쾅거리는 진동의 어마어마한 규모는 아서와 포드가 감당할 수 있는 범위 이상의 것으로 밝혀졌다. 둘이서 중간 크기의 꽃무늬 타월을 들고, 갈수록 바보 같은 짓을 하며 껑충거리며 거의 두 시간 가량을 허비하고도, 우레처럼 쿵쾅거리며 지나가는 그 수많은 짐승들 중에서 단 한 마리도, 그들 쪽을 무심하게 바라보게 할 수도 없었다.

그들은 땀을 흘리는 짐승의 몸들이 수평으로 눈사태처럼 쏟아져 내리는 곳에서 삼 피트 정도 떨어져 있었다. 그보다 훨씬 더 가까이 갔더라면, 연대기적으로 말이 되건 말건 아마 즉사를 감수해야 했을 것이다. 아서는 젊고 미숙한 라무엘라 사냥꾼이 어설프게 던진 창에 무리와 함께 달리다가 맞아 쓰러진, 완벽하게 정상적인 짐승 한 마리의 처참한 잔해를 본 적이 있었다.

한 번 발을 헛디디면 그걸로 끝장이었다. 스타브로물라 베타가 대체 어디 붙었는지는 몰라도, 스타브로물라 베타성에서 죽을 운명이라도, 우레 같은, 다 뭉개 버리는, 쿵쾅거리는 그 발굽들에서 목숨을 구해줄 수는 없었다. 그 누구의 목숨이라도 말이다.

마침내, 아서와 포드는 휘청거리며 물러섰다. 그들은 기진맥진한 패잔병이 되어, 타월을 다루는 상대방의 기술을 서로 헐뜯기 시작했다.

"좀더 휙휙 흔들었어야지." 포드가 불평했다. "그 빌어먹을 짐승들의 눈에 띄기라도 하려면, 손목을 더 끝까지 꺾어줄 필요가 있단 말이야."

"끝까지 꺾어?" 아서가 항의했다. "손목에 유연성이 필요한 건 바로 너라고."

"넌 마지막까지 더 화려하게 흔들어 줬어야 했어." 포드가 대꾸했다.

"너한텐 좀더 큰 타월이 필요하고."

"당신에게 필요한 건……." 다른 목소리가 말했다. "피카 새 한 마리요."

"뭐라고?"

그 목소리는 등 뒤에서 들려왔다. 뒤를 돌아보자 스래시바그 영감이 아침 햇살을 받으며 그들의 뒤에 서 있는 게 아닌가.

"완벽하게 정상적인 짐승의 주의를 끌려면……." 그는 그들을 향해 걸어 나오면서 말했다. "피카 새 한 마리가 필요하오. 이렇게 말이지요."

그는 몸에 걸친 거친 성복 비슷한 치렁치렁한 가운 속에서 작은 피카 새 한 마리를 꺼냈다. 새는 스래시바그 영감의 손바닥 위에 불안하게 앉아서 전방 삼 피트 육 인치에서 쏜살같이 날아가는 정체 모를 물건을 뚫어져라 노려보고 있었다.

포드는 사태를 파악하지 못할 때나 어떤 조치를 취해야 할지 몰라 불안해할 때 즐겨 하는 구부정한 경계 태세를 취했다. 그는 두 팔을 아주 천천히 흔들었다. 그게 자기 나름대로는 불길하게 보이고 싶을 때 하는 동작이었다.

"누구야?" 그가 씩씩거렸다.

"그냥 스래시바그 영감일 뿐이야." 아서가 조용히 말했다. "그리고 거창한 몸짓 같은 건 신경 안 써도 돼. 너와 마찬가지로 노련한 허풍쟁이일 뿐이니까. 나중에 둘이서 하루 종일 신나게 돌아가며 춤을 추게 될지 누가 알아."

"저 새." 포드가 다시 씩씩거렸다. "저 새는 뭐야?"

"그냥 새 한 마리잖아!" 아서가 참을성 없이 말했다. "다른 새들하고 다를 게 하나도 없어. 알을 낳고 눈에 보이지도 않는 걸 보고 아크거린다고. 아니면 까르거리던지 릿하던지 아무튼."

"저 놈이 알을 낳는 거 본 적 있어?" 포드가 의심스럽게 물었다.

"아, 미치겠네. 당연히 본 적 있지." 아서가 말했다. "게다가 수백 개도 넘게 먹어봤다고. 상당히 괜찮은 오믈렛 감이거든. 비결은 차가운 버터를 깍둑썰기해서 그걸 보드랍게 거품기로 친 다음에……."

"빌어먹을 요리법 따위는 필요 없어." 포드가 말했다. "저 놈이 진짜 새이고 무슨 다차원적인 인공지능 악몽 같은 게 아닌지만 확인하면 돼."

그는 천천히 쭈그리고 앉아 있던 자세를 풀고 일어나서 몸을 툭툭 털기 시작했다. 하지만 여전히 새에게서 시선을 떼지 못하고 있었다.

"그러니까……." 스래시바그 영감이 아서를 보고 말했다. "밥께서 당신이 우리에게 내려주셨던 샌드위치의 명인이라는 복된 은총을 다시금 빼앗아가기로 하셨다는 말씀이 이미 글자로 쓰여진 것이요?"

포드는 하마터면 다시 쭈그리고 앉을 뻔했다.

"괜찮아." 아서가 중얼거렸다. "이 사람은 원래 말투가 이래." 큰 소리로 그는 이렇게 말했다. "아, 존경하는 스래시바그. 음, 그렇습니다. 유감스럽게도 저는 이제 꽁무니를 내빼야 할 때가 된 것 같습니다. 하지만 제 도제인 젊은 드림플이 대신 훌륭한 샌드위치의 명인이 될 것입니다. 그는 훌륭한 적성을 지니고 있으며, 샌드위치에 대한 깊은 애정이 있고 이제까지 습득한 기술이 있지요, 음, 아직까지는 초보적인 수준이지만, 음, 그래도 시간이 가면 성숙해지리라 믿습니다, 음, 뭐, 그 친구도 꽤 잘할 거라는 말을 하려는 겁니다."

스래시바그 영감은 그를 심각하게 바라보았다. 늙은 잿빛 눈동자가 서글프게 움직였다. 그는 두 팔을 높이 치켜들었다. 한 손에는 여전히 피카 새를 들고 있었고, 다른 손에는 지팡이가 들려 있었다.

"오, 밥이 내려주신 샌드위치의 명인이여!" 그는 똑똑히 발음했다. 그리고 잠시 말을 멈추더니, 미간에 깊은 주름을 만들고는 한숨을 쉬며 경건히 묵상에 잠겨 눈을 감았다. "당신이 없는 삶은." 그는 이렇게 말했다. "아마 아주 아주 훨씬 덜 괴상할 것이요!"

아서는 깜짝 놀라버리고 말았다.

"혹시 아십니까." 그가 말했다. "그 말씀이 제가 평생 들어본 말 중에서 가장 좋은 얘기라는 걸요."

"제발 우리 진도 좀 나갈까요?" 포드가 말했다.

이미 뭔가 일이 벌어지고 있었다. 스래시바그가 뻗은 팔에 앉아 있는 피카 새의 존재가 우레 같이 달려가고 있던 무리 사이로 전율처럼 퍼져나가는 관심을 불러일으키고 있었다. 머리 몇 개가 그들 쪽으로 휙 돌아갔다. 아서는 그가 목격했던 완벽하게 정상적인 짐승의 사냥 장면들을 기억해냈다. 사냥꾼 - 투우사가 망토를 휘두르고 있었을 뿐 아니라, 그 뒤에는 항상 피카 새를 들고 있는 사람들이 있었다는 사실이 새삼 생각났다. 그는 항상 그들이 자기처럼 구경하러 온 사람들인 줄 알았다.

스래시바그 영감은 앞으로 나아가, 돌진하는 무리에 약간 더 가까이 접근했다. 짐승 몇 마리가 피카 새를 보고 흥미를 보이며 고개를 흔들고 있었다.

스래시바그의 쭉 뻗은 두 팔이 떨리고 있었다.

정작 피카 새만 주위에서 일어나고 있는 일에 전혀 관심이 없어 보였다. 그들은 명랑하게 공기 중 어딘가에 있는 이름 없는 분자 몇 개에만 온 정신을 팔고 있었다.

"지금이요!" 스래시바그 영감이 마침내 소리를 질렀다. "자, 이제 타월을 흔들어서 놈들을 흥분시켜요!"

아서는 포드의 타월을 들고 앞으로 나섰다. 사냥꾼 - 투우사들이 했던 것처럼 우아하게 뻐기며 걸으려 했지만, 도저히 그런 동작은 자연스럽게 나오지가 않았다. 하지만 이제는 해야 할 일이 뭔지 알고 있었고, 그의 판단은 옳았다. 그는 타월을 몇 번 흔들고 눈앞에서 휘두르며 그 순간에 대비한 후, 지켜보기 시작했다.

약간 떨어진 곳에서 마음에 드는 짐승이 눈에 띄었다. 바로 무리 가장자리에 있던 짐승은 고개를 숙이고, 그를 향해 껑충거리며 달려오고 있었다. 스래시바그 영감이 새를 홱 잡아챘고, 짐승은 위를 올려다보고 고개를 홱 젖혔다. 바로 그때, 머리가 다시 내려오려는 순간, 아서가 짐승의 시선 바로 앞에서 타월을 흔들어댔다. 짐승은 어리둥절해져서 다시 고개를 홱 젖히면서 눈길로는 타월을 좇았다.

아서는 짐승의 주의를 끄는 데 성공한 것이다.

그때부터는, 짐승을 꼬드겨서 그가 있는 쪽으로 유인하는 일이 세상에서 가장 자연스러운 일처럼 여겨졌다. 짐승은 고개를 치켜들고, 약간 모로 젖히고 있었다. 전속력을 내며 달리던 발걸음은 약간 속도를 낮춰 경중경중 뛰다가 이젠 총총 걷는 정도가 되어 있었다. 몇 초 후, 그 거대한 물체는 그들 사이에서 코를 킁킁거리고, 숨을 헐떡거리고, 땀을 줄줄 흘리며 몹시 흥미롭게 피카 새의 냄새를 맡으며 서 있었지만, 정작 피카 새는 짐승이 왔다는 사실을 알지도 못하는 듯한 모습이었다. 이상하게 휘젓듯이 팔을 움직이면서, 스래시바그 영감은 피카 새가 짐승의 시야에서 벗어나지 않게 하면서도, 늘 짐승이 다가갈 수 없도록 거리를 두었으며 항상 아래쪽을 바라보게 했다. 이상하게 휘젓듯이 타월을 움직이면서, 아서는 계속 짐승의 주의를 이리저리로 끌면서 항상 아래쪽을 바라보게 했다.

"내 평생 이렇게 바보 같은 꼬락서니는 보다보다 처음 보네." 포드는 혼잣말로 중얼거렸다.

마침내 짐승은 어안이 벙벙해진 채로, 유순하게 무릎을 꿇었다.

"타요!" 스래시바그 영감이 포드를 보고, 급박하게 말했다. "어서 타시오! 지금 당장!"

포드는 거대한 물체의 등에 올라타서 두껍고 매듭진 털을 헤치며 붙들 만한 데를 찾다가, 제대로 자리를 잡고 나서는 거대한 털을 한 움큼 쥐고 몸을 지탱했다.

"자, 샌드위치의 명인! 가시오!" 그는 뭔가 정교하고 장식적이고 의례적인 악수를 했지만 아서는 확실히 따라할 수 없었다. 스래시바그 영감은 그 순간의 기분에 휩쓸려 그 몸짓을 즉석에서 만들어 낸 게 분명했기 때문이다. 그러더니 그는 아서의 등을 떼밀었다. 심호흡을 깊이 하고 나서, 그는 거대하고 뜨겁고 위아래로 흔들리고 있는 짐승의 등에 기어올라 포드 뒤쪽으로 올라탄 후 꼭 붙들었다. 바다표범만한 거대한 근육들이 그의 몸 아래에서 물결치며 구부러졌다.

스래시바그 영감은 갑자기 새를 높이 치켜들었다. 짐승의 머리가 그 새를 좇아 빙글 위로 치켜 올라갔다. 스래시바그는 팔과 피카 새를 다 위로 위로 뻗었다. 그러자 천천히, 육중하게, 완벽하게 정상적인 짐승은 꿇었던 무릎을 불끈 펴고 마침내 흔들거리며 일어섰다. 등 뒤에 타고 있던 두 사람은 불안한 마음으로 죽을 힘을 다해서 꼭 붙들었다.

아서는 전속력으로 돌진하고 있는 동물들의 바다를 뚫어져라 바라보면서, 어디로 가고 있는지 보려고 몸을 쭉 폈지만, 열기로 인한 아지랑이 외에 아무것도 볼 수 없었다.

"뭐가 보여?" 포드가 말했다.

"아니." 포드는 몸을 뒤틀어 뒤를 보려 했다. 어디서 오는 건지 혹시 단서가 있을까 해서였다. 하지만, 역시 아무것도 보이지 않았다.

아서는 스래시바그에게 고함을 쳤다.

"이 짐승들이 어디서 오는지 알아요? 아니면 어디로 가는지라도?"

"왕의 영토요!" 스래시바그 영감이 큰 소리로 대꾸했다.

"왕?" 깜짝 놀란 아서가 소리쳤다. "무슨 왕이요?" 완벽하게 정상적인 짐승은 그의 몸 아래에서 불안하게 앞뒤 좌우로 흔들리고 있었다.

"그게 무슨 소리요, 무슨 왕이냐니?" 스래시바그 영감이 말했다. "유일한 왕 말이요."

"한 번도 왕에 대해 말씀하신 적이 없으셔서요." 아서가 약간 혼란스러워 하며 다시 외쳐 물었다.

"뭐라고요?" 스래시바그 영감이 다시 소리쳤다. 수천 개의 발굽 소리들 때문에 무슨 소리인지 알아듣기가 몹시 힘들었거니와, 노인은 지금 하고 있는 일에 온 정신을 집중하고 있었다.

여전히 새를 높이 치켜들고서, 그는 짐승을 천천히 유인해 방향을 틀게 한 다음, 다시 짐승이 거대한 무리와 평행으로 서게 만들었다. 그는 앞으로 나갔다. 짐승도 따라갔다. 그는 다시 전진했다. 짐승도 다시 따라갔다. 마침내, 짐승은 약간 속도를 내어 쿵쿵거리며 앞으로 나가기 시작했다.

"전에 무슨 왕에 대한 말씀을 하신 적이 없지 않느냐고요?" 아서가 다시 외쳤다.

"무슨 왕이라고 한 적 없소." 스래시바그 영감이 외쳤다. "그냥 왕이라고 했지."

그는 팔을 뒤로 젖히더니 온 힘을 다해 앞으로 내던지며, 피카 새를 무리 위 공중으로 날려 보냈다. 이 일로 피카 새는 완전히 혼비백산한 모양이었다. 이제까지 주위에서 벌어지는 일에 전혀 신경을 쓰고 있지 않았던 게 분명했으니까. 새는 사태를 파악하는 데 일이 초쯤 시간을 보낸 후, 작은 날개를 펼쳐 날아가 버렸다.

"가시오!" 스래시바그가 외쳤다. "가서 당신의 운명을 만나시오, 샌드위치의 명인!"

아서는 이런 식으로 자기 운명을 만나는 게 좋은지 확신이 서지 않았다. 그저 짐승들이 어디로 가든 무조건 빨리 가서 이놈의 짐승 등에서 내리고 싶을 뿐이었다. 그 위에서는 안전한 느낌이 전혀 들지 않았다. 짐승은 피카 새를 따라가면서 차츰 차츰 속도를 높이고 있었다. 그리고 거대한 동물 무리의 파도 가장자리에 닿자, 잠시 후에는, 다시 고개를 숙이고 피카 새는 까맣게 잊은 채, 다시 한번 무리들과 함께 달리며 급속도로 짐승들이 희박한 공기 중으로 사라지는 지점에 접근하기 시작했다. 아서와 포드는 전속력으로 돌진하는 태산 같은 동물들의 몸에 사방으로 에워싸여, 거대한 짐승을 죽어라고 꼭 붙들고 있었다.

"가시오! 짐승을 타고 달리시오!" 스래시바그가 고래고래 소리를 질렀다. 아득한 그의 목소리가 희미하게 그들의 귓전에 울려 퍼졌다. "그 완벽하게 정상적인 짐승을 타고 달리시오! 달려! 달려!"

포드는 아서의 귀에 대고 소리쳤다. "저 사람이 우리가 어디로 간다고 했어?"

"왕이 어쩌고 하던데." 아서는 필사적으로 매달리며 큰 소리로 대답했다.

"무슨 왕?"

"내가 바로 그 말을 했어. 그냥 왕이라고 하던데."

"그냥 왕이라는 사람이 있는 줄은 몰랐는데." 포드가 외쳤다.

"나도 몰랐어." 아서가 다시 소리쳐 대답했다.

"물론 진정한 왕(The King : 로큰롤의 제왕 엘비스 프레슬리를 말한다―옮긴이주)이 있기는 하지." 포드가 외쳤다. "하지만 설마 그 사람을 말한 건 아니겠지."

"무슨 왕?" 아서가 소리쳤다.

탈출 지점이 임박하고 있었다. 바로 눈앞에서, 완벽하게 정상적인 짐승들이 허공 속으로 달려들어 사라지고 있었다.

"그게 무슨 말이냐, 무슨 왕이냐니." 포드가 외쳤다. "나야 무슨 왕인지 모르지. 그저 내 말은 설마 그 왕을 의미할 리는 없다는 뜻이었어. 그러니까 그 사람이 무슨 뜻으로 한 말인지는 모르지."

"포드, 나는 네가 하는 소리가 무슨 말인지 모르겠어."

"그래서?" 포드가 말했다. 그러더니 느닷없이 어지럽게 별들이 빛나기 시작했고, 그들 머리 주위에서 빙글빙글 돌며 뒤틀렸으며, 이윽고, 마찬가지로 돌연히, 별빛은 모조리 꺼지고 말았다.

21

안개 낀 회색 건물들이 솟아올라 번득거렸다. 그들은 아주 창피하게도 위아래로 경중거렸다.

이건 대체 어떤 종류의 건물들일까?

무슨 목적으로 세워진 걸까? 이 건물들을 보니 떠오르는 생각은 무엇인가?

생각도 못했는데 별안간 다른 세계에 나타나게 되면, 사물들의 원래 목적을 파악하기가 너무나 힘든 법이다. 다른 세계에는 다른 문화가 있으며, 삶에 대한 가장 기초적인 전제들 자체가 다르며, 또한 믿을 수 없이 지루하고 무의미한 건축들이 있다.

건물들 위의 하늘은 차갑고 적대적인 검은 색이었다. 태양에서 이렇게 멀리 떨어진 곳이라면 눈이 멀어버릴 정도로 눈부시게 현란한 점들이라야 할 항성들은, 두껍고 거대한 원형 방호벽 때문에 뭉개지고 희미해져 있었다. 강화 플라스틱이나 뭐 그런 재질이었는데. 어쨌든 재미없고 무거운 소재가 틀림없었다.

트리시아는 다시 테이프를 처음으로 돌려 감았다.

그녀는 테이프가 어딘가 약간 이상하다는 걸 잘 알고 있었다.

글쎄, 사실, 그 테이프에는 수백만 개의 약간 이상한 점들이 있었다. 하지만 그녀의 신경을 거슬리는 것은 단 하나였고, 그걸 확실히 파악할 수가 없었다.

그녀는 한숨을 쉬고 하품을 했다.

테이프가 맨 앞으로 되감기는 동안 그녀는 편집용 계기판 위에 차곡차곡 쌓이고 있던 더러운 폴리스티렌 커피 컵들을 치우고 쓰레기통에 던져버렸다.

그녀는 소호에 있는 비디오 프로덕션 회사의 작은 편집실에 앉아 있었다. 문에는 '방해하지 마시오'라는 공지로 덕지덕지 도배하고 전화 교환대를 조작해 걸려오는 전화를 모두 막아두었다. 처음에는 그녀의 경이로운 특종을 보호하기 위한 목적에서였지만, 이제는 창피를 당하지 않기 위해서였다.

그녀는 처음부터 끝까지 테이프를 다시 볼 생각이었다. 견뎌낼 수만 있다면 말이다. 아마 여기저기서 빨리 감기를 해야 할지도 모른다.

월요일 오후 네 시경이었고, 그녀는 어쩐지 속이 메슥거렸다. 이 약간 메슥거리는 기분이 무엇 때문인지 알아내려고 애썼지만, 후보 원인들이 너무 많았다.

일단 무엇보다도 뉴욕에서 밤새도록 비행기를 타고 날아온 게 제일 큰 원인이었다. 붉게 충혈된 눈. 이건 정말 매번 죽을 맛이다.

그러고는 잔디밭에 착륙한 외계인들을 따라 루퍼트 행성까지 날아갔다 왔던 일. 그녀는, 이건 정말 매번 죽을 맛이라고 자신 있게 말할 만큼 전문가는 아니었지만, 주기적으로 그런 여행을 해야 하는 사람들은 아마 욕을 퍼부을 거라는 데 기꺼이 돈을 걸 수도 있었다. 잡지에 항상 나오는 스트레스 순위 표가 있다. 직업을 잃는 일은 스트레스 지수 오십 점. 이혼을 하거나 머리 모양을 바꾸거나 하는 일 등이 칠십오 점. 하지만 그 중 어느 것에도 자기 잔디밭에 착륙한 외계인을 따라 루퍼트 행성까지 갔다오는 일을 명시하고 있지는 않다. 적어도 몇 십 점은 충분히 되리라고, 그녀는 믿어 의심치 않았다.

여행 자체가 특별히 스트레스가 심했던 건 아니다. 사실 말도 못하게 지루했다. 얼마 전에 했던 대서양 횡단 여행보다 스트레스가 더 심했던 것도 아니거니와, 시간도 비슷하게 얼추 일곱 시간 정도 걸렸다.

글쎄, 그건 정말 굉장히 놀라운 일이다. 안 그런가? 뉴욕까지 가는 데 걸리는 시간과 비슷한 정도의 비행으로 태양계 최외곽 경계선까지 날아갔다 온다는 건, 그들의 우주선에 전례 없이 환상적인 추동 동력원이 달려 있다는 말이니까. 그녀는 자신을 초대한 외계인들에게 그 부분을 물어보았고, 그들은 실제로 엔진이 상당히 훌륭하다는 데 동의했다.

"하지만 어떻게 **작동하는 거죠?**" 그녀는 흥분에 들떠 이렇게 물었다. 여행 초기에는 아직 상당히 들떠 있었던 것이다.

그녀는 테이프의 그 부분을 찾아내서 혼자 다시 틀어보았다. 그레불론인들은——그들은 자신들을 스스로 그렇게 불렀다—— 공손하게 우주선을 발진하게 만들려면 어떤 단추들을 눌러야 하는지 보여주었다.

"그렇군요. 하지만 어떤 원리로 우주선이 작동하는 건가요?" 그녀는 카메라 뒤에서 그렇게 묻는 자기 목소리를 들었다.

"오, 그러니까 워프(warp : 축지법처럼 공간을 왜곡해 고속 이동하는 방법—옮긴이주) 추동력인지 뭐 그런 거 말입니까?" 그들이 말했다.

"그래요." 트리시아는 고집을 피웠다. "원리가 뭔가요?"

"아마 그 비슷한 걸 겁니다." 그들이 말했다.

"뭐 비슷한 거 말이죠?"

"워프 추동력, 광양자(光量子) 추동력, 그 비슷한 거요. 우주선 기술자한테 물어보셔야 할 거예요."

"어느 분이시지요?"

"우리도 모릅니다. 보시다시피, 우리는 모두 정신을 잃어버렸거든요(lose one's mind는 말 그대로 '정신을 잃다'라는 뜻이지만, 관용적으로 '미치다, 돌아버리다'라는 뜻으로 쓰인다—옮긴이주)."

"아, 그렇군요." 트리시아는 약간 머뭇거리며 말했다. "그렇게 말씀하셨죠. 음, 그렇다면 어쩌다가 모두 정신을 잃어버리셨죠?"

"우리도 모릅니다." 그들은 참을성 있게 말했다.

"정신을 잃어버리셨으니 모르시겠죠." 트리시아가 음울하게 그 말을 되풀이했다.

"텔레비전 보고 싶으세요? 긴 시간 여행을 하셔야 하니까요. 우리는 텔레비전을 본답니다. 우리가 즐기는 것이지요."

이렇게 눈을 뗄 수 없이 흥미진진한 내용들이 테이프에 담겨 있었고, 정말 어찌나 재미있는지 말로 표현하지 못할 정도였다. 일단 화질이 아주 좋지 않았다. 트리시아는 정확히 어째서 그런지 알 수가 없었다. 그레불론인들이 약간 다른 빛의 주파수 범위에 반응한다는 느낌이 들었다. 그리고 주위에는 엄청나게 많은 자외선들이 있어서 비디오카메라를 엉망으로 만들고 있었다. 게다가 간섭파도 심하고 화면에 눈도 내렸다. 아무도 아는 바가 없는 워프 추동력인지 뭔지가 상관이 있을지도 모른다.

그래서 기본적으로 그녀가 테이프에 담아온 건, 공중파 방송이 나오는 텔레비전을 다 같이 보며 앉아 있는 약간 호리호리하고 창백한 한 무리의 사람들이었다. 그런가 하면 카메라를 좌석 옆에 있는 아주 작은 현창 밖으로 돌려 아주 훌륭하고 약간 줄무늬가 진 효과가 나는 별들의 사진을 찍을 수 있었다. 그 별들이 진짜라는 걸 그녀는 알고 있었지만, 그 정도 별들을 가짜로 합성해서 만들어내려면 넉넉잡아 삼사 분이면 족할 것이다.

결국 그녀는 루퍼트 행성 자체를 찍기 위해 소중한 비디오테이프를 아껴 두기로 하고 그냥 앉아서 같이 텔레비전을 보기로 결정했다. 심지어 중간에 한참 졸기까지 했다.

그래서 속이 영 좋지 않은 이유 중에는, 경이로운 기술로 설계된 외계의 우주선에서 그렇게 오랜 시간을 보냈는데, 대부분의 시간을 〈야전병원〉이나 〈캐그니와 레이시〉 같은 드라마의 재방송을 보며 조는 데 보냈다는 사실도 한몫 했다. 하지만 달리 할 일이 있어야 말이지? 물론 사진도 몇 장 찍었지만, 인화해서 가져와보니 사진들은 모두 심하게 안개가 낀 것처럼 흐릿하게 나와 있었다.

속이 메슥거리고 좋지 않은 또 다른 이유는 아마 루퍼트 행성 착륙에 기인할 터이다. 적어도 그것만은 대단히 극적이고 머리카락이 쭈뼛 서도록 오싹했다. 우주선은 어두컴컴하고 음울한 자연경관 위로 매끄럽게 급강하하며 날아갔다. 이 지역은 그들의 태양인 솔Sol이 뿜어내는 빛과 열에서 너무나 끔찍하게 멀리 떨어져 있어서, 마치 부모에게 버림받은 아이의 정신세계에 남은 심리학적 흉터들을 그려놓은 지도처럼 보였다.

얼어붙은 암흑 사이로 눈부신 안내등 불빛이 타오르며 우주선을 무슨 동굴 입구 비슷한 데로 인도했다. 동굴이 저절로 휘어지면서 입구가 열리면 소형 우주선이 들어갈 수 있게 되어 있는 모양이었다.

불행하게도 우주선이 접근하는 각도가 좋지 않았던 데다, 작고 두꺼운 현창이 어찌나 선체 깊숙이 박혀 있는지, 비디오카메라를 이 모든 풍광들에 똑바로 갖다댈 수가 없었다. 그녀는 테이프의 그 부분을 돌려보았다.

카메라는 똑바로 태양을 향하고 있었다.

보통 이렇게 하면 비디오카메라에 아주 좋지 못하다. 하지만 태양이 대략 삼억 마일쯤 떨어져 있을 때는, 전혀 해를 끼치지 못한다. 사실 전혀 아무런 인상을 남기지 못했다. 화면 한가운데에 조그만 빛의 점이 보일 뿐이었는데, 그건 전혀 별다른 게 아니었다. 헤아릴 수 없이 수많은 별들 중 하나였을 뿐이다.

트리시아는 빨리 감기를 했다.

아. 이제, 다음 부분은 그나마 상당히 기대를 했던 장면이다. 우주선 밖으로 나와 보니, 광막한 잿빛 격납고 비슷한 건물 안이었던 것이다. 굉장히 대규모의 외계 기술력이 동원된 건물이 틀림없었다. 강화 플라스틱으로 만든 반원형 방호벽의 시커먼 천장 아래 솟아오른 수많은 잿빛 건물들. 이 건물들은 아까 테이프 마지막에 그녀가 보고 있던 것과 똑같은 것들이다. 몇 시간 후 루퍼트를 떠날 때, 지구로 돌아오기 위해 우주선에 승선하기 직전, 이 광경을 좀더 찍었기 때문이다. 그런데 왜 이렇게 어디서 본 듯한 느낌이 들까?

글쎄, 뭐니뭐니해도 이 건물들은 지난 이십 년간 양산된 수많은 저예산 과학 영화들의 촬영장들을 연상시켰다. 물론 이쪽이 훨씬 더 컸지만, 비디오 화면으로 보면 지독하게 값싸고 번드레한 가짜처럼 보였다. 끔찍한 화질은 말할 것도 없거니와, 그녀는 지구보다 훨씬 더 낮은 중력이 야기한 예기치 못한 결과와 씨름해야 했다. 카메라 화면이 어찌나 심하게 흔들렸는지 전문가라고 말하기가 창피할 정도였던 것이다. 도무지 카메라를 차분히 붙들고 있기가 힘들었다. 그래서 화면에서 자세한 세부 사항을 알아본다는 건 불가능했다.

그리고 이제 지도자가 미소를 띠고 두 팔을 쭉 내민 채 그녀에게 인사를 하러 앞으로 나오는 화면이 나왔다.

그는 그렇게만 불렸다. 지도자.

그레불론 사람들은 아무도 이름이 없었는데, 그 이유는 대개 이름을 생각해낼 능력이 없기 때문이었다. 트리시아는 그들 중에 지구에서 본 텔레비전 프로그램의 등장인물 이름들을 따서 자기 이름을 지어볼까 하는 생각을 해본 사람들도 있었다는 걸 알게 되었다. 그러나 아무리 서로를 웨인이나 바비, 척이라는 이름으로 불러보려 애를 써도, 머나먼 별들 사이 그들의 고향에서부터 가지고 온 문화적 잠재의식 내부에 깊이 도사린 어떤 잔재가 그건 정말 아니라고, 절대 안 될 말이라고 말했다고 한다.

지도자는 다른 외계인들의 모습과 상당히 몹시 유사했다. 아마 약간 덜 말랐을 수도 있다. 그는 텔레비전에서 트리시아의 쇼를 아주 즐겨 본다면서, 굉장한 팬이라고 말했다. 그리고 루퍼트 행성까지 찾아주시다니 얼마나 기쁜지 모르겠다며, 모든 사람들이 그녀가 오기를 고대하고 있었다고, 우주선 여행이 편안했기를 바란다는 둥의 말을 늘어놓았다. 우주에서 온 특사라거나 그런 느낌은 아무리 눈 씻고 찾아보려 해도 없었다.

확실히 지금 이렇게 비디오테이프로 보니, 그는 기대면 금세 무너질 듯한 세트 앞에 의상을 갖춰 입고 분장을 하고 선 배우처럼 보일 뿐이었다.

그녀는 손으로 얼굴을 받치고 앉아 화면을 빤히 노려보다가, 천천히 황당함에 고개를 저었다.

이건 한심하기 이를 데 없었다.

이 부분만 한심하기 이를 데 없었던 게 아니다. 그녀는 다음에 뭐가 나올지 잘 알고 있었다. 우주선 여행을 하셨으니 배가 고플 텐데 오셔서 뭘 좀 드시는 게 어떠냐고 묻는 대목이었다. 식사를 함께 하면서 이런저런 문제를 상의할 수 있을 거라면서.

그녀는 이 시점에서 자기가 무슨 생각을 하고 있었는지 기억해냈다.

외계인의 음식일 텐데 하는 생각이었다(외계인의 음식 alien food은 낯설고 입에 잘 맞지 않는 음식이라는 뜻도 있다—옮긴이주).

이걸 대체 어떻게 처리해야 한담?

정말로 먹어야 하나? 먹던 음식을 뱉을 수 있는 종이 냅킨 비슷한 걸 구할 수 있을까? 특수한 면역 체제의 문제 등 골치 아픈 일은 없을까?

알고 보니 햄버거였다.

햄버거로 판명 났을 뿐 아니라, 햄버거로 판명 난 햄버거는 누가 봐도 분명히, 확연하게 전자레인지에서 다시 데운 맥도날드 햄버거였다. 그저 모양만 그런 게 아니었다. 냄새만 그런 게 아니었다. 폴리스티렌 포장에 온통 '맥도날드'라는 글씨가 찍혀 있었다.

"듭시다! 맛있게 듭시다!" 지도자가 말했다. "우리의 영예로운 손님을 위해서는 아무리 귀한 진미도 아깝지 않지요!"

여기는 그의 사택인 아파트 안이었다. 트리시아는 공포에 가까운 당혹감에 사로잡혀 내부를 둘러보았지만, 그래도 어쨌든 비디오테이프에 담았다.

아파트에는 물침대가 있었다. 그리고 미디 하이파이 오디오가 있었다. 그리고 전기로 불이 들어오는 커다란 유리 조명등 비슷한 게 식탁 위에 놓여 있었는데, 그 속에서는 커다란 물방울처럼 생긴 정자들이 떠다니는 것처럼 보였다. 벽은 벨벳으로 도배되어 있었다.

지도자는 갈색의 코듀로이로 만든 콩 주머니 의자에 편안히 앉아 입 속에 구강청정제를 마구 뿌렸다.

트리시아는 불쑥 무지막지하게 겁이 나기 시작했다. 그녀는 자기가 아는 한, 그 어떤 인간보다 더 지구에서 멀리 떨어져 있는데, 갈색 코듀로이 콩 주머니 의자에 기대앉아 입 안에 구강청정제를 뿌려대는 외계의 존재와 함께였던 것이다.

그녀는 괜히 잘못 생각할 만한 행동을 하고 싶지 않았다. 그의 경계심을 발동시킬 생각도 없었다. 하지만 그래도 몇 가지는 알고 넘어가야 했다.

"어떻게……어디서……이런 걸 구하셨어요?" 그녀는 방 안을 불안하게 손짓해 가리키면서 물었다.

"인테리어 말씀입니까?" 지도자가 말했다. "마음에 드세요? 아주 세련되었지요. 우리 그레불론족은 아주 세련된 종족이라서 말이지요. 우리는 이렇게 세련된 소비 내구재를……통신 판매로 구입합니다."

트리시아는 이 시점에서 엄청 느릿느릿하게 고개를 끄덕거렸다.
"통신……판매요……." 그녀가 말했다.

지도자는 킬킬거리고 웃었다. 그것은 다크 초콜릿 같은 안심하게 만드는, 매끈한 웃음소리였다.

"지구에서 여기로 보내준다고 생각하시는 모양이군요. 아닙니다! 하하! 우리는 뉴햄프셔에 특별 사서함을 개설해 두었지요. 정규적으로 물건을 가지러 방문을 하곤 한답니다. 하하!" 그는 편안한 자세로 콩 주머니 의자에 다시 기대앉아, 손을 뻗어 다시 데운 프렌치프라이를 하나 집어 들더니 끝을 오물오물 뜯어먹었다. 재미있다는 듯한 미소가 입가에 번져 있었다.

트리시아는 뇌 속에서 거품이 약간 보글거리는 느낌을 받았다. 그래도 비디오카메라는 그냥 계속 돌아가게 내버려 두었다.

"어떻게, 어, 어떻게 이 훌륭한 물건들의 값을 치르시는지요?"

지도자가 다시 킬킬거리고 웃었다.

"아메리칸 익스프레스를 씁니다." 그는 아무렇지도 않은 일이라는 듯 어깨를 으쓱해 보였다.

트리시아는 다시 느릿느릿 고개를 끄덕였다. 그 회사는 특히 '아무나'한테 카드를 발급한다는 사실을 잘 알고 있었다.

"그럼 이것들은요?" 그녀는 그가 제공한 햄버거를 들어 보이며 말했다.

"아주 쉽습니다." 지도자가 말했다. "줄을 서서 사지요."

이번에도, 트리시아는 척수를 따라 차갑고 오싹한 불안감이 훑고 지나가는 느낌과 함께, 그 말로 너무나 많은 사실이 해명된다는 걸 깨달았다.

그녀는 다시 빨리 감기 버튼을 눌렀다. 여기에는 쓸만한 게 단 하나도 없었다. 전부 악몽 같은 광기뿐이었다. 그녀가 거짓으로 위조했다 해도, 이보다는 훨씬 그럴싸하게 보였을 터이다.

이 가망 없는, 한심하기 이를 데 없는 테이프를 바라보고 있자니 또 속이 메슥거리는 기분이 덮쳐왔다. 그리고 느릿느릿한 공포심과 함께, 이것이야말로 그 해답이리라는 사실을 깨닫기 시작했다.

그녀는 틀림없이……

그녀는 고개를 가로젓고 나서 정신을 차리려 애썼다.

밤새도록 동쪽으로 비행기를 타고 온데다……비행기 여행 시간을 견디려고 먹었던 수면제들. 수면제들을 넘기려고 마셨던 보드카들.

또 뭐가 있지? 글쎄. 머리가 두 개 달린 근사한 남자에 대한 십칠 년에 걸친 집착이 있었다. 그 남자는 한쪽 머리를 새장 속에 든 앵무새로 위장하고, 파티에서 그녀를 데리고 나가려 했지만 성미 급하게도 비행접시를 타고 다른 행성으로 날아가 버렸다. 느닷없이 그 생각에는 헤아릴 수 없는 근심스러운 측면들이 있다는 생각이 떠올랐다. 한 번도 그런 생각은 해본 적이 없었다. 단 한 번도 생각해보지 못했다. 십칠 년 동안.

그녀는 주먹으로 입을 틀어막았다.

도움이 필요했다.

그리고 그녀의 잔디밭에 내려앉은 외계인의 우주선 주위를 꾹꾹 쑤시고 돌아다니던 에릭 바틀릿도 있었다. 그리고 그 전에는…… 뉴욕이, 그러니까, 아주 더워서 스트레스를 많이 받았다. 드높았던 소망만큼 쓰디쓴 낙담. 점성술 어쩌고 하는 일들.

그녀는 틀림없이 신경쇠약에 걸린 거다.

바로 이거다. 그녀는 녹초가 되었고, 신경쇠약을 일으켰으며, 집에 돌아온 후 얼마 지나지 않아 환각을 보기 시작했던 거다. 모든 이야기들은 다 그녀의 꿈이었다. 삶과 역사를 모두 빼앗긴 외계의 종족들이 우리의 태양계 맨 끝에 기지를 치고 그들의 문화적 진공 상태를 우리의 문화적 쓰레기로 채우고 있다니. 하! 이건 자연이 자기 나름의 방식으로 어서 빨리 아주 값비싼 의료기관에 찾아가 진료를 받으라고 그녀에게 말하고 있는 게 틀림없었다.

그녀는 아주, 아주 속이 좋지 않았다. 그녀는 자기가 얼마나 많은 라지 사이즈 커피를 들이켰는지 바라보았고, 또한 자기 호흡이 몹시 힘겹고 밭다는 사실을 깨달았다.

무슨 문제든 해결하기 위해서는 자기한테 문제가 있다는 걸 먼저 깨달아야 해. 그녀는 스스로에게 타일렀다. 그리고 호흡을 조절하려고 애쓰기 시작했다. 때늦지 않게 깨달아서 다행이었다. 자신의 상태를 정확히 파악한 것이다. 어떤 심리적 파국의 경계에 서 있었는지 몰라도, 이제는 제자리로 돌아오는 중이었다. 그녀는 진정하고, 차분히, 차분히 마음을 가라앉히기 시작했다. 의자에 깊이 기대

앉아 두 눈을 감았다.

얼마 후, 이제 다시 정상적인 호흡을 되찾은 그녀는 다시 눈을 떴다.

그런데 이 테이프는 그럼 어디서 난 거지?

* * *

비디오는 아직도 돌아가고 있었다.

좋다. 그건 가짜였다.

그녀 스스로 위조한 거다. 바로 그거다.

그걸 위조한 건 그녀가 틀림없었다. 왜냐하면 사운드트랙이 질문을 던지는 그녀의 목소리로 가득 차 있었으니까. 가끔씩 카메라가 한 장면을 다 찍고 나면, 그녀의 구두를 신고 있는 그녀 자신의 발이 보였다. 자기가 테이프를 위조해 놓고도, 위조한 기억도 없고 어째서 그런 짓을 했는지도 생각나지 않았다.

번쩍거리고 눈 내리는 화면을 바라보던 그녀의 숨이 또 가빠졌다.

아직도 헛것을 보고 있는 게 틀림없다.

그녀는 고개를 가로저으며, 눈앞의 영상이 사라지게 만들려 애썼다. 누가 봐도 가짜가 분명한 이 물건을 위조한 기억이 전혀 없었다. 반면, 이 가짜 테이프의 내용과 대단히 비슷한 기억은 나는 것 같았다. 그녀는 당혹스러워 어쩔 줄 모르면서 반쯤 넋을 잃고 계속 바라보았다.

그녀의 상상 속에서 지도자라는 이름으로 불렸던 사람이 그녀에게 점성술에 대해 질문을 던지고 있었고, 그녀는 매끄럽고 차분하게 대답을 하고 있었다. 들키지 않으려고 교묘하게 위장했기 때문에 남들은 몰랐지만, 자기 목소리에 점차 당혹스러운 공포심이 뒤섞이는 기미를 그녀만은 알아볼 수 있었다.

지도자가 단추를 하나 누르자 밤색 벨벳 벽이 미끄러지며 열렸고, 그 속에서 커다란 평면 텔레비전 모니터들이 커다랗게 첩첩이 쌓여 있는 더미가 나타났다.

모니터들은 각각 다른 이미지들을 만화경처럼 보여주고 있었다. 게임 쇼에서 발췌한 몇 초, 경찰 드라마에서 나온 몇 초, 슈퍼마켓 창고 보안 카메라가 찍은 장면 몇 초, 누군가가 찍은 휴가 비디오 몇 초, 섹스 장면 몇 초, 뉴스 몇 초, 코미디 몇 초. 이 모든 걸 지도자는 몹시 자랑스러워 마지않는다는 게 분명했고, 그는 두 손을 지휘자처럼 흔들어대면서 말도 안 되는 헛소리를 계속 늘어놓았다.

그가 두 손을 한 번 더 흔들자, 모든 화면들이 싹 지워지더니 거대한 컴퓨터 스크린이 되어 태양계의 행성들을 도식적으로 늘어놓은 화면이 나타났다. 배경에는 자기 별자리들 속에 자리 잡은 항성들의 위치가 지도처럼 그려져 있었다. 이 화면 디스플레이는 완전히 정지된 화상이었다.

"우리에게는 위대한 기술이 있습니다." 지도자는 이렇게 말하고 있었다. "연산, 우주 철학적 삼각법, 삼차원 항해 계산법. 위대한 기술들이지요. 위대하고, 위대한 기술들입니다. 하지만 우리는 그것들을 잃어버렸습니다. 너무나 안타까운 일이지요. 우리는 기술들을 갖고 싶은데, 기술들은 사라져버리고 말았습니다. 우주 어딘가에서 날아가고 있을 겁니다. 우리 이름들과 우리 고향의 세세한 정보들과 사랑하는 이들을 싣고. 제발……." 그는 트리시아에게 컴퓨터 계기판에 가까이 다가앉아 달라고 손짓을 하며 말했다. "우리를 위해 노련한 기술을 보여주세요."

분명 다음에 벌어진 일은, 트리시아가 이 모든 걸 모두 담기 위해 재빨리 비디오카메라를 삼각대에 설치했던 것으로 판단된다. 그러고 나서 그녀는 직접 화면 속으로 걸어들어가 거대한 컴퓨터 화상 앞에 차분하게 앉아, 몇 분간 인터페이스를 익히고는 매끈하고도 자신감 넘치는 태도로 자기가 뭘 하는지 아주 희미하게나마 알고 있는 척 연기를 했다.

그건 사실, 그렇게 힘든 일이 아니었다.

그녀는, 어쨌든 훈련받은 수학자였고 천체 물리학자였으며 게다가 노련한 텔레비전 앵커였으니, 오랜 세월이 지나 까맣게 잊어버린 과학적 지식쯤 허풍으로 때울 능력은 차고도 넘쳤다.

그녀가 조작하고 있던 컴퓨터는 그레불론인들이 현재의 허망한 상태가 시사하는 것보다는 훨씬 더 진보되고 세련된 문화에서 왔다는 사실을 입증하는 뚜렷한 증거였다. 그리고 컴퓨터의 도움을 받아, 그녀는 삼십 분 만에 대충 그럴싸하게 돌아가는 태양계의 모델을 만들어낼 수 있었다.

그건 특별히 정확하거나 그런 건 아니었지만, 보기에는 근사했다. 행성들은 그럭저럭 쓸 만한 궤도 시뮬레이션을 따라 씽씽 돌아갔고, 이 가상 우주 태엽장치는 시스템 속의 어느 각도에서든 볼 수 있는 것이었다——아주 개략적이기는 했지만. 지구에서도 볼 수 있고, 화성에서도 볼 수 있고, 기타 등등. 루퍼트 행성의 표면에서도 볼 수 있었다. 트리시아는 자기 자신의 능력에도 깊은 감명을 받았지만, 그녀가 작업한 컴퓨터의 능력에도 역시 깊은 감명을 받았다. 그 작업은 지구의 워크스테이션을 썼다면 프로그램하는 데만 일 년 가량 걸렸을 만한 일이었다.

일을 다 끝마치자 지도자가 그녀 뒤에 서서 지켜보았다. 그녀의 업적에 대단히 기뻐하며 흡족해 하는 모습이 역력했다.

"좋습니다." 그가 말했다. "자, 부탁인데요, 이제 방금 설계하신 시스템을 사용해 이 책에 있는 정보를 해독하는 시범을 좀 보여주시기 바랍니다."

조용히 그는 책 한 권을 그녀 앞에 내려놓았다.

그건 게일 앤드루스가 쓴 《당신과 당신의 행성들》이었다.

트리시아는 다시 테이프를 정지시켰다.

이제는 정말 그야말로 아주 어질어질한 기분이 들었다. 헛것을 보고 있다는 기분은 이제 좀 사라졌지만, 그래도 머리 속이 조금도 편안하거나 맑아지지 않았다.

그녀는 편집용 계기판에서 의자를 뒤를 밀고 어떻게 해야 할까 궁리했다. 오래 전 그녀가 천문학 연구를 그만둔 건, 어떤 의혹의 여지도 없이 외계에서 온 존재를 직접 만나보았다는 확신을 가졌기 때문이었다. 파티에서. 그리고 그 어떤 의혹의 여지도 없이, 그런 말을 입 밖에 냈다가는 웃음거리가 될 거라는 사실 또한 잘 알고 있었다. 하지만 어떻게 우주론을 공부한다는 사람이 그 분야에 대해 알고 있는 가장 중요한 지식을 말하지 않을 수가 있겠는가? 그녀는 할 수 있는 단 하나의 일을 했다. 학계를 떠났던 것이다.

이제 텔레비전에서 일하게 된 그녀에게 똑같은 일이 다시 일어났다.

그녀에게는 비디오테이프가 있었다. 그러니까 만물의 역사를 통틀어 가장 놀라운 특종감을 담은 진품 비디오테이프였다. 우리 태양계 최외곽에 귀양살이를 하게 된 외계 문명의 잊혀진 기지라니.

그녀는 기사거리를 갖고 있었다.

그녀는 실제로 그 곳에 다녀왔다.

그녀는 그것을 보았다.

그녀에게는, 젠장, 비디오테이프가 있었단 말이다.

그런데 누군가에 그 테이프를 보여주면, 그날로 그녀는 웃음거리가 되기 십상이었다.

어떻게 이걸 하나라도 증명할 수 있을까? 심지어 생각할 가치도 없었다. 아무리 궁리를 해봐도, 어느 각도에서 봐도 전체가 다 악몽 같았다. 그녀의 머리가 쿵쾅거리며 맥박 치기 시작했다.

핸드백에 아스피린이 몇 알 있었다. 그녀는 작은 편집실에서 나와 복도 저편에 있는 식수대로 갔다. 그녀는 아스피린을 꺼내고 물을 몇 컵 마셨다.

그곳은 아주 조용해 보였다. 보통은 근처에서 분주하게 돌아다니는 사람들이 이보다는 많기, 아니 적어도 근처에서 분주하게 돌아다니는 사람들이 몇 사람은 있기 마련이다. 그녀는 인접한 편집실 문 안으로 고개를 살짝 들이밀어 보았지만 아무도 없었다.

사실 그녀는 자기 편집실에 사람들이 들어오지 못하게 하기 위해 좀 과하다 싶은 조치를 취했다. '방해하지 마시오'라는 공지가 붙어 있었다. '들어올 생각도 하지 마시오. 무슨 일인지 난 알고 싶지도 않아. 꺼져 버려. 난 바쁘단 말이야!'

다시 편집실로 들어간 그녀는 자기 전화기에 메시지가 있음을 알리는 불이 깜박이고 있는 걸 보고 얼마나 오래 켜져 있었을까 하고 생각했다.

"여보세요?" 그녀는 교환원에게 말했다.

"오, 맥밀런 양, 전화해주셔서 정말 기뻐요. 다들 맥밀런 양한테 연락을 하려고 난리가 났어요. 텔레비전 방송국에서도요. 연락이 안 돼서 안달이 났답니다. 전화를 하실 수 있으세요?"

"그냥 연결해주지 그러셨어요?" 트리시아가 말했다.

"무슨 일이 있어도 절대 연결하지 말라고 하셨잖아요. 여기 있다는 사실조차 발설하지 말라면서요. 어찌 해야 할지 모르겠어서요. 직접 메시지를 전달해 드리러 갔었지만……."

"알았어요." 트리시아는 스스로를 저주하며 이렇게 말했다. 그녀는 사무실로 전화를 했다.

"트리시아! 대체 어디서 뭔 빌어먹을 짓을 하고 있는 거야?"

"편집······."

"그 사람들은 그런 말······."

"알아요. 무슨 일이에요?"

"무슨 일이냐고? 빌어먹을 외계인들의 우주선이 나타났을 뿐이지 뭐!"

"뭐라고요? 어디에요?"

"리젠트 파크야. 커다란 은색 우주선이지. 새 한 마리를 데리고 나타난 여자애야. 영어로 말하면서 사람들한테 돌멩이를 던져대고 자기 시계를 고쳐내라고 난리야. 잔말 말고 가보라고."

트리시아는 그걸 뚫어져라 쳐다보았다.

그레불론의 우주선이 아니었다. 별안간 그녀가 외계에서 온 우주선 분야에 전문가가 된 건 아니라도, 이건 매끈하고 아름다운 은색과 백색의 물체로 크기가 바다를 가르며 달리는 커다란 요트만 했다. 사실, 이 우주선의 외양은 그런 요트와 가장 흡사했다. 여기에 대면, 어마어마하게 크고 반쯤 해체된 듯한 그레불론 우주선의 구조는 흡사 전함에 달린 포탑 같았다. 전함의 포탑들. 바로 그거다. 그 무미건조한 잿빛 건물들이 생긴 모양도 딱 그랬다. 게다가 그 건물들이 이상했던 점은, 작은 그레불론의 우주선에 승선하려고 다시 그 곁을 지나쳐 걸어가고 있을 때 틀림없이 움직였다는 사실이다. 택시에서 내려 카메라 스태프를 만나러 달려가는 사이, 그녀의 머릿속에서 그 건물들이 아주 짧은 순간 휙 스쳐 지나갔다.

"그 여자애 어디 있어?" 그녀는 헬리콥터와 경찰 사이렌의 시끄러운 소리들을 뚫고 외쳤다.

"저기야!" 음향 기술자가 황급하게 달려와 그녀에게 무선 마이크를 장착하는 사이 프로듀서가 이렇게 외쳤다. "무슨 평행 차원인가 뭔가 하는 곳에서 자기 어머니와 아버지가 여기에서 왔다는 둥 그런 소리를 하고 있고, 자기 아버지의 시계를 들고 있다는 거야. 그리고……내가 어떻게 알아. 내가 뭐라고 하겠어? 가서 부딪쳐 보라고. 외계에서 온 기분이 어떠냐고 물어봐."

"고마워 죽겠네, 테드." 트리시아가 중얼거렸다. 그녀는 마이크가 확실하게 잘 붙었는지 확인했고, 기술자에게 음향 수준을 맞추도록 했고, 심호흡을 한 번 하고, 머리카락을 뒤로 쓸어 넘긴 후, 홈 그라운드에서 다시 한번, 어떤 일이든지 맞닥뜨릴 각오가 되어 있는 직업적 리포터의 역할로 변환했다.

적어도 웬만한 일은 무섭지 않았다.

그녀는 몸을 돌려 여자아이를 찾았다. 헝클어진 머리카락에 성난 눈동자를 하고 있는 저 애가 틀림없었다. 여자애가 그녀 쪽을 바라보았다. 그러더니 빤히 노려보는 것이었다.

"엄마!" 그녀는 이렇게 외치더니, 트리시아 쪽으로 돌멩이들을 마구 던져대기 시작했다.

22

대낮의 밝은 햇빛이 그들의 주위에서 폭발했다. 뜨겁고 무거운 태양. 사막의 평원은 열기로 인한 아지랑이 속에서 끝없이 펼쳐져 있었다. 그들은 우레처럼 달려가서 사막으로 나왔다.

"뛰어!" 포드 프리펙트가 말했다.

"뭐라고?" 죽어라 붙들고 매달려 있던 아서 덴트가 말했다. 대답이 없었다.

"뭐라고 했어?" 아서는 다시 한번 외쳤다. 그리고 포드 프리펙트가 이미 없어졌다는 걸 깨달았다. 그는 공포에 질려 주위를 둘러보다가 미끄러지기 시작했다. 더 이상 붙잡고 있을 수 없음을 깨닫고 그는 몸을 최대한 왼쪽으로 밀어젖혀 던진 후, 땅에 부딪치는 순간 둥글게 공처럼 말아서 굴렀다. 그러고는 굴러서 쿵쾅거리며 달려가는 발굽들에서 멀리멀리 떨어졌.

대단한 하루군, 그는 폐 속에 들어간 먼지를 빼내느라 미친 듯이 기침을 하며 생각했다. 지구가 폭발한 이후 이렇게 끔찍한 하루는 처음이었다. 휘청거리며 무릎을 꿇었다가 두 발을 딛고 일어서서, 줄행랑을 치기 시작했다. 무엇에서 도망치는 건지, 어디로 달려가는 건지 전혀 몰랐지만, 무조건 줄행랑을 놓는 게 신중한 행동이라는 생각이 들었다.

그는 곧장 포드 프리펙트에게 달려갔다. 포드는 주위 경관을 바라보며 그 자리에 서 있었다.

"이봐." 포드가 말했다. "저거야말로 우리가 원하는 거라고."

아서는 몇 번 더 기침을 해서 흙먼지를 뱉어낸 후, 머리카락과 눈에 들어간 또 다른 흙먼지를 손으로 훔쳤다. 그는 헐떡거리며 뒤로 돌아서서 포드가 바라보고 있던 게 뭔지 보았다.

무슨 왕의 영토 같지도 않았고, 그냥 왕의 영토 같지도 않았으며, 심지어 어떤 종류의 왕하고도 관련이 없어 보였다. 하지만 그래도 상당히 유혹적인 건 사실이었다.

먼저 정황을 살펴보자. 이곳은 사막의 세계였다. 먼지 많은 땅은 딱딱하게 굳어 있어서 아서의 온몸은 그나마 어젯밤의 축제에서 멍이 들지 않은 마지막 한 군데까지 그야말로 성한 데 없이 멍이 들고 말았다. 그들의 눈앞 저편에는 사암처럼 보이는 거대한 절벽들이 솟아 있었는데, 바람이며 이 동네에 내리는 얼마 안 되는 비 등으로 인해 풍화되고 침식되어 야성적이고 환상적인 형상들이 되어 있었다. 이는 황량한 오렌지색 풍광 여기저기 삐죽삐죽 솟아 있는 거대한 선인장들의 환상적인 형상들과 아주 잘 어울렸다.

잠시나마 아서는 감히 그들이 의외로 애리조나나 뉴멕시코, 혹은 사우스다코타 같은 곳에 도착한 게 아닐까 하는 희망을 품어보았으나, 그런 게 아니라는 증거들은 사방에 차고도 넘쳤다.

일단 완벽하게 정상적인 짐승들이 여전히 우레처럼, 여전히 쿵쾅거리며 내달리고 있었다. 그들은 머나먼 지평에서부터 수만 마리씩 떼 지어 달려와서, 반마일쯤 지나는 동안 완벽하게 자취를 감추었다가는, 다시 떼 지어 나타나 우레처럼 쿵쾅거리며 반대편의 머나먼 지평을 향해 돌진해갔다.

그리고 바 앤드 그릴 앞에 우주선들이 주차되어 있었다. 아. 바 앤드 그릴의 이름이 '왕의 영토'였다. 굉장히 김빠지는 안티클라이맥스로군. 아서는 혼자 생각했다.

사실 우주선들 중에서 왕의 영토 바 앤드 그릴 앞에 주차되어 있는 건 단 한 대뿐이었다. 다른 세 대는 바 앤드 그릴 옆에 있는 주차장에 세워져 있었다. 하지만 눈길을 끄는 건 식당 앞에 주차된 우주선이었다. 근사하게 생긴 물건이었다. 야성적인 지느러미들이 동체 전체에 달려 있었으며, 지느러미 전체에 너무, 너무나 심하게 크롬 도금이 되어 있었으며, 동체 자체는 충격적인 분홍색으로 칠해져 있었다. 우주선은 깊은 사색에 빠진 어마어마하게 커다란 곤충처럼 쭈그리고 앉아 있었으며, 당장이라도 펄쩍 뛰어올라 일 마일쯤 떨어져 있는 무언가를 덮칠 것처럼 보였다.

왕의 영토 바 앤드 그릴은 완벽하게 정상적인 짐승들이 중간에 잠시 초차원적인 우회를 하지 않는다면 그들이 곧장 덮쳐버리고 말 자리에 떡 하니 자리 잡고 있었다. 식당은 아무런 방해도 받지 않고, 홀로 서 있었다. 평범한 바 앤드 그릴이었다. 트럭들이 잠시 쉬어가는 기사 식당이었다. 뜬금없는 자리 어딘가에 서 있는. 고요했다. 왕의 영토는.

"저 우주선을 사야겠어." 포드가 조용히 말했다.

"저걸 사?" 아서가 말했다. "너답지 않은데. 너는 보통 우주선을 훔쳐 타는 줄 알았는데."

"가끔씩은 존경심을 보여야 할 때가 있는 법이지."

"아마 귀여운 현금도 좀 보여줘야 할걸." 아서가 말했다. "그나저나 저 망할 놈의 물건은 값이 얼마나 하려나?"

약간의 몸짓으로 포드는 다인-오-차지 신용 카드를 주머니에서 꺼내 보였다. 아서는 카드를 들고 있는 손이 아주 살짝 떨리고 있다는 걸 눈치 챘다.

"그치들에게 나를 레스토랑 비평가로 만들어주는 법을 가르칠 생각이야……." 포드가 속삭였다.

"그게 무슨 뜻이야?" 아서가 물었다.

"보여줄게." 포드는 사악한 눈빛을 번득이며 말했다. "자아, 일단 가서 상당한 비용을 좀 써보자고. 어때?"

"맥주 두서너 잔 하고……." 포드가 말했다. "그리고, 모르겠어요. 베이컨 롤 한두 개쯤 할까, 뭐든 여기 있는 거 주시고…… 오, 그리고 저 밖에 있는 분홍색 물건도 주세요."

그는 바 위에 카드를 휙 꺼내놓고는 아무렇지도 않게 주위를 둘러보았다.

일종의 침묵 비슷한 게 흘렀다.

전에도 시끄러운 소리는 별로 없었지만, 이제는 확실히 일종의 침묵이 흐르고 있었다. 심지어 왕의 영토를 조심스럽게 비켜가는 완벽하게 정상적인 짐승들의 아득한 천둥소리도 돌연 잠시 숨을 죽이는 듯했다.

"그냥 짐승들을 타고 여기 왔거든요." 포드는 이상할 게 전혀 없는 일이라는 듯이, 아니 세상에 이상한 일이란 없다는 듯 무심하게 말했다. 그는 터무니없이 느긋한 자세로 바에 몸을 기대고 있었다.

그곳에는 테이블에 앉아 맥주를 들이켜고 있는 손님들이 세 명 정도 더 있었다. 세 명 정도. 혹자는 정확하게 세 명이 있었다고 말하겠지만, 그 술집은 그런 곳이 아니었다. 그렇게 구체적이 되고 싶은 마음이 전혀 들지 않는 술집이었다. 작은 무대에서는 무슨 물건들을 장치하고 있는 커다란 사내도 있었다. 낡은 드럼 세트, 기타 한두 개, 컨트리 웨스턴 음악 따위 물건들.

바를 담당하는 바텐더는 포드의 주문을 받고도 신속하게 움직이지 않았다. 사실 그는 전혀 움직이지 않고 있었다.

"그 분홍색 물건이 파는 건지 아닌지 잘 모르겠소." 마침내 그는 꽤 오랜 시간 지속되는 그런 류의 악센트로 이렇게 말했다.

"당연히 파는 거겠죠." 포드가 말했다. "얼마면 되겠어요?"

"글쎄……."

"숫자를 생각해봐요. 두 배로 줄 테니."

"내 맘대로 팔 수 있는 게 아니에요." 바텐더가 말했다.

"그럼 누구 겁니까?"

술집 주인은 무대에서 장비를 설치하고 있는 덩치 큰 남자 쪽으로 고갯짓을 해보였다. 덩치가 크고 뚱뚱한 사람으로, 움직임이 느릿느릿하고 머리가 벗겨지고 있었다.

포드는 고개를 끄덕였다. 그는 씩 웃었다.

"좋았어요." 그가 말했다. "맥주 가져와요. 베이컨 갖다 주시고요. 전표는 열어 두시고."

아서는 바에 앉아 휴식을 취했다. 그는 사태가 어찌 돌아가는 건지 모르는 일에 익숙해져 있었다. 그러는 편이 마음 편했다. 맥주는 썩 훌륭했으며 덕분에 약간 졸음이 왔지만, 그것도 전혀 신경이 쓰이지 않았다. 베이컨 롤은 베이컨 롤이 아니었다. 그것들은 완벽하게 정상적인 짐승 롤이었다. 그는 바텐더와 롤 만들기에 대해 몇 가지 전문적인 대화를 나눈 후 포드가 뭐든 포드가 원하는 짓을 맘대로 하도록 내버려 두었다.

"좋았어." 포드는 의자로 돌아오면서 이렇게 말했다. "기차게 됐어. 그 분홍색 물건은 우리 거야."

바텐더는 몹시 놀라고 말았다. "당신한테 그걸 판답니까?"

"공짜로 준다고 했어요." 포드는 롤을 갉아먹으면서 말했다. "이봐요, 하지만 청구서는 계속 열어둬요. 몇 가지 물건들을 좀더 추가

해야 하니까. 롤 맛있네."

그는 맥주를 꿀꺽꿀꺽 깊이 삼켰다.

"좋은 맥주네." 그가 덧붙였다. "물론 좋은 우주선이고." 그는 커다란 분홍색과 크롬 도금을 한 곤충 같은 물체를 흘끗 쳐다보며 이렇게 말했다. 바의 창문으로 우주선의 부분 부분이 보였다. "전부 다 상당히 훌륭하다고 할 수 있어. 있잖아……." 그는 다시 기대앉으며, 생각에 잠겨 이렇게 말했다. "가끔 이럴 때는, 사실 공간-시간의 결이라든가 다차원적 개연성의 도상의 심상한 완전성이라든가 온갖 종류의 총체적 혼란에 발발한 파동 형태의 잠재적인 붕괴 가능성이라든가 내 머릿속을 괴롭히던 온갖 문제들이 그렇게 걱정할 가치가 있는 건가 하는 생각이 든단 말이야. 아마 저 덩치 큰 남자가 한 말이 옳다는 기분이 들어서 그런가봐. 그냥 될 대로 되라 마음을 놓으라고 하더군. 뭐가 그렇게 중요하겠느냐고? 될 대로 되라 하는 거지."

"어느 덩치 큰 남자?" 아서가 말했다.

포드는 그저 무대 쪽을 고갯짓으로 가리켜 보였다. 덩치 큰 남자는 마이크에 대고 두서너 번 "하나, 둘"이라고 하고 있었다. 무대 위에는 이제 다른 사람들 두서너 명이 더 올라와 있었다. 드럼들, 기타.

일이 초쯤 말이 없던 바텐더가 이렇게 말했다. "그러니까 저 우주선을 당신네들이 가져도 된다고 했단 말인가요?"

"그래요." 포드가 말했다. "'전부 될 대로 되라고 해요'라고 말했지요. '우주선 가져가요. 내 축복과 함께 가져가시오. 그리고 그 여자한테 잘해줘요'라고 했어요. 그 여자한테 잘해줄 거예요."

그는 다시 맥주를 한 모금 들이켰다.

"아까 하던 말대로······." 그가 하던 말을 계속했다. "이럴 때면, 정말 다 될 대로 되라지 하는 생각이 든다니까. 하지만 그러다 인피니딤 엔터프라이즈 회사 사람들 생각이 나면, 그치들은 그런 짓을 저지르고 무사해서는 안 된다는 생각이 드는 거야. 꼭 죗값을 치르게 될 거야. 그놈들이 죗값을 치르는 꼴을 보는 게 내 신성하고 성스러운 의무다 이 말씀이야. 자, 여기 가수를 위해서 계산서에 비용을 좀 더 추가하고 싶어요. 특별히 청한 노래가 있었는데, 우리 마음이 통해서 말이지요. 계산서에 달아줘요, 알았죠?"

"알았습니다." 바텐더가 신중하게 말했다. 그러더니 어깨를 으쓱해 보이는 것이었다. "좋습니다. 원하시는 대로 해드리죠. 얼마나 달까요?"

포드는 숫자를 불렀다. 바텐더는 술병과 유리잔 들 사이로 벌렁 나자빠지고 말았다. 포드는 재빨리 바로 가서 그가 무사한지 확인하고 다시 부축해 일으켜 세웠다. 그는 손가락과 팔꿈치를 약간 베고 좀 넋이 나간 것처럼 보였지만, 그 밖에는 멀쩡했다. 덩치 큰 사내가 노래를 부르기 시작했다. 바텐더는 포드의 신용 카드를 가지고 승인을 받으러 휘청거리며 허겁지겁 달려갔다.

"여기서 뭔가 내가 잘 모르는 사태가 벌어지고 있는 거야?" 아서가 포드에게 물었다.

"보통 다 그렇지 않냐?" 포드가 말했다.

"꼭 그런 식으로 말해야겠어?" 아서가 말했다. 그는 이제 정신이 들기 시작한 참이었다. "우리 이제 가봐야 하는 거 아냐?" 아서가 불쑥 말했다. "저 우주선이 우리를 지구로 데려다줄까?"

"당연하지." 포드가 말했다.

"랜덤은 바로 거기로 가고 있을 거야!" 아서가 소스라치게 놀라며 말했다. "우리는 그 애를 따라갈 수 있어! 하지만……어…….'"

포드는 아서 혼자 사태를 파악하도록 내버려두고 그 사이《은하수를 여행하는 히치하이커를 위한 안내서》의 구판을 꺼냈다.

"하지만 개연성의 축 어쩌고 하는 부분에서는 우리가 어디 있는 거지?" 아서가 말했다. "지구가 거기 있을까 없을까? 지구를 찾느라 너무나 오랜 시간을 허비했어. 내가 찾아낸 건 지구와 좀 비슷하거나 전혀 닮은 데가 없는 행성들뿐이었지. 대륙들을 보면 틀림없이 맞는 곳이었는데 말이야. 그 중에서도 최악은 나우왓이라는 데였어. 거기서는 한심한 작은 짐승들한테 물리기나 하고. 그게 자기네들끼리 의사를 소통하는 방식이라는 거야. 서로 물어뜯는 게. 뒈지게 아팠어. 그리고 물론, 내가 소비한 시간의 절반에서는 지구가 아예 존재하지도 않았지. 빌어먹을 보고인들이 폭파시켜 버렸으니까. 내가 하는 말이 얼마나 말이 되냐?"

포드는 아예 언급을 하지 않았다. 그는 뭔가 다른 데 귀를 기울이고 있었다. 그는《안내서》를 아서에게 넘겨주고 손으로 안내서 화면을 가리켜 보였다. 현재 표시된 항목에는 '지구. 대체로 무해함'

이라고 적혀 있었다.

"그러니까 지구가 있다는 말이구나!" 흥분한 아서가 말했다. "지구가 있어! 랜덤은 그리로 가게 될 거야! 새가 폭풍우 속에서 랜덤에게 지구를 보여주고 있었단 말이야!"

포드는 아서에게 좀 덜 시끄럽게 소리를 지르면 안 되겠느냐고 말했다. 그는 귀를 기울여 뭔가를 경청하고 있었다.

아서는 조바심이 나기 시작했다. 술집 가수들이 '러브 미 텐더'를 부르는 건 전에도 들어봤다. 하긴 여기서, 여기가 어딘지 모르지만, 적어도 지구는 아닌 게 틀림없는 이런 사막 한가운데서 흘러나오는 그 노래를 듣고 좀 놀라긴 했지만, 그래도 요즘은 아서도 전과 달리 웬만한 일에는 별로 놀라지 않게 되었다. 술집 가수치고는 상당히 훌륭한 실력이었다. 이런 노래를 좋아한다면 말이다. 하지만 아서는 약간 조바심이 나고 있었다.

그는 시계를 흘낏 바라보았다. 하지만 그건 이제 더 이상 시계가 없다는 사실을 새삼 상기시켜 주었을 뿐 아무 도움이 되지 못했다. 랜덤이 시계를, 아니 최소한 시계의 잔해를 갖고 있었다.

"이제 가야 한다고 생각하지 않아?" 그는 고집을 피우며 이렇게 말했다.

"쉬이잇!" 포드가 말했다. "이 노래를 들으려고 돈을 냈단 말이야." 그의 눈에는 눈물이 글썽글썽 맺혀 있는 것처럼 보였는데, 그걸 보는 아서는 좀 마음이 혼란스러웠다. 아서는 아주, 아주 독한 술 말고 다른 것에 포드가 감동을 받는 걸 본 적이 한 번도 없었다.

아마 눈에 먼지가 들어간 모양이다. 그는 음악과 박자도 맞지 않게, 짜증스럽게 손가락으로 바를 툭툭 두들기며 기다렸다.

노래가 끝났다. 가수는 이어서 '하트브레이크 호텔'을 부르기 시작했다.

"아무튼……." 포드가 속삭였다. "나는 이 레스토랑에 대한 리뷰를 써야 해."

"뭐라고?"

"리뷰를 써야 한다고."

"리뷰를 써? 이 집에 대해서?"

"리뷰란을 채워야 비용을 청구할 수 있거든. 철저히 자동적으로 추적이 불가능하게 미리 다 손을 봐놨어. 이 계산서는 그 잘난 승인을 꼭 받아야만 해." 그는 사악해 보이는 의기양양한 웃음을 띠고 맥주를 뚫어져라 노려보며 조용히 이렇게 덧붙였다.

"맥주 한두 잔하고 롤 한 개 값?"

"그리고 가수한테 주는 팁."

"이런, 얼마나 팁을 많이 줬는데?"

포드는 다시 액수를 말해주었다.

"대체 그게 얼마나 되는 돈인지 모르겠네." 아서가 말했다. "파운드로 환산하면 얼마나 되는데? 그 돈이면 뭘 살 수 있지?"

"그 돈이면 아마……대충……어……." 포드는 머릿속에서 계산을 하느라 눈을 치켜뜨며 말했다. "스위스를 살 수 있을 거야." 그는 마침내 이렇게 말했다. 그러고는 《히치하이커를 위한 안내서》를 집어 들고 타이핑을 하기 시작했다.

아서는 지적으로 고개를 끄덕거렸다. 물론 포드가 대체 무슨 소리를 떠들고 있는지 알고 싶다고 생각한 적도 많았다. 하지만 바로 지금처럼 차라리 알려고 하지 않는 쪽이 더 안전할 거라는 느낌이 들 때도 아주 많았다. 그는 포드의 어깨 너머로 살펴보았다. "이 일, 오래 걸리지는 않겠지?" 그가 말했다.

"그럼." 포드가 말했다. "식은 오줌 먹기지. 롤들이 아주 훌륭했고, 맥주도 맛있고 차가웠으며, 주위의 야생동물이 멋지게도 괴상했고, 술집 가수는 우주에서 가장 훌륭했다는 얘기만 언급하면, 그 정도로 끝이야. 많이 쓸 필요도 없어. 그냥 승인만 딸 거니까."

그는 화면에서 '확인'이라고 표시된 부분을 눌렀고 메시지는 서브-에서로 사라져 버렸다.

"그럼 가수가 상당히 좋았다고 생각하는구나?"

"그래." 포드가 말했다. 바텐더가 종이 한 장을 들고 돌아왔다. 손에 들려 있는 종이가 바들바들 떨고 있는 것처럼 보였다.

그는 약간의 불안과 경외심에 찬 듯 손을 움찔거리면서 종이를 포드에게 내밀었다.

"웃기는 건 말이요······." 바텐더가 말했다. "시스템이 처음 한두 번은 거부하더군요. 사실 별로 놀라지도 않았습니다만." 이마에 송골송골 식은땀이 맺혀 있었다. "그러더니 느닷없이 그게, 어, 그래요, 이제 괜찮습니다. 시스템이······어, 승인을 해주었어요. 그냥 그렇게 말이지요. 혹시 서명······해주시겠어요?"

포드는 재빨리 양식을 훑어보았다. 그러더니 혀를 찼다. "이걸로 인피니딤이 제대로 타격을 입겠네." 그는 짐짓 걱정되는 척하며 말했다. "오, 할 수 없지." 그는 나직하게 말했다. "엿이나 먹으라지."

그는 화려하게 멋을 부려 서명을 하고 다시 바텐더에게 종이를 건네주었다.

"대령이 평생 쓰레기 같은 영화들에 출연하고 카지노에서 쇼를 한 것보다 더 많은 돈이지. 그저 제일 잘하는 걸 한 대가요. 일어서서 술집에서 노래를 부르는 일이지. 게다가 그가 직접 협상하기까지 했다고. 그에게도 이 순간이 훌륭한 경험이라 믿어요. 내가 고맙다고 하더라고 말 좀 전해주고 그 친구한테 술 한 잔 사줘요."

그는 바 위에 동전을 몇 개 던졌다. 바텐더가 동전들을 치웠다.

"그럴 필요까지는 없잖아." 아서가 약간 쉰 목소리로, 이렇게 말했다.

"나한테는 필요해." 포드가 말했다. "자, 여기서 내빼자."

그들은 열기와 먼지 속에 나와 서서 경이와 찬탄에 사로잡혀 커다란 분홍색과 크롬 물체를 바라보았다. 아니, 최소한 포드는 경이와 찬탄에 사로잡혀 그 물건을 바라보았다.

아서는 그저 그걸 바라보았을 뿐이다. "좀 심하게 부담스럽다는 생각은 안 들지, 안 그래?"

그는 우주선에 올라탔을 때 그 말을 똑같이 한 번 더 되풀이했다. 좌석을 비롯해 계기판의 상당 부분이 섬세한 모피나 양가죽으로 싸여 있었다. 주 계기판에 커다란 황금 모노그램으로 쓰여 있는 글자는 'EP'였다.

"이봐……." 포드는 우주선 엔진에 불을 붙이면서 이렇게 말했다. "그분한테 외계인에게 납치당한 게 사실이냐고 내가 물어봤거든? 그랬더니 뭐라고 했는지 알아?"

"누구?" 아서가 물었다.

"왕(로큰롤의 제왕이라는 뜻을 지닌 엘비스 프레슬리의 별명 — 옮긴이 주) 말이야."

"무슨 왕? 오, 우리 전에 똑같은 대화를 나눈 적 있지 않나?"

"관두자." 포드가 말했다. "아무튼, 아니라고 했어. 자기 의지로 따라갔다고 했지."

"우리가 누구를 얘기하는 건지 난 아직도 잘 모르겠다." 아서가 말했다.

포드는 고개를 가로저었다. "이봐." 그가 말했다. "네 왼쪽에 있는 칸막이 속에 테이프들이 좀 있거든. 음악을 골라서 좀 틀지 그래?"

"좋아." 아서는 테이프들을 헤치며 고르기 시작했다. "엘비스 프레슬리 좋아하나?" 그가 말했다.

"그래. 사실 아주 좋아한다고." 포드가 말했다. "자아, 이제, 나는 이 기계가 겉보기처럼 펄쩍 펄쩍 뛸 수 있기를 바랄 뿐이야." 그는 주요 동력원에 시동을 걸었다.

"이야아아아!" 그들이 얼굴이 찢어질 정도의 속도로 하늘로 치솟는 순간 포드가 소리를 질렀다.
 기계는 정말 그럴 수 있었다.

23

뉴스 방송국들은 이런 종류의 것들을 좋아하지 않았다. 그들은 이런 걸 전파 낭비라고 생각했다. 부정할 수 없는 우주선 한 대가 뜬금없이 나타나 런던 한가운데 착륙하면 그건 어디에도 비할 데 없는 센세이션을 일으키는 뉴스거리였다. 완전히 다르게 생긴 또 다른 우주선이 세 시간 반 후에 도착하면, 그건 왠지 더 이상 뉴스거리가 아니었다.

'또 다른 우주선!' 신문의 헤드라인들과 신문가판대 광고판은 이렇게 외쳤다. '이번에는 분홍색 출현.' 한두 달이 지나서 도착했더라면, 훨씬 대단하게 취급해줄 수도 있었을 터이다. 그로부터 삼십 분 후 도착한 세 번째 우주선은 사선실 소형 우주선이었는데, 간신히 지역 신문의 한 면을 차지했을 뿐이다.

포드와 아서는 끼익 시끄러운 소리를 내며 성층권에서 급강하해 깔끔하게 포틀랜드 플레이스에 주차했다. 겨우 저녁 여섯 시 삼십 분이었기 때문에, 공짜로 주차할 수 있는 자리들이 남아 있었다. 그들은 잠시 주위에 몰려들어 추파를 던지는 군중과 어울렸다가, 아무도 경찰을 부를 생각이 없으면 그들이 직접 부르겠다고 말했다. 그랬더니 군중은 알아서 도망쳐 주었다.

"고향……." 아서가 말했다. 아련한 눈으로 주위를 돌아보는 그의 목소리에 허스키한 음조가 슬며시 배어나오고 있었다.

"오, 제발 날 붙잡고 질질 짜지는 말아줘." 포드가 쌀쌀맞게 대꾸했다. "우리는 네 딸을 찾아야 하고 또 그 새 같은 물건도 찾아야 한다고."

"어떻게?" 아서가 말했다. "이 행성은 오십오억 인구가 살고 있는데……."

"그래." 포드가 말했다. "하지만 그 중에 기계로 된 새를 대동하고 커다란 은빛 우주선을 타고 방금 외계에서 도착한 사람은 딱 하나밖에 없잖아. 그냥 어디서 텔레비전이랑 그걸 보면서 마실 술이나 좀 구하자고. 아주 제대로 된 룸서비스가 필요해."

그들은 랭험에 있는 커다란 객실 두 개짜리 특실에 투숙했다. 불가사의하게도, 오천 광년 떨어진 곳에서 발부된 포드의 다인-오-차지 카드는 호텔의 컴퓨터에 아무런 문제를 유발하지 않은 모양이었다.

아서가 텔레비전을 찾는 사이 포드는 당장 전화를 돌렸다.

"좋아." 포드가 말했다. "마가리타 몇 잔 방으로 올려 보내주세요. 맥주 피처 두서너 개, 주방장 특제 샐러드 두세 개, 그리고 거위

간 요리는 호텔이 갖고 있는 만큼 다 올려 보내주세요. 그리고 런던 동물원도."

"그 애가 뉴스에 나왔어!" 아서가 옆방에서 외쳤다.

"그렇게 말했어요." 포드가 전화에 대고 말했다. "런던 동물원. 그냥 요금은 방 값에 달아주세요."

"저 애는……이럴 수가!" 아서가 외쳤다. "인터뷰하는 사람이 누구인지 알아?"

"그쪽 혹시 영어를 알아듣는 데 문제가 있는 거 아니에요?" 포드가 계속해서 말했다. "여기서 길 하나 건너서 있는 동물원 말이에요. 오늘 저녁에 문을 닫았건 말건 그건 내 알 바 아니에요. 입장권을 사려는 게 아니라, 동물원을 통째로 사려는 거라고요. 당신네들이 바쁘건 말건 그것도 내 알 바 아니라고요. 이건 룸서비스잖아. 나는 지금 방에 앉아서 서비스를 원한다 이겁니다. 종이 한 장 있어요? 좋았어요. 그러면 이렇게 해요. 안전하게 야생으로 돌려보낼 수 있는 동물들은 모조리 돌려보내요. 숙련된 전문가로 팀을 구성해서 잘 지내고 있는지 감시하도록 하고요."

"트릴리언이잖아!" 아서가 말했다. "아니면 어……어……이런, 이놈의 평행 우주 어쩌고 하는 걸 도저히 참을 수가 없어. 젠장, 더럽게 헷갈린단 말이야. 저건 꼭 다른 트릴리언처럼 보이는데. 트리시아 맥밀런이라는 여자인데, 그건 트릴리언이 전에 쓰던……어……너 좀 이리 와서 볼래? 어떻게 된 영문인지 좀 알아봐 줘."

"잠깐만." 포드가 버럭 소리를 지르더니, 다시 룸서비스와 계속

협상을 하기 시작했다. "그러면 야생에서 버틸 수 없는 동물들을 위해서 자연보호 구역 같은 게 필요하겠군요." 그가 말했다. "팀을 구성해서 그렇게 할 수 있는 최상의 장소를 찾아보도록 하세요. 자이르 같은 데나 섬 몇 개를 사야 할지도 몰라요. 마다가스카르, 바핀(북극 가까이에 있는 섬으로, 이누이트족이 살고 있다 — 옮긴이주), 수마트라. 이런 데 말이요. 아주 다양한 거주 지역들이 필요할 겁니다. 이봐요, 어째서 이게 문제라고 보는지 난 정말 모르겠어요. 위임을 하는 법을 좀 배워요. 아무나 당신이 원하는 사람을 고용하란 말이요. 그리고 일을 맡기는 겁니다. 내 신용은 훌륭하다는 걸 곧 알게 될 거요. 그리고 샐러드에는 블루치즈 드레싱을 얹어주고. 고마워요."

그는 수화기를 내려놓고 아서가 있는 쪽으로 왔다. 아서는 침대 끝에 앉아서 텔레비전을 보고 있었다.

"거위 간 요리를 좀 주문했어."

"오." 아서가 막연하게 말했다. "음, 거위 간 요리 생각만 하면 난 항상 약간 기분이 안 좋아지더라. 거위들한테 좀 잔인한 일이지 않아?"

"거위들 따위야 엿이나 먹으라지." 포드는 침대에 풀썩 쓰러지며 말했다. "그런 걸 다 일일이 신경 쓸 수야 없잖아."

"글쎄, 너야 그런 말을 쉽게 해도 좋을지 모르지만……."

"집어치워!" 포드가 말했다. "싫으면 내가 네 것까지 다 먹으면 되잖아. 대체 무슨 일이 일어나고 있는 거야?"

"혼돈이라고!" 아서가 말했다. "철저한 혼돈이야! 랜덤은 계속 트릴리언인지 트리시아인지 뭔지 하여간 저 여자를 보고 자기를 버리고 갈 수가 있냐고 바락바락 악을 쓰면서 훌륭한 나이트클럽에 가야겠다고 우기고 있어. 트리시아는 눈물범벅이 되어서 랜덤을 낳은 적도 없고 만나본 적도 없다고 말하고 있고. 그러더니 갑자기 울부짖으며 루퍼트라는 사람 얘기를 하기 시작했는데, 그 친구가 제정신을 잃었다나 뭐라나 그렇대. 그 부분은 솔직히 말해서, 무슨 말인지 잘 모르겠어. 그러니까 랜덤이 물건을 마구 집어던지기 시작했고, 상황을 수습하려고 광고로 넘어갔어. 오! 방금 스튜디오로 넘어갔대. 입 닥치고 보기나 해."

심리적으로 상당히 동요한 앵커맨이 스크린에 나타나더니 얼마 전에 있었던 혼란한 사태에 대해 사과 말씀을 드렸다. 그는 특별히 말씀드릴 만한 뚜렷한 뉴스는 하나도 없고, 그저 자신을 랜덤 프리퀀트 플라이어 덴트라고 부르는 신비한 여자아이가 스튜디오를 떠나, 어, 좀 쉬러 갔을 뿐이라고 말했다. 트리시아 맥밀런은 내일쯤 돌아오기를 바란다고 했다. 그 사이, 유에프오의 활동에 대해 새로운 보고가 들어왔다고…….

포드는 침대에서 벌떡 일어나더니, 제일 가까운 전화기를 집어 들고 정신없이 번호를 눌렀다.

"프런트죠? 이 호텔의 주인이 되고 싶어요? 오 분 안에 트리시아 맥밀런이 다니는 클럽들을 찾아내 줄 수 있으면 호텔은 당신 거요. 무조건 비용은 전부 이 방으로 달아놔요."

24

칠흑처럼 깊은 우주 저 멀리에서 눈에 보이지 않는 움직임이 일어나고 있었다.

이상하고 일시적인 복수 구역 거주자들의 눈에는 전혀 보이지 않는 움직임이었지만, 그렇다고 그들에게 의미 없는 일은 결코 아니었다. 복수 구역의 초점에는 지구라 불리는 행성의 무한하고 헤아릴 수 없이 많은 가능성들이 존재하고 있었다.

태양계의 가장자리에서는, 그레불론의 지도자가 근심에 가득 차서 녹색 인조가죽 소파 위에 앉아 조바심을 치며 수많은 텔레비전과 컴퓨터 화면들을 들여다보고 있었다. 그는 이것저것 손으로 만지작거리고 있었다. 점성술에 대한 책도 만지작거리고. 컴퓨터 계기판도 만지작거리고. 그레불론의 감시 기기들——모두 지구라는 행성에 초점을 맞추고 있었다——에서 꾸준히 흘러나오는 이미지들을 보여주는 디스플레이 화면들도 만지작거리고.

그는 심히 괴로웠다. 그들의 임무는 감시를 하는 것이었다. 하지만 은밀하게 감시하는 것이었다. 솔직히 말해서 그는 자기 임무가 약간 신물이 나려는 참이었다. 그의 임무는 끝도 없는 세월 동안 텔레비전이나 보고 앉아 있는 일 이상의 것이라고 꽤나 확신하고 있었다. 목적이 사고로 흔적도 남기지 않고 소실되지 않았더라면, 뭔가 목적이 있는 수많은 다른 장비들도 갖고 있었을 게 분명했다. 그는 자기 인생에서 목적 의식을 찾아야만 했다. 그래서 그의 정신과 영혼 사이에 존재하는 하품이 나도록 지루한 괴리를 채우기 위해 점성술에 눈을 돌렸던 것이다. 점성술이라면 그에게 뭔가 말을 해줄 수 있을 거라 믿었다.

뭐랄까, 그게 정말 그에게 뭔가 말을 해주고 있었다.

무슨 말을 해주고 있었느냐 하면, 그가 알아들을 수 있는 한, 이번 달은 몹시 운이 나쁜 한 달이 될 것이며, 정신을 차려서 사태를 파악하고 긍정적인 조치를 취해 혼자서 해결책을 궁리하지 않으면, 앞으로 점점 더 나빠질 거라는 얘기를 해주고 있었다.

사실이었다. 별의 도표를 보면 아주 선명하게 나와 있었다. 그의 점성술 책과 친절한 트리시아 맥밀런이 그를 위해 설계해준, 적절한 천문학적 데이터를 다시 삼각법으로 구성하는 컴퓨터 프로그램을 이용해 스스로 파악해낸 사실이었다. 지구에 근거한 점성술이 이곳, 태양계의 얼어붙은 최외곽에 있는 열 번째 행성에 사는 그레불론 사람들한테 의미 있는 결과를 생산해내기 위해서는 전적으로 다시 연산 과정을 거쳐야 했다.

재연산 과정을 거친 결과는 절대적으로 명백하고 확실하게, 오늘부터 시작해서 한 달간 몹시 운수가 나쁘리라는 걸 보여주고 있었다. 왜냐하면 오늘 지구는 염소자리로 들어서기 시작하는데, 그것은 성격적으로 전형적인 황소자리의 특성을 모두 보여주는 그레불론 지도자에게 있어 대단히 좋지 못하기 때문이었다.

이 모든 사실 때문에 몹시 심란했지만, 그래도 그는 긍정적인 조치를 취하기 시작해야 한다는 사실을 알고 있었다. 그는 전함 포탑들의 방향을 돌리라고 지시했다.

그레불론 감시 기기들은 전부 지구 행성에 초점을 맞추고 있었기 때문에, 태양계에 또 다른 정보의 원천이 생겨났다는 사실을 감지하지 못했다.

감시 체제가 이 또 다른 정보의 원천——거대한 노란색 건설 우주선——을 우연히 감지할 확률은 현실적으로 영이었다. 루퍼트만큼이나 태양에서 멀리 떨어져 있었지만, 거의 정반대에 존재했으며, 태양에 가려 거의 보이지 않았다.

거의.

거대한 노란색 건설 우주선은 자기 쪽은 들키지 않고 열 번째 행성 위에서 일어지는 사건들을 감시하고 싶어했다. 그리고 이 일을 대단히 성공적으로 수행했다.

이 우주선은 그 외에도 수많은 의미에서 그레불론인들과 정반대 지점에 있었다.

우주선의 지도자, 선장은 자신의 목적이 무엇인지 아주 뚜렷하게 잘 알고 있었다. 목표는 아주 단순하고 명백했으며, 그는 벌써 상당 기간 동안 그 단순하고 명백한 목표를 추구해오고 있었다.

그의 목표를 아는 사람들은 어김없이 몹시 무의미하고 흉측한 목표라고 말했다. 생명을 증진시키거나 날아갈 듯 발걸음이 가벼워지게 하고, 새들이 노래하고 꽃들이 피어나게 하는 그런 종류의 목표가 아니라고. 솔직히 그 반대였다. 그것도 완전히 정반대였다.

하지만 그런 걱정은 자기가 할 일이 아니었다. 자기 일을 하는 게 자기 일이었고, 그 자기 일을 하는 게 자기 일이었다. 그로 인해 일정한 시야의 협소함이라거나 순환적 사고에 도달하게 된다 해도, 그런 걱정은 자기가 할 일이 아니었다. 그런 문제들은 다른 사람한테 위임하면 되었고, 그 다른 사람은 또 다른 사람한테 그런 문제들을 위임하면 되었다.

여기에서, 아니 그 어디서 봐도, 무수한, 무수한 광년 떨어진 곳에 음울하고 오랜 세월 아무도 찾지 않은 보그스피어 행성이 있다. 고약한 악취를 내뿜고 짙은 안개로 항행이 불가능한 이 행성의 진흙 둑 어딘가에, 이젠 몇 마리 남지 않은 마지막 종종걸음 치는 보석게들의 더럽고 부서지고 텅 빈 딱지들 사이에는, 작은 돌 기념비가 있어 보곤 보곤블러투스라는 종이 처음으로 나타났다고 여겨지는 지점을 표시하고 있다. 기념비에는 안개 속 저 먼 곳을 가리키고 있는 화살표가 새겨져 있고, 그 아래에는 아주 평범하고 단순한 서체로 '모든 책임은 저쪽이 진다'는 글귀가 쓰여 있었다.

흉측한 노랑 우주선의 내장 깊숙한 곳에서, 보고인 사령관은 투덜거리며 자기 앞에 놓여 있는 살짝 빛이 바래고 귀퉁이가 접힌 종이 한 장을 집어 들었다. 파괴 명령이었다.

자기 일을 하는 게 자기 일이었던 사령관의 자기 일이 정확하게 어디에서 시작되는지 파헤쳐 보자면, 모든 건 결국 직속상관이 오래전에 발부한 바로 이 종이 조각으로 귀결되는 것이었다. 이 종이 조각에는 지령이 적혀 있었고, 그의 목표는 그 지령을 수행하고 나서 바로 옆에 있는 작은 상자에 체크 표시를 하는 것이었다.

그는 예전에도 지령을 수행한 적이 있었지만, 골치 아픈 상황들이 수도 없이 발발하는 바람에 작은 상자에 아직도 체크 표시를 못 하고 있었다.

골치 아픈 상황들 중 하나는 은하 구역의 본질적 복수성이었다. 그곳에서는 가능성이 끊임없이 개연성과 간섭했다. 단순히 파괴만 해봤자, 잘못 바른 도배지의 공기 들어간 부분을 꾹꾹 누르는 거나 마찬가지로 아무 의미가 없었다. 파괴한 대상이 자꾸 다시 튀어나오기 때문이었다. 그 점은 곧 조치를 취해야 했다.

게다가 두 번째로, 있어야 할 때 있어야 할 곳에 있기를 거부하는 일군의 사람들이 문제였다. 그것도 곧 조치를 취해야 했다.

세 번째 문제는 《은하수를 여행하는 히치하이커를 위한 안내서》라는 귀찮고 무정부주의적인 작은 기기였다. 이거야말로 드디어 훌륭하게 제대로 조치를 취해 두었다. 사실을 말하자면, 일시적인 역공작의 기록적인 힘을 통해, 《안내서》는 그 자체로 다른 모든 상황들을 처리할 수단이 되어 있었다. 사령관은 이제 이 드라마의 마지막 막을 지켜보기만 하면 되었다. 그는 손끝 하나 까딱할 필요도 없었다.

"어디 보자고." 그가 말했다.

새 한 마리의 유령 같은 형체가 날개를 펴더니 근처 공중으로 날아올랐다. 어둠이 브리지를 뒤덮었다. 희미한 불빛이 새의 검은 눈에서 잠시 춤을 추었고, 그 사이 명령 주소 공간 깊숙한 곳에서 괄호와 괄호들이 꼬리를 물고 마침내 닫혔고, 만약이라는 조건문들이 드디어 끝이 났으며, 반복 회로가 멈추고, 자기 자신을 다시 불러오는 회귀 기능들이 최후 몇 번의 명령 수행을 마쳤다.

눈부신 영상이 어둠을 밝혔다. 물기 많은 파랑과 녹색의 영상이었다. 공중을 따라 흐르는 튜브는 뭉텅 잘라 놓은 줄줄이 소시지 같은 형상이었다.

흡족함에 몹시 자만에 찬 소음을 내며, 보고인 사령관은 의자에 기대앉아 이 광경을 바라보았다.

25

"바로 거기, 사십이 번." 포드 프리펙트가 택시 운전사에게 소리쳤다. "바로 여기요!"

택시가 급정거를 하자, 포드와 아서가 뛰어내렸다. 그들은 오는 길에 상당수의 현금 지급기들에 들렀다. 포드는 차창을 통해 운전사에게 돈을 한 움큼 건네주었다.

클럽 입구는 어둡고 세련되고 수수했다. 아주 작은 명판에만 이름이 새겨져 있었다. 회원들은 어디 있는지 다 알고 있었고, 회원이 아니라면 어디 있는지 알아봤자 아무 소용도 없었다.

포드 프리펙트는 스타브로 클럽의 회원이 아니었다. 뉴욕에 있는 스타브로의 다른 클럽에 가본 적은 있었지만 말이다. 그는 회원가입이 되어 있지 않은 단체들과 문제를 처리할 때, 아주 단순한 방법을 썼다. 문이 열리자마자 휙 들어간 후, 아서를 손가락으로 가리키고는 "괜찮아요, 나하고 같이 온 사람이니까"라고 말하는 것이었다.

 그는 시커멓고 광택이 나는 계단을 뛰어 내려가면서, 새 구두를 신은 기분이 몹시 째진다고 생각했다. 그것은 스웨이드로 만든 파란색 구두였다. 그리고 현재 벌어지고 있는 수많은 사태에도 불구하고 고속으로 질주하는 택시 뒷자리에 앉아서 진열장에 전시된 이 구두를 찾아낼 만큼 예리한 눈을 지니고 있는 스스로에게 찬탄을 금치 못했다.

 "당신한테 여기 오지 말라고 말한 줄 알았는데."
 "뭐라고?" 포드가 말했다.

 헐렁하고 '이탈리아'적인 분위기가 물씬 풍기는 옷차림을 한 호리호리하고, 험상궂게 생긴 사내가 담배에 불을 붙이며 재빨리 그들 옆을 지나쳐 가더니 문득 발걸음을 멈추었다.

 "당신이 아니라……." 그가 말했다. "저 사람 말이야."

 그는 아서를 똑바로 쳐다보더니, 약간 혼란스러운 표정을 지었다.

 "죄송합니다." 그가 말했다. "다른 사람으로 착각한 것 같군요."
그는 다시 계단 위로 올라가다가, 즉시 다시 한번 뒤를 돌아보며 정말 알 수 없다는 듯한 얼굴을 했다. 그는 아서를 빤히 쳐다보았다.

 "이젠 또 뭡니까?" 포드가 말했다.
 "뭐라고 하셨지요?"
 "이젠 또 뭐냐고요?" 포드가 짜증을 내며 말했다.
 "그래요, 그런 것 같습니다." 남자는 이렇게 말하더니 몸을 약간 흔들다가 들고 있던 성냥을 떨어뜨렸다. 그의 입이 힘없이 움직였다. 그러더니 그는 손으로 이마를 짚었다.

"죄송합니다." 그가 말했다. "방금 먹은 마약이 뭔지 기억해내려고 필사적으로 애쓰고 있었는데, 아마 틀림없이, 기억이 나지 않는 그런 약을 먹었나 봅니다." 그는 고개를 절레절레 흔들더니 다시 몸을 돌려 남자 화장실 쪽으로 올라갔다.

"어서 와." 포드가 말했다. 그는 황급히 아래층으로 내려갔고, 아서는 불안하게 그의 뒤를 따랐다. 아까 그 사내와 마주친 게 굉장히 마음에 걸렸는데 왜 그런지 알 수가 없었다.

그는 이런 장소들을 좋아하지 않았다. 그토록 오랜 세월 동안 지구와 고향을 꿈꿔왔지만, 지금은 칼과 샌드위치가 있는 라무엘라 행성의 자기 오두막이 목마르게 그리웠다. 심지어 스래시바그 영감마저 보고 싶었다.

"아서!"

그건 들어본 중에서도 가장 굉장한 음향 효과였다. 누군가 그의 이름을 스테레오로 외쳤던 것이다.

그는 몸을 틀어 한쪽을 바라보았다. 그의 뒤쪽 계단 위에서, 환상적으로 주름이 자글자글 진 림플론™ 소재의 옷을 입은 트릴리언이 보였다. 그녀는 돌연 소스라치게 놀란 얼굴이 되었다.

또 다른 쪽으로 몸을 틀어보니 그녀가 보고 소스라치게 놀란 대상이 보였다.

계단 맨 밑에는 트릴리언이, 옷차림이……아니었다——그건 트리시아였다. 그가 방금, 텔레비전에서 보았던, 혼란으로 제정신이 아니었던 트리시아. 그리고 그 뒤에 그 어느 때보다도 야성적인 눈빛을 한 랜덤이 서 있었다. 그 뒤로, 세련되고 어두컴컴한 클럽의 후미진 구석에 그날 저녁의 다른 단골 손님이 얼어붙은 듯이 꼼짝도 않고 서서, 걱정스럽게 계단 위의 대결을 뚫어져라 바라보고 있었다.

몇 초간 모든 사람들은 꼼짝달싹도 하지 않고 서 있었다. 바 뒤쪽에서 들려오는 음악만이 그칠 줄 모르고 쿵쾅거렸다.

"저 애가 들고 있는 권총 말이야." 포드가 랜덤 쪽을 고갯짓으로 가리키며 조용한 목소리로 말했다. "저건 와바나타 3이야. 나한테서 훔쳐간 우주선 안에 있던 총이지. 사실 굉장히 위험해. 그냥 잠시 움직이지 말고 있자고. 모두들 침착하게 저 애가 무엇 때문에 저렇게 화가 나 있는지 알아보잔 말이지."

"대체 내가 속한 곳은 어디야?" 랜덤이 느닷없이 비명을 질렀다. 총을 들고 있는 손이 무섭게 덜덜 떨렸다. 다른 손은 주머니 속을 쑤시며 아서의 시계 잔해를 꺼냈다. 그러더니 그들을 향해 시계를 흔들어댔다.

"여기 오면 내 자리를 찾을 줄 알았어." 그녀가 외쳤다. "나를 만들어낸 세상 말이야! 하지만 심지어 우리 엄마조차 내가 누군지 모르잖아!" 그녀는 무서운 기세로 시계를 던져버렸고, 시계는 바 뒤쪽의 유리잔들을 박살냈고 부품들은 사방으로 흩어졌다.

그 후로도 일이 초가 흐를 때까지 모든 사람들은 아주 조용했다.

"랜덤." 트릴리언이 층계 위에서 걸어내려오면서 조용히 말했다.

"입 닥쳐!" 랜덤이 악을 썼다. "당신은 나를 버렸잖아!"

"랜덤, 엄마 말을 잘 듣고 이해해야만 해. 아주 중요한 일이야." 트릴리언은 조용하게, 밀어붙였다. "시간이 아주 많지 않아. 우리는 떠나야만 해. 우리 모두 떠나야만 해."

"대체 무슨 소리를 하는 거야? 우리가 언제 안 떠난 적 있어?" 그녀는 이제 두 손으로 총을 붙들고 있었고, 두 손을 모두 덜덜 떨고 있었다. 권총으로 특별히 누굴 겨누고 있는 것도 아니었다. 그녀는 그저 총체적인 세상을 향해 총을 겨누고 있었다.

"내 말 좀 들어봐." 트릴리언이 다시 말했다. "방송국에서 전쟁을 취재하러 가야 했기 때문에 너를 두고 간 거야. 그건 아주 위험한 일이었어. 최소한 엄마는 그럴 줄 알았어. 도착해보니 전쟁이 갑자기 일어나지 않게 된 거야. 시간의 돌연변이가 생겨서⋯⋯ 들어보라니까! 제발 내 말 좀 들어봐! 정보 수집 우주전함이 나타나지 못하는 바람에, 나머지 군단들이 웃기는 코미디처럼 엉망진창으로 흩어지고 말았지. 요즘은 흔히 일어나는 일이야."

"내가 무슨 상관이야! 엄마의 빌어먹을 일 얘기 따위는 듣고 싶지 않아!" 랜덤이 외쳤다. "나는 집이 있었으면 좋겠어! 어딘가 소속되고 싶단 말이야!"

"여기는 너의 집이 아니야." 트릴리언이 여전히 침착한 목소리로 말했다. "너에게는 집이 없어. 우리 중에 집을 가진 사람은 아무도 없어. 이제 집이 있는 사람은 거의 없을 거야. 내가 방금 얘기한

실종된 우주선 있지. 그 우주선의 사람들도 집이 없어. 그 사람들은 자기네들이 어디서 왔는지 몰라. 심지어 자기네가 누군지, 왜 살아가는지조차 몰라. 아주 황망하고, 아주 혼란스럽고, 아주 겁에 질려 있단다. 그 사람들은 여기 태양계에 있고, 그 사람들은 길을 잃고 너무나 혼란스러운 나머지 지금 아주……아주 잘못된 짓을 저지르려고 해. 우리는……반드시……지금……떠나야 해. 갈 만한 데가 있다고 엄마는 너한테 말해줄 수가 없구나. 아마 이제 갈 만한 데도 없을지 몰라. 하지만 여기는 우리가 있을 곳이 아니야. 제발, 딱 한 번만 더 하자. 우리 갈 수 있을까?"

랜덤은 두려움과 혼란에 빠진 나머지 마음이 흔들리고 있었다.

"괜찮아." 아서가 온화하게 말했다. "내가 여기 있으면, 우리는 안전해. 지금은 설명해줄 수 없지만, 나는 안전하니까, 너도 안전해. 알겠니?"

"대체 무슨 말을 하는 거야?" 트릴리언이 말했다.

"그냥 다들 마음을 느긋하게 갖자고." 아서가 말했다. 그는 아주 평온한 기분이었다. 그의 삶은 주술이 걸려 있었고, 이 모든 사태는 도저히 실감이 나지 않았다.

천천히, 차츰차츰, 랜덤도 마음을 풀고 조금씩, 아주 조금씩, 총구를 내리기 시작했다.

두 가지 사건이 동시에 발발했다.

층계 꼭대기에 있는 남자 화장실의 문이 열렸고, 아서한테 말을 걸었던 남자가 쿵쿵거리며 튀어나왔다.

갑작스러운 움직임에 깜짝 놀란 랜덤은 총을 다시 들었고, 그 순간 랜덤 뒤에 있던 남자가 총을 잡으려고 움직였다.

아서는 몸을 앞으로 던졌다. 귀가 멀어버릴 듯한 폭음이 울려 퍼졌다. 트릴리언이 아서의 몸 위로 자기 몸을 던졌기 때문에, 어색한 자세로 땅바닥에 떨어지고 말았다. 폭음이 잦아들었다. 위를 쳐다보자 층계 꼭대기에 서 있던 사내가 너무나 놀라 망연자실한 얼굴로 아서를 빤히 내려다보고 있는 모습이 보였다.

"네놈……." 그가 말했다. 그러더니 천천히, 끔찍하게, 그는 산산조각이 나고 말았다. 랜덤은 총을 던져버리고 털썩 무릎을 꿇더니, 흐느껴 울기 시작했다. "죄송해요!" 그녀가 말했다. "너무, 너무 죄송해요! 너무 너무 죄송해요……."

트리시아가 그녀에게 다가갔다. 트릴리언이 그녀에게 다가갔다.

아서는 두 손으로 얼굴을 받치고 층계에 앉아 있었고, 대체 어떻게 해야 할지 조금도, 조금도 알 수가 없었다. 포드는 그 밑의 계단에 앉아 있었다. 그는 뭔가를 주워들더니, 흥미로운 눈길로 찬찬히 살펴보다가 아서에게 건네주었다.

"너한테 이게 혹시 무슨 의미가 있니?" 그가 말했다.

아서는 그것을 받았다. 죽은 사내가 떨어뜨린 성냥이었다. 성냥에는 클럽 이름이 적혀 있었다. 그리고 그 클럽의 소유주 이름이 적혀 있었다. 성냥갑에 쓰여 있는 글씨는 다음과 같았다.

스타브로 뮬라

베타

한참 동안 그걸 쳐다보고 있자니 마음속에서 모든 조각들이 한데 맞춰지기 시작했다. 그는 대체 어떻게 해야 할까 고민하고 있었지만, 그저 하릴없이 생각할 뿐이었다. 주위에서 사람들이 바삐 달리며 고함을 마구 쳐대기 시작했지만, 갑자기 아서는 지금도 그렇고 앞으로도, 이젠 영영, 더 이상은 할 일이 없다는 사실을 아주 선명하게 깨달았다. 잡음과 빛들이 새삼스럽게 낯설어 보이는 사이로, 그는 포드 프리펙트가 뒤로 주저앉아 미친 듯이 웃어대는 모습을 간신히 알아볼 수 있었다.

어마어마하게 평화로운 느낌이 그를 덮쳤다. 마침내, 이제야, 영원히, 드디어, 모든 게 끝났다는 걸 그는 알았다.

보고 우주선의 심장부에 있는 브리지의 어둠 속에서, 프로스테틱 보곤 옐츠는 혼자 앉아 있었다. 한쪽 벽에 걸려 있는 외부 화면들을 따라 짧은 찰나 섬광이 번쩍하고 빛났다. 공중에 떠 있던, 불연속적으로 이어진 파랑과 녹색의 물기 많은 소시지 같은 형체가 저절로 녹아내렸다. 선택의 여지들이 붕괴했고, 가능성들이 서로 차곡차곡 접혔으며, 마침내 전체가 용해되어 더 이상 존재하지 않게 되었다.

아주 깊은 암흑이 내렸다. 보고인 사령관은 몇 초간 그 광경을 음미하며 앉아 있었다.

"불을 켜." 그가 말했다.

반응이 없었다. 새 역시 모든 가능성이 고갈되어 쭈그러져 버렸던 것이다.

보고인은 직접 불을 켰다. 그는 다시 예의 종이를 들고 작은 상자에 체크 표시를 했다.

자, 이 임무는 수행했다. 그의 우주선이 먹물 같은 진공 속으로 슬며시 사라졌다.

그가 간주한 대로 극도로 긍정적인 조치를 취했음에도 불구하고, 그레불론 지도자의 한 달은 지독하게 운수가 나빴다. 딱 한 가지만 빼면, 흘러간 과거의 수많은 달들과 전혀 다를 바가 없었던 것이다. 이제는 텔레비전에서 아무것도 나오지 않는다는 사실이었다. 그는 대신 가벼운 음악을 틀었다.

| 옮기고 나서 |

《은하수를 여행하는 히치하이커를 위한 안내서》를 위한 안내서를 감히 표방하는, 알고 보면 그저 시시껄렁한 잡담에 불과한 몇 마디

김선형, 권진아

이 책들을 다 읽고 심지어 이 글마저 읽고 있는 당신은 아마 두 가지 부류의 독자 중 하나일 것이다. (1) SF를 사랑하는 마니아로서 전설적인 '히치하이커' 시리즈의 재출간을 고대하던 당신, (2) 어쩌다 보니 재미있어 보여서 흥미로운 SF인가 보다 하고 읽게 된 당신. 당신이 (1) 그룹에 속한다면, 어쩌다 보니 재미있어 보여서 흥미로운 SF인가 보다 하고 번역하게 된 옮긴이들보다 훨씬 더 많은 것을 알고 있을 확률이 99.9%이므로, 이어지는 우리의 시시껄렁한 수다는 자신 있게 건너뛰어도 그리 아쉽지 않을 거라 믿어 의심치 않는다. 그런가 하면 당신이 (2) 그룹에 속하더라도, 책이 너무 황당해서 도저히 이해할 수 없는데도 오기로 끝까지 읽었으니 시시껄렁한 수다라도 읽어야 돈이 아깝지 않겠다는 분이 아닐 경우에는, 모든 옮긴이 해설이 그러하듯 이 글 역시 별 대단한 말은 없으므로 굳이 읽지 않아도 무방하다. 다만 (1) 그룹에 속하는 독자들이든 (2) 그룹에 속하는 독자들이든, 심심하신 분들은 정 읽고 싶으면 꼭 읽기 바란다.

우주는 넓고 존재는 시시껄렁하다

《은하수를 여행하는 히치하이커를 위한 안내서》는 우회로 건설로 아서 덴트의 집이 철거당하는 상황과 우회로를 건설하기 위해 지구라는 행성 전체가 철거당하는 상황이 병치되며, 그 장대한(?) 막을 올린다. 졸지에 (모든 의미에서) '집을 잃은' 소시민 아서 덴트는 달갑잖은 은하계의 방랑자가 되어 침실 가운 바람으로 낯설기만 한 광막한 우주를 여행하게 된다. 하지만 아서 덴트가 떠도는 더글러스 애덤스의 우주에서는, '미지의 불가해한 새로운 것'이라든가 '지구에는 존재하지 않는 것'이라는 의미에서 진정으로 외계적이라 할 만한 존재를 찾아볼 수 없다(사실 이 시리즈에 나온 해괴하기 이를 데 없는 생물체들과 상황들을 진심으로 이해해보고자 고뇌하면서 그 과정을 모두 책으로 담으려 들자면, 《어둠의 왼손》같은 책이 아마 수십 권은 나와야 할 것이지만).

아서 덴트를 따라 여행을 떠난 우리가 광막한 대우주에서 발견하게 되는 건 오히려, (1) 우리가 대단하다고 생각하거나 대단할 거라 기대하는 모든 것들의 엄청난 하찮음, (2) 천지 만물을 추동하는 근본 원리로서의 부조리, (3) 여기에 더해 등장인물들의 반응 역시 거대한 분노도 없고 쓰라린 원한도 없이 결국은 '그런들 어떠하리'라는 체념 내지는 '거 참 재미있군'이라는 냉소적인 달관뿐이다. 아서 덴트가 우주의 모험을 시작한

지 몇 페이지가 채 넘어가기도 전에 우리는 이 '장대한' SF에 애초부터 우리가 알고 있는 세계와 다른 외계의 신비 내지는 아름다움, 경이로움, 공포, 기타 등등을 아무튼 진지하게 다루려는 주류 SF 본연의 야심 따위는 전혀 없음을 알게 된다.

은하계 전체를 아우르고 시간 여행을 밥 먹듯 일삼는 시공간적 배경과는 어울리지 않게, 이 엄청난 상황과 희한한 등장인물들의 동기며 정서는 하나같이 치졸하고 사소하며 한심스럽고 시시껄렁한 데다 너무나, 너무나 낯익다. 모든 것들은 우리가 여기 지구에서도 익히 겪은 바 있는 부조리한 일상적 상황이 우주적 규모로 뻥튀기되어 있는 것들일 뿐이다. 어처구니 없는 인물, 허무맹랑한 사건, 복장 터지는 일 등이 외계의 탈을 쓰고 전 은하계적인 배경 속에 시치미를 뚝 떼고 놓여 있을 뿐. 게다가 그걸로 인해 뭐 대단한 일이 일어나거나 아니면 엄청나게 심오한 통찰의 계기가 된다고 기대하면 그 역시 오산이다. 그냥 지구의 일상처럼 어처구니없는 인물, 허무맹랑한 사건, 복장 터지는 억울한 일 들이 계속 이어질 뿐이다. 보는 독자로서는 어쩔 도리 없이, 으하하, 웃을 수밖에. 그러니 《타임스》의 평대로, 이거야말로 진정한 "전 우주적 규모의 시추에이션 코미디"가 아닐 수 없다.

개연성에 침을 뱉어라

따라서 시리즈 전권에 걸쳐, 따로따로 생각하는 머리 두 개를 가진 자포드 비블브락스 같은 인물이 아니고서야 돌아버리지 않을 수 없을 정도로 어처구니없고 정신없는 상황들이 쉴 새 없이 벌어진다. 하지만 더 정신없는 것은 이 방대한 시리즈 전체에 어떤 논리나 개연성을 부여하려는 노력의 흔적조차 없다는 것. 하긴 작가부터가 뻔뻔스럽게 '이 시리즈에서 일관성에 대한 어떤 기대도 하지 마라'라고 공언하고 있으니, 이거야말로 논리학에서 말하는 '우물에 독 풀기'에 준하는 봉쇄 조치다. 이 모든 황당무계한 사태들을 가능하게 만드는 것은 기본적으로 불가능 확률 추진기라는, 과학적 근거와는 담을 쌓은 장치다. 예컨대〈스타 트랙〉의 팬들인 트레키들이 과학적 개연성을 얼마나 중시하는지를 생각해보면, 소위 '공상과학 소설'을 쓰면서 '과학'이라는 부분을 배포 좋게 무시하고 들어가는 애덤스의 배짱은 통쾌하기까지 하다. 우리 머리로서는 상상도 할 수 없는 수억 광년의 시공을 넘나드는 우주선들의 추동력들만 해도 그렇다. 이탈리아 식당의 비합리적 운영 방식에서 발생하는 현실과 초현실의 접점을 이용하는 슬라티바트패스트의 '비스트로매스' 호라든가 나쁜 소문을 추동력으로 이용하는 힌지프릴인들의 우주선 등 개연성의 '개'자도 신경 쓰지 않는 엉터리들이 대부분인 것이다. 또 아이작 아시모프나 아서 클라크의 SF들과 애덤스의 '히치하이커' 시리즈는 우주적 관점에서 인류와 지구의 존폐를 논하는 작품들임에도 불구하고, 애초에 그 전제부터가 너무나 다르다.

애덤스의 세계에는 어떤 영웅도, 비극도, 목숨을 바칠 만한 대의도, 놀랄 만한 과학적 발전의 가능성도, 어떠한 미래의 비전도——그것이 유토피아건 디스토피아건——찾아볼 수 없다. 그나마 가장 전형적인 영웅에 가까운 인물인 자포드 비블브락스의 행적만 살펴보아도 그렇다. 자기 머릿속을 스스로 지져 일종의 기억 상실 상태를 유발한 뒤 은하계의 대통령이 되고, 그러고도 바닷가에 앉아 미인들과 즐거운 시간을 보내지 못한 그는 자신이 방문한 출판사 건물과 함께 통째로 납치되어 갖가지 고생을 한 끝에야 대통령이 된 목적이었던 우주의 지도자를 겨우 만나보게 된다. 하지만 천신만고 끝에 만나게 된 우주의 지도자라는 존재는 고작해야 '내가 아는 것은 내가 모른다는 것뿐' 식의 철학을 가진 할아버지에 불과하다. 그리고 어마어마한 우주의 끝에서 벌어지는 일이란 질펀한 음주와 기꺼이 먹히기를 원하는 짐승으로 만든 최고의 스테이크로 드는 식사밖에 없다. 그런가 하면 하나님이 피조물에게 남긴 최후의 메시지는 '불편을 끼쳐드려서 죄송합니다'라는 문장일 뿐이고, 시간 여행이 일으키는 최고의 문제는 역사의 혼란도, 족보의 혼란도 아닌, 다름 아니라 너무나 복잡해져서 누구도 끝까지 마스터할 수 없는 시제의 복잡함 문제라는 황당함이라니. "진실은 저 밖에 있다The Truth is Out There"는 X-파일 식의, 심오해 보이나 사실은 무책임하기 짝이 없는 편리한 발언조차 이 세계에서는 허용되지 않는다.

권태로운 우주, 끝없는 환멸의 슬픔

이러한 '히치하이커' 식의 유머는, 이상에서 살펴보았듯 철저한 '김 빼기 작전'에 근거한다. 뭔가 대단하고, 뭔가 거창하고, 뭔가 굉장한 것들이 모두 알고 보면 하나같이 허접하고, 추레하고, 시시껄렁할 뿐이라는, 21세기의 우리에게 너무나 친숙한 환멸 말이다. 이러한 정서 때문에, '히치하이커' 시리즈는 '아, 그냥 이것저것 있는 대로 정신없이 다 끝어대서 웃기면 그만' 식의 시시껄렁한 농담 수준을 훌쩍 넘어서버린다. 읽는 사람의 입장에서 보면 여섯 개의 다른 결말을 모두 "세상이 끝장나는 이야기"로 만든 이유가 그저 "당시 세상에 좀 불만이 있어서"라는 식으로 눙친 애덤스 자신의 말을 문자 그대로 받아들이기가 힘들다. 세상이 끝장나는 것으로 시작해서 다시 한번 더 끝장나는 것으로 끝나고야 마는 이 시리즈는, 바로 이 때문에 당시의 과학 소설보다는 오히려 사뮈엘 베케트와 같은 부조리극의 문제의식과 궤를 같이한다.

  너무나 황당무계하고 믿을 수 없기 때문에 급기야 격리해야 할 정도로 파괴적인 프락의 '진실'은 아마 애덤스의 '히치하이커' 시리즈 그 자체가 아닐까. 크리킷 행성인들이 은하계 초유의 대전을 일으키는 과정이라든가, 루퍼트 행성의 그레불론인들이 점성술 점괘를 믿고 지구를 최종적으로 파괴하는 사연은 이성이나 합리로는 도저히 납득할 수 없는, 하지만 실제로 우리 지구에서 일어났던 역사적 사건들, 즉 엄연한 현실 —— 나치스의 종족 학살이라든가 수많은 정신병적 살인 사건 등 —— 을 날카롭게 상기시킨다. 밥줄을 지키려는 정신과 의사들의 음모와, 관료주의의 하수인이 되는 데 아무런 자의식이 없는 보고인들의 파괴 본능이 환상적으로 결합해 지구가 날아간다는 설정은, 자기 집을 지키려는 소시민의 조그만 투쟁에서부터 행성 하나를 통째로 박살 내는 거대한 규모의 파국에 이르기까지 모든 갈등의 원인은 따지고 들면 모두 '누군가의 이익 지키기'와 이를 뒷받침해주는 무심한 공무 집행이라는 한마디로 귀결된다는 냉소적이기 이를 데 없는 결론으로 치닫는다.

애덤스의 가차없는 조롱의 대상이 되지 않는 것은 아무것도 없다. 바로 이 때문에 우리는 애덤스의 황당무계한 우주를, 남의 집 불구경하듯 팔짱 끼고 한가로이 낄낄거리며 읽을 수만은 없는 것이다. 결국 애덤스가 가장 비판하는 우리의 약점은, 거시적인 안목이나 합리적 판단 없이 '눈앞의 이익'만을 추구하는 맹목적 이기주의다. 하지만 여기에 거시적인 안목이 제아무리 전 우주적 규모로 확장되어도 사정은 똑같다는 비판주의가 결합해, 부조리극 특유의 무기력한 체념으로 굳어지고 만다. 아서 덴트와 포드 프리펙트, 그리고 트릴리언이 아무리 죽도록 노력해도 "일어나는 일은 일어나기 마련"이니까.

이렇게 부조리극의 무대 같은 우주 속에서, 아서 덴트를 비롯한 지구인들이 지구의 일상에 지니는 애정은, 애덤스의 세계에서 유일하게 진정성을 담보하고 있는 정서다. 이 시공간을 아우르며 은하계 전체를 좌충우돌 돌아다니는 우주 여행의 주인공이 되는 인물인 아서 덴트부터가 해와 달이 하나밖에 없어서 지구와 그나마 닮은 라무엘라 행성에서 샌드위치나 만들며 살아가는 데 지극히 만족하는 '스케일 작은' 인간인 것이다. 큰 야심도 없고, 넓은 세상에 대한 동경이나 모험심도 없고, 특별히 세상을 바꿀 능력도 없는 아서 덴트지만, 그래도 홍차와 술집과 사람을 비롯해 그가 사랑하는 모든 게 존재하는 작은 세계는, 전 우주를 통틀어 보아도, 필사적으로 '돌아가고자' 노력할 만한 가치가 있는 유일한 세계다. 그리고 그 작은 세계를 가치롭게 만드는 것은, '삶, 우주 그리고 모든 것'

에 대한 애정이다. 그래서 우리는 아서 덴트와 자신을 동일시하고 진심으로 그를 응원하게 된다. 오 권쯤에 이르러 느낄 수 있는, 서글플 정도로 필사적인 아서 덴트의 귀소본능은 '히치하이커' 시리즈의 유머에 페이소스를 더해주는 블랙유머의 심장이다. 결국 이 모든 전 우주적 소동들이 우리에게 환기하는 것은, 우리만의 홍차가 있고 사랑하는 펜처치가 있고 수선화가 피어나는 우리의 지지부진한 일상의 아름다움이 아닐지.